영주

Chua Dat
THE LANDLORD
ⓒ 2015, Do Bich Thuy
All rights reserved.

이 책의 한국어판 저작권은 KL Management를 통해 Vietnam Women's Publishing House사와 독점 계약한 한세예스24문화재단에 있습니다.

일러두기

— 이 책은 《Chúa Đất》(2016)을 옮긴 것이다.
— 인명, 지명 등은 한글맞춤법 외래어표기법을 따르되, 국내에서 이미 굳어져 사용되거나 현지의 발음과 너무 다른 경우에는 예외를 두었다.
— 본문의 각주는 옮긴이가 작성한 것이다.
— 각 장의 제목은 몬족 민요의 일부분이다.

VIETNAM
동남아시아
문학총서
1

영주

도빅투이Đỗ Bích Thúy 지음 | 안경환 옮김

HANSAE YES24
FOUNDATION

200여 년 전 하장성 옌민현 드엉트엉 지역을 다스리던 영주 숭쭈어다가 처형 도구로 사용하던 돌기둥. 원래 높이가 1.9미터에 달했던 돌기둥 양쪽에는 사람 양손을 매다는 구멍이 있다.

제공: 하장성

작가의 말

　이 책은 한 전설에서 감흥을 받아 썼다. 전설은 하장성 옌민현 드엉트엉 지역의 영주 승쭈어다에 관한 것이다. 승쭈어다는 약 200년 전에 살았던 몬족의 포악한 우두머리다. 그의 삶은 사형을 집행하는 돌기둥 사적과 깊은 관련이 있다.

　전설에 따르면 승쭈어다에게는 아주 어여쁜 첩이 하나 있었다. 그런데 그는 질투가 아주 심해서 그녀를 절대 집 밖에 나가지 못하게 했다. 어떤 남자든 그녀에게 치근덕거렸다 하면, 사람의 손을 넣는 구멍이 두 개 있는 높이 약 1.9미터의 돌기둥에 매달아 죽을 때까지 두었다. 현재 하장성 박물관에 보관 중인 돌기둥이 바로 그가 사용한 공포의 처형 도구로 보인다. 이 돌기둥은 승쭈어다 이후에도 영주들이 규율을 어긴 자들을 처형하는 데 사용되었다고 한다.

　이것이 소름 끼치는 이야기들로 가득한 전설의 일부분이다. 이 전설을 전해 듣고 실제로 많은 사람, 특히 박물관 종사자들이 자료를 찾으러 여러 곳을 다녔다. 그중 프랑스 사람들의 기록이 있는데, 그들이 하장성에 왔을 때 어떤 자료에도 숭쭈어다는 물론 돌기둥에 관한 기록은 한 줄도 없었다고 한다. 따라서 전설은 지금까지 여전히 전설로만 남아 있을 뿐이다.

나는 드엉트엉에 대해 많은 추억을 간직하고 있다. 기삿거리를 구하려고 옌민현 현청 소재지에서 드엉트엉까지 여러 차례 가보았고, 그곳에서 오랜 시간을 보내기도 했다. 하지만 지금으로부터 약 20년 전 당시에는 어떻게 할 수가 없었기에 언젠가 숭쭈어다의 전설을 책으로 엮어봐야겠다고 생각했다.

드엉트엉은 정말로 시사하는 바가 큰 지역이다. 양쪽에 우뚝 솟은 높은 산과 길게 뻗어 있는 계곡은 북부 고원 지대에서 가장 아름다운 곳이다. 계곡 아래의 토질은 비옥하고 물기를 머금어 촉촉하며 기후도 사납지 않고 햇볕이 충분히 들어 어떤 작물이든 잘 자라게 해준다. 드엉트엉은 양귀비 재배로 수년 동안 말이 많았다. 하장성 당국은 양귀비 재배를 척결하기 위해 큰 어려움을 겪어야 했다.

드엉트엉은 지리적으로 외졌지만, 암석투성이의 고원과 비교하면 천연 경관이 아주 우수하다. 게다가 전설도 많은데 도대체 사실인지 거짓인지, 진실인지 허구인지를 알 수 없고 어떤 결론도 없다. 다만 나는 돌기둥과 같은 소름 끼치는 처형 방법을 생각해낸 숭쭈어다를 세상에서 찾아보기 힘든 흉악한 영주였다고만 추측할 뿐이다.

그래서 이 책은 허구의 산물이다.

덧붙여 말하면 이 책에서 숭쭈어다는 불행한 남자다. 흉악하고 잔혹하고 황음무도함이 그에게 행복을 가져다주지 못했다. 그리고 또 한 가지, 나는 무한한 사랑을 품은 여자에 관해 쓰고자 했다. 여성은 남성이 함부로 다루는 노리갯감으로 태어난 것이 아니다. 여성 역시 꿈을 가질 권리가 있다. 그리고 비록 순간을 살지언정 소위 행복이라고 하는 것과 삶을 바꾸기 위해 죽을 준비가 되어 있는 존재다.

도빅투이

(목차)

작가의 말 6

1. 7월 장맛비는 나무 끝을 적시는데
　　먼 길 떠날 몬족의 새색시는 상념에 잡혀… 13

2. 몬족 사나이는 몬족 아가씨와
　　둘이 서로 맺어질 수 없는 사랑을… 26

3. 내 발걸음은 집으로 향하고 있으나
　　영혼은 너의 허리춤에 아직 잠들어 있다네 46

4. 하늘이 컴컴해져도 무슨 일로 컴컴해지는 줄을 모르는데
　　하늘이 컴컴해지니 덩치 큰 소도 하늘이 어둡게… 66

5. 몬족 사나이는 산꼭대기에서 몬족 아가씨와 사랑을 나누고
　　발아래 구름은 해님을 스치듯 지나가니… 94

6. 나는 너에 대한 사랑을 멈추고
   너는 나에 대한 사랑을 멈추네
   너는 잡았던 내 손을 놓고 내 등을 껴안지 않으니… 108

7. 네 집 대문 앞에 다 자란 아마초가 있는데
   벌이 방금 찾아왔다네… 125

8. 등을 돌려 땅에 대항하고
   가슴을 돌려 하늘에 대항한들
   언제 사랑하는 마음을 알 수 있을까? 142

9. 날이 밝았다더니 어디가 밝더냐
   지붕 틈바구니만 겨우 밝은 것을… 156

10. 나는 너를 버리지 못했건만
    너는 쯔쯔새가 새 집에서 울듯 나를 버렸으니… 175

11. 서서히 죽고 나면 몸이 굳어질 것이니
    옹온나무 마른 잎사귀 아래서 바로 죽을 것이니… 187

12. 나는 너를 좋아하지만 너와 결혼할 수 없고
    너는 나를 좋아하지만 나와 결혼할 수 없으니… 199

13. 산은 오빠와 저를 오랫동안 갈라놓을 수 없으나
    땅은 오빠와 저를 수년간 갈라놓을 수 있다니… 218

14. 내 너에게 작별을 고하나 네가 모를까 걱정이나

　　네가 나에게 작별을 고하면

　　난 너를 나무둥치를 휘도는 시냇물처럼 보내주리라… 230

15. 만약 이 몸이 이슬방울이라면

　　나는 낭자의 손바닥에서 녹게 해달라고 하리다… 238

16. 나는 남고 오빠는 떠나니

　　벌레가 갈댓잎으로 집을 지을 때 오빠는 떠나요… 260

17. 부모는 삼일장을 치르고 나서

　　너를 가져다가 동산에 묻을 것이라니… 276

18. 내일은 아침밥을 빨리 해 먹고

　　내 동생을 잔디 언덕에 갔다 파묻으려니… 290

19. 곧게 솟은 좋은 길에는 신발을 신고

　　평평한 길은 줄 엮는 데 편리하니… 297

옮긴이의 말 308
도빅투이 연보 313

Chúa Đất

1. 7월 장맛비는 나무 끝을 적시는데
   먼 길 떠날 몬족의 새색시는 상념에 잡혀…

숭쭈어다 거처의 후원.

그는 커다란 돌덩어리를 깎아 만든 돌 제단을 보고 서 있다. 돌덩어리는 두 사람의 키 높이에 폭은 사람 팔 길이만 했었다. 숭쭈어다는 무엇을 하려는 것인가? 그는 돌기둥을 만들었다. 그 돌에 사람을 매달려고 했다. 사람을 매다는 돌기둥. 그것이 바로 숭쭈어다가 만들고 싶은 것이었다.

착한 사람, 나쁜 사람 가리지 않고 수백 명 아니 수천 명의 사람이 영주의 손에 죽었다. 영주는 사람들을 칼로 쳐 죽였고, 독화살로 쏘아 죽였고, 개에 물리게 해 죽였고, 웅온나무[1] 독을 먹여 죽이는 등등 갖가지 방법으로 사람들을 죽였다. 이렇듯 온갖 수단을 동원해서 죄인들을 처형했음에도 그는 만족하지 못했다. 그래서 돌기둥이 생겨났다.

곧 돌기둥 손질이 끝날 참이다. 네모반듯하고 깔끔하다.

---

1   먹으면 사람이 죽을 정도로 독성이 강한 나무.

이제 돌기둥 상단 두 개의 돌 귀들에 동그랗게 구멍만 파면 완성된다. 이 돌 귀들의 간격은 그 사이에서 사람이 두 팔을 벌렸을 때 이쪽 손목에서 저쪽 손목까지 이를 정도였다.

영주의 어깨 위에는 매 한 마리가 앉아 있다. 아래로 구부러진 부리에 번뜩이는 두 눈과 붉은 갈색의 깃털, 억센 두 발에 달린 날카로운 긴 발톱이 위협적이다. 매가 영주의 옷깃을 파고든다.

영주는 매를 10년 넘게 키워왔다. 그 매를 숭깟이라 불렀다. 새를 키우는 사람은 으레 자신의 성을 붙여 새 이름을 지었기에 영주 역시 그렇게 했다. 매는 영주가 어딜 가든 주인을 따라다녔고, 항상 주인의 어깨 위에 앉아 있었다. 매는 원래 사냥하는 조류지만 영주는 자기가 키우는 매에게 사냥을 시키지 않았다. 매는 영주에게 제2의 두 눈이자 두 귀였다.

숭쭈어다는 드엉트엉 지방의 영주로 고원 전역에서 악독하고 포악하기로 유명했다. 그를 보면 개미조차 자기 몸을 숨길 풀뿌리라도 찾아야만 했다. 냇물도 영주의 발걸음 소리에 흐르기를 멈춰야 했다. 산바람도 영주의 말 울음소리에 놀라 나무 끝에서 숨을 멈춰야 했다. 곧 조상 앞으로 불려 갈 늙은이부터 내일모레 어머니 배에서 나올 아이에 이르기까지 모두 영주의 권한에 속했다. 그는 사람들에게 살다가 혹시 죽고 싶어도 자기 마음대로 죽을 수 없으며, 죽는다는 것은 다시 눈

뜰 수 없는 것이라고 엄포를 놓았다.

영주가 두 사람의 키 높이만큼이나 높고 두 팔을 벌린 만큼의 넓이에 몸뚱이 두께만 한 돌덩이를 구해 오라고 명하면, 사람들은 해와 달에라도 올라가 똑같은 것을 찾아야만 했다.

숭쭈어다 영주는 돌덩어리 앞에 서서 곰 발바닥처럼 크고 두꺼운 두 손을 등 뒤로 잡고 왔다 갔다 하며 하인들이 돌을 똑바로 구해 왔는지를 몇 번이고 확인했다. 하인들은 구해 오라고 하니 지시에 따랐을 뿐 주인이 이 돌덩어리를 도대체 어떻게 쓰려고 하는지 아무도 몰랐다.

독방에서는 큰 마님이 네모난 창문으로 마당의 사람들을 내다보고 있었다. 손으로는 하얀 은을 이 가방에서 저 가방으로 옮기고, 입으로는 숫자를 세느라 중얼거리면서도 눈은 여전히 창문 밖을 향했다. 하얀 은을 세는 일은 큰 마님의 일과 가운데 시간을 가장 많이 잡아먹었다. 영주로부터 신임을 받는 부인만이 이 일을 담당할 수 있었다. 매일매일 집 바깥으로 나가는 은의 숫자는 적었고 집 안으로 들어오는 은은 셀 수 없이 많았지만, 그녀는 한 번도 큰 실수를 한 적이 없었다.

그녀는 숭쭈어다 영주의 관아에서 거의 30년 가까이 살아왔다. 열여섯 살에 시집와 그의 부인이 되었는데, 시집온 지 3년 만에 시아버지가 돌아가셔서 남편이 시아버지를 대신해 드엉트엉 지역을 관리하기 시작했다. 그때부터 큰 마님은 땅에 박힌 듯 의자에 굳게 앉았다. 사람들은 다른 사람과 지위가 다른 그녀의 얼굴을 똑바로 볼 수 없었다.

신부 시절을 이야기해보자. 큰 마님은 나뭇가지 끝에 갓 피어난 복숭아꽃 같았는데, 하찮은 일로 벌을 받아 영주의 마당에 내던져진 격이 되었다. 숭쭈어다는 훤칠했고 하얀 피부에 눈은 네모났고 검은 머리에는 댕기를 드리웠으며 수염이 듬성듬성 나 있었다. 그가 잘생긴 몬족의 아들임을 아무도 부인할 수 없었다. 그렇더라도 복숭아꽃 같은 부인을 내동댕이쳤다는 게 도대체 말이나 되는 소린가? 그런 일은 없어야 했는데…. 복숭아꽃이라면 마땅히 사랑으로 보살핌을 받아야 하나 큰 마님은 마치 찢어진 치마처럼 방구석에나 처박혀 지내는 신세가 되었다.

첫날밤, 큰 마님은 침상 모서리에 움츠리고 앉아 새신랑이 술을 그만 마시고 방으로 들어오기만을 기다렸다. 그런데 신랑이 방으로 들어온 뒤 상상조차 할 수 없는 일이 벌어졌다. 너무 끔찍해서 무슨 일이 있었는지 자세히 알지도 못한다. 한밤중 남편이 방으로 들어왔다. 그는 술에 취하지도 않았고 똑바른 자세로 걸어 들어와서 천천히 신부 곁에 다가와 앉았다. 그러곤 겉옷과 신발을 벗고, 다리를 구부려 올린 다음 침상에 드러눕더니, 담요를 집어 던지고 속옷을 벗고는 이내 코를 골며 자기 시작했다. 신부는 자신의 눈을 믿을 수가 없었다. 밝게 빛나는 달은 창문을 통해 신혼 방을 비추고, 눈을 감은 신랑의 얼굴도 비추었다. 큰 마님은 어찌할 줄을 모르고 조용히 앉아 있을 뿐이었다. 그녀는 오랫동안 숨죽이다가 살금살금 와서 간신히 몸을 벽 쪽으로 바짝 붙여 누웠다. 침상 모서리에 오래 쭈그리고 앉아 있었더래서인지 다리와 손이 저려 쥐가 날 지경이었다.

하루, 이틀, 사흘 밤, 숭쭈어다는 여전히 큰 마님 곁으로 가지 않았다. 새 신부는 그 일을 누구에게도 말할 수 없었으나 속으로는 기쁘기도 하고, 한편으로는 걱정스럽기도 했다. 기쁘다고 한 것은 한 남자에 의해 몸이 망가지지 않았기 때문이요, 걱정된다고 한 것은 이미 결혼했는데 숭쭈어다가 자신의 몸에 영원히 손을 대지 않으면 어쩌나 하는 염려 탓이었다. 시댁으로 가기 전 그녀의 어머니는 어떤 문제도 있어서는 안 된다고 수없이 이르셨다. 당시 그녀는 이런 경우에 어찌해야 하는지, 이게 좋지 않은 건지조차 몰랐다. 사실 그녀는 지금까지도 이럴 때 어찌해야 좋은지, 어찌해야 좋지 않은지를 몰랐다.

결혼식을 마치고 한 주가 지나자 큰 마님은 숭쭈어다에게 사랑을 느끼기 시작했다. 그것은 사실이었다. 그녀는 밤새 그의 신부 노릇을 했다. 밤마다 그의 숨소리를 들었고 그의 땀 냄새를 맡았으며 밝은 달빛 아래서 신랑의 잘생긴 네모난 얼굴을 보아오며 사랑의 마음을 품게 된 것이다. 그래서 바퀴벌레처럼 몸을 벽 쪽으로 붙여 눕지 않고 숭쭈어다 곁에 누워 숨소리를 또렷하게 들었다. 때로는 남편의 건장한 팔을 베개 삼기도 했다.

숭쭈어다가 큰 마님의 가슴을 파고든 적도 있다. 그날 숭쭈어다는 술을 마시지 않았고 아편도 피우지 않았다. 큰 마님이 일을 마치고 방에 들어오니 숭쭈어다가 앉아 있었다. 큰 마님을 본 숭쭈어다는 부인을 자기 옆에 앉도록 했다. 그는 부인에게 신부 노릇을 하는 것이 즐거운지 슬픈지를 물었다. 새 신부는 조금 즐겁기도 하고 조금 슬프기도 하다고 대답했다. 그녀는 염소 새끼가 어미를 따라 처음 바깥으로 나갈 때처럼 온몸이 떨렸고, 겨울 찬바람이 온몸을 내습해오는 것 같은 기분에 휩싸였다. 숭쭈어다는 부인을 등 뒤에서 두 팔로 꽉 끌어안고는 자기 곁으로 끌어당겼다. 그러고는 아주 부드럽게 말했다. 자기는 좋은 사람이 아니라고. 자기는 절대 한 여자만을 부인으로 대하지 않는다고. 또한 자신의 부인 노릇을 하는 것은 정말 어려울 거라고. 죽을 때까지 힘들 거라고. 하지만 큰 마님은 침묵을 지켰고 한마디도 할 수 없었다. 두려워서가 아니라 숨을 쉴 수가 없었기 때문이다. 그리고 숭쭈어다가 왜 죽을 때까지 힘들 거라고 말했는지 이해할 수 없었다.

큰 마님은 숭쭈어다에게 기대어 남편의 가슴에서 울리는 심장 소리를 들었다. 그가 몸을 돌려 부인을 꼭 껴안더니 달빛이 창을 통해 비스듬히 내리비추는 침상에 누였다. 겉옷을 벗고, 셔츠도 벗고, 속옷도 벗고, 그런 다음 부인의 치마도 벗기고…, 그러고는 부인의 이곳저곳을 자세히 쳐다보았다. 큰 마님은 마치 솥에 던져진 한 줌의 옥수숫가루가 된 듯한 기분이었다. 그녀는 한 조각씩 흩어져가는 자신을 보았다. 숭쭈어다는 부인을 덮쳤고 그녀는 그 고통을 이를 악물고 참았다. 그는 키가 크고 몸이 무거웠지만 부인은 아무런 느낌도 없었고 몸이 한 조각씩 부서져 나갈 듯할 뿐이었다. 숭쭈어다는 마치 여자 위에 올라탄 황소처럼 거친 숨을 내쉬었다. 부인은 여전히 기다리면서도 두려워서 안절부절못했다. 통증은 처음 한 번뿐이라고, 어머니가 그렇게 알려주었는데도.

그러나 어쩐 일인지 숭쭈어다는 부인을 아프게 하지 않았다. 황소 같은 숭쭈어다는 목을 찔린 듯 울부짖더니 이내 내려와 자리에 누웠다. 큰 마님은 아직 아무것도 이해하지 못했다. 또한 통증을 못 느꼈기에 남편이 일을 이미 끝냈는지 아직 덜 끝냈는지도 알 수 없었다.

그날 밤 이후 숭쭈어다는 큰 마님의 얼굴 보기를 피했다. 더 정확하게는 숭쭈어다가 부인 곁으로 가까이 가기를 꺼렸다는 것이 옳은 말이다. 밤마다 큰 마님은 숭쭈어다가 찾아오기를 두 눈이 퉁퉁 붓도록 기다렸으나, 그는 끝내 부인의 방에 들지 않았다. 그는 사랑채에 앉아 담배를 피우거나 안채에서 약을 점검하거나 아니면 어딘가에 앉아 있다가 닭이 울면 비로소 부인 방으로 들어갔다. 부인은 피곤해서 진작 잠든 뒤였다. 밤잠을 설친 그녀는 낮이 되면 병든 닭처럼 흐리멍덩해져서 먹기도 싫고 일하기도 싫고 말하기도 싫었다. 시어머니는 며느리가 입덧하는 줄 알고 기쁨에 겨워 마을 의원을 집으로 불렀다. 의원은 한나절 내내 맥을 짚고 또 짚었으나 여전히 아무것도 알아내지 못했다. 시어머니는 의원을 밖으로 내보낸 다음 며느리에게 침상에서의 부부 관계를 묻기 시작했다. 며느리는 부끄러움에 겨우 한두 마디만 할 뿐이었다. 우물쭈물하면 할수록 시어머니는 점점 의아해했다.

"너희 둘 사이에 그 일은 어떠하냐?"

"없어요. 어쩔 수 없어요."

"어쩔 수 없다는 게 도대체 무슨 말인 게냐?"

"그게…, 한 번만 있었어요."

"뭐라? 어째서 한 번뿐이었다는 말이냐?"

며느리는 부끄러워 머리를 숙이고 손을 꼬고 손가락을 비볐다.

"그 애가 너를 좋아하지 않는 것이로구나."

그 말을 하더니 시어머니는 훌쩍 일어나 나가버렸다. 그러고는 다음 장날이 되자 바로 새 아가씨를 집에 들였다.

　새 아가씨는 큰 마님보다 두 살이나 어려 이제 막 열네 살이었다. 볼은 둥글고 팽팽했고 불그스레했다. 가슴은 약간 볼록했다. 갓 성숙한 계집이었다. 그날부터 그녀는 큰 마님이 되었다.

　둘째 부인에게는 큰 마님이 쓰는 방보다 약간 작은 방을 주었다. 가구도 좀 적었다. 어찌 되었든 큰 마님은 아무것도 잘못한 게 없었으며 단지 남편을 즐겁게 해주는 방법을 몰랐을 뿐이었다. 그런데도 그녀는 집에 있는 일고여덟 명의 부인 가운데 가장 존중받았고 권한이 세서, 작은 부인들은 큰 마님의 말에 순종해야만 했다. 그것이 시아버지가 정해놓은 집안의 법도였다.

　작은 부인이 들어온 날부터 숭쭈어다는 큰 마님의 방을 자주 찾았다. 큰 마님은 남편이 얻은 작은 부인의 몸뚱이, 얼굴, 부엌을 막 기어 나온 어린애 같은 통통한 볼이 한편으로는 귀엽기도 하고 한편으로는 가증스럽기도 했다. 그녀는 그것으로 끝이라고 생각했다. 이제부터 남편은 자신을 잊고, 자신은 부뚜막 옆에 있는 소금단지 같은 신세가 될 거라고 여겼다. 그러나 숭쭈어다 역시 큰 마님과 생각이 같았다. 숭쭈어다는 작은 부인을 어린애로 보았고, 마치 땅에 떨어졌어도 먹고 싶지 않은 덜 익은 복숭아 취급을 했다. 그래서 매일 밤 큰 마님 방으로 발길을 돌렸다. 설익은 풋복숭아를 먹지 않으려면 어찌해야만 하는지 생각하고 있다는 듯이.

매일 밤 큰 마님에게는 잊을 수 없는 두려움이 닥쳐왔다. 그때의 숭쭈어다는 마치 미친 황소 같았다. 부인을 급습하고는 깨물고, 뭉개고, 쇠처럼 단단한 큼지막한 손바닥으로 몸 이곳저곳을 마구 문질러대는 것이었다.

그러나 숭쭈어다는 여전히 부인의 몸속으로 돌진하지 못했다. 크고 건장한 영주였건만 곧 무르익을 배처럼 완전히 쭉 뻗어 있는 몬족 여자 하나를 어찌지 못했다. 그는 언제나 전속력으로 질주하던 말이 갑자기 가슴에 화살을 맞은 듯 고꾸라지곤 했다.

큰 마님은 더는 남편을 기다리지 않았다. 방문을 여는 소리를 들을 때마다 식은땀을 흘렸다. 큰 마님은 아이를 낳지 못했고, 둘째 부인도 아이를 낳지 못했고, 셋째 부인도 그랬다. 시부모는 아들에게 세 번째 결혼을 시키고 나서, 신랑 신부가 인사차 친척을 방문하던 도중 농포[2]로 돌아가시고 말았다.

부모가 세상을 뜨자 숭쭈어다는 드엉트엉 지역의 영주가 되었다. 영주는 성격을 확실하게 바꾸었다. 마치 다른 사람이 영주의 자리에 있는 것처럼 온종일 웃음을 보이지 않았다. 어

---

2 피부병의 일종.

디를 가면 예쁜 아가씨를 보고 집으로 붙잡아 와 같이 사는 것이 끝이었다. 잡혀 온 아가씨는 숭쭈어다가 아편 피우는 일을 거들고 손님 접대를 도맡았다. 귀한 손님을 만나고 나서 손님이 어떤 첩을 취하고 싶다고 하면 영주는 그 아가씨를 내주었다. 관아에는 손님이 쉴 수 있는 방이 여러 개인 건물이 있었다. 아가씨들은 숭쭈어다를 위해 열심히 등을 두드려주고 발과 손에 지압을 해주었다. 그가 기대면 아가씨들은 베개가 되었고, 누우면 요도 되어주었다. 그는 자질구레한 모든 일과 집에 상주하는 첩들을 가르치는 일을 큰 마님에게 맡겼다.

숭쭈어다는 큰 마님의 방으로 가는 길을 잊었다. 그러나 큰 마님의 마음속 깊은 곳에서는 남편을 향한 사랑이 떠난 적이 한 번도 없었다. 남편이 같이 살 아가씨를 붙잡아 올 때마다, 그 여자가 예쁘면 예쁠수록 그녀는 남편을 더욱 애틋하게 여겼다. 그녀는 숭쭈어다를 가장 잘 이해하고 누구보다 사랑했다. 가장 아끼는 사람 역시 숭쭈어다였다. 큰 마님은 남편이 무엇을 하든 어떤 악독한 짓을 저지르든 상관하지 않았다. 그녀는 오로지 남편의 죄를 감싸주고 씻어줄 방법만을 생각했다. 남편이 데리고 살 아가씨를 100명이나 붙잡아 와도, 큰 마님은 그들을 부양하기 위해 매년 부엌에 내려줄 고기, 쌀, 은붙이 수량이나 걱정할 뿐 남편에게 화를 내지는 않았다. 100명 아니 1000명의 계집이 있다 해도, 남편을 제대로 된 사람으로 만드는 데 도움이 되는 계집은 하나도 없었다.

마당에서 돌기둥 작업은 귀의 구멍만 빼고 거의 마무리되어갔다. 숭쭈어다는 석수장이들에게 줄을 잡고 돌기둥을 똑바로 세우라고 다그쳤다. 이윽고 잿빛 돌기둥이 마당 한가운데 우뚝 세워졌다. 일꾼들은 물론 돌기둥을 보려고 사람들이 집 곳곳에서 쏟아져 나왔다. 숭쭈어다도 가까이 다가가 돌기둥의 높이를 가늠해보며 만족한다는 듯이 연신 고개를 끄덕였다.

언제부터인가 영주의 얼굴은 관 뚜껑처럼 단단하게 굳었다. 그가 무슨 생각을 하는지는 아무도 몰랐다. 큰 마님마저도. 단지 그녀는 남편이 지금 만족스러운지 아니면 짜증이 났는지, 무슨 음모를 꾸미는지, 어떤 큰일을 하려는 건 아닌지 짐작만 할 뿐이었다. 수백 명이 모여 수군거렸지만 영주가 돌기둥으로 무엇을 하려는지 아는 사람이 아무도 없었다.

그때 큰 마님은 방에 앉아 여전히 은덩이를 이 가방에서 저 가방으로 옮기고 있었다. 그녀에게 은을 세는 일은 밥을 퍼서 입으로 넣는 것처럼 일상이 된 지 오래였다. 굳이 생각하려 애쓰지 않아도 한 번도 셈이 틀린 적 없었다.

큰 마님은 이따금 가슴이 딱 벌어지고 탄탄한 숭쭈어다를 바라보며 그의 땀 냄새를 떠올렸고, 그가 담배 연기를 깊게 들여 마셨다가 내뿜는 소리까지 잊지 못했다. 그녀가 남편의 옷

가지 냄새만 맡지 않아도 남편에 대한 생각은 머릿속에서 지워질 것이었다. 이제 숭쭈어다의 배가 불룩 튀어나오고, 네모난 얼굴은 두 뺨 아래로 처지기 시작했다. 그의 걸음은 큰 곰의 발걸음처럼 묵직했다. 곰 한 마리가 한방에 있는 사람의 목숨을 잃게 할 정도로 자란 것 같았다.

2. 몬족 사나이는 몬족 아가씨와
   둘이 서로 맺어질 수 없는 사랑을…

방쩌는 숭쭈어다의 넷째 부인이지만 그녀는 남편을 아저씨라고 불렀다. 실제로 숭쭈어다는 방쩌의 먼 친척 아저씨였다. 그녀가 영주의 먼 친척 조카인 데다가 가장 어린 부인이라는 점 때문에 큰 마님을 포함한 그 누구도 방쩌를 업신여기지 못했다.

그녀는 예뻤고 피부는 희고 통통했다. 또한 언제나 활활 타오르는 횃불 같았다. 방쩌가 마당을 지날 때면 수십 쌍의 눈 방울이 그녀의 등 뒤를 따라다녔다. 새하얀 치마는 버섯처럼 펑퍼짐했고, 허리는 가늘고 몇 겹의 옷 속에 숨겨진 두 젖가슴은 빵빵하여 걸을 때마다 출렁거렸다. 그녀가 걷는 모양은 마치 뱀이 기어가는 것처럼 요염했다. 어른들은 여자가 그렇게 걸으면 이불 속 방사만 잘한다고 했었다.

넷째 부인을 볼 때마다 큰 마님은 긴 한숨만 나왔다. 그녀가 이불 속 방사를 잘하면 잘할수록 영주는 점점 힘들어질 것이다. 그 생각을 하자 큰 마님은 영주가 가엾어졌다. 영주가 가여워질수록 방쩌에 대한 질투심도 커졌다. 방쩌는 큰 마님에게 눈엣가시 같았다. 그러나 뽑아내고 싶어도 뽑아낼 방법을 알지 못했다.

비록 영주는 침상 위에서 방쩌를 애지중지하지는 못하지만 그녀를 제일 사랑했다. 어딜 가든 따라다니도록 했고 무엇이든 하고 싶다는 것은 맘껏 하도록 배려했으며 매월 부모에게 보내도록 은 100동씩을 주었다. 은에 대해 무슨 말이 나오기라도 하면, 큰 마님은 마치 누군가가 자신의 배 속에 손을 집어넣어 창자를 뒤튼 다음 꽉 잡는 것 같은 느낌을 받았다. 은붙이는 땅에서 거저 솟아나지 않았지만 방쩌는 매월 뻔뻔스럽고 요염한 얼굴로 큰 마님 앞에 나타나 손을 내밀곤 했다. 큰 마님은 화가 치밀어 피를 토할 것 같았으나 그녀에게 100동짜리 은 주머니를 주어야만 했다.

큰 마님이 있거나 말거나 그녀는 매번 은 100동을 받아가기 위해 당당하게 손을 내밀었다. 방쩌는 큰 마님이 피를 토하거나 말거나 눈이 튀어나오거나 말거나 아무 관심도 없었다.

방쩌는 루민상과 함께 옥수수 창고에 있었다. 루민상은 관아에서 말을 키웠다. 부모가 영주에게 빚을 져서 빚을 갚는 대신 겨우 아홉 살이던 아들 루민상을 영주에게 주었다. 그때부터 루민상은 말 외양간에 갇혀 지냈다. 그는 말을 훈련하는 재주가 뛰어났다. 다루기 힘든 말도 일단 그의 손에 들어오면 고분고분하고 아주 좋은 말로 바뀌었다.

　루민상은 체구가 작고, 피부가 검고, 몸은 식은 쇳물 덩어리처럼 단단했다. 그의 생김새를 보면 누구도 넷째 마님이 생명의 위험을 무릅쓰고 영주가 사는 관아에서 루민상을 몰래 만나고 있으리라고 생각하지 못했다.

　루민상이 새로 사 온 말의 고삐를 잡고 마당으로 끌고 오던 날, 둘은 처음으로 눈이 마주쳤다. 그날은 뒷문이 수리 중이었다. 만약 수리 중이 아니었다면 루민상은 절대 본채 마당으로 말을 끌고 가지 못했을 것이다. 마당을 지나던 그의 두 눈은 탱탱하게 부푼 방쩌의 두 젖가슴에 불현듯 꽂혔다. 비록 몇 겹의 옷 속에 단단히 숨겨져 있었으나 젖가슴은 금방이라도 밖으로 삐져나올 것만 같았다. 두 젖가슴을 보고 나자, 이제 그는 그 가슴을 달고 다니는 사람의 눈을 올려다보았다. 방쩌의 두 뺨은 발그레하고 눈은 술 반잔을 막 마신 사람처럼 반짝거렸다. 아래위 이는 백옥같이 희었다. 입술은 피가 묻은 것처럼 붉었다. 방쩌도 루민상이 두 눈으로 자신의 가슴을 뚫어지게 쳐다보고 있다는 것을 알아차렸다. 그녀는 이를 보이며 씩 웃고는 안으로 홱 들어가버렸는데, 두꺼운 치맛자락 밑으로 두 엉덩이가 실룩였다.

　방쩌는 안으로 들어갔으나 루민상은 벼락을 맞은 것처럼

마당 한가운데 서 있었다. 벼락은 사라지고 마는 것이지만 그 벼락을 맞은 사람의 몸은 끝장나는 것이었다. 몇 마리 말이 안절부절못하더니 발굽으로 땅을 치고 그의 귀에 대고 숨을 토하자 그는 그제야 자신의 할 일이 무엇인지를 깨달았다.

루민샹이 옥수수 창고 안에서 방쩌를 꼭 껴안고 있을 때였다. 창고는 넓고 문은 굳게 닫혔으며 지붕 틈 사이로 희미한 빛이 내리비쳤다. 이곳이 방쩌가 루민샹을 자주 만나는 장소였다. 그녀는 루민샹과 밤에 만날 약속은 절대로 하지 않았다. 밤에는 영주를 위해 봉사해야 하기 때문이었다. 그녀는 영주가 자신을 찾지 않을 것이라는 확신이 설 때만 루민샹과 약속을 했다. 예를 들면 오늘 오후처럼 영주가 돌기둥을 세우는 석수장이들을 독촉하는 때 같은 경우였다.

루민샹은 방쩌의 가슴을 쪼았다. 그녀의 깊고 뜨거운 두 젖가슴은 어린 옥수수처럼 달콤했다. 루민샹은 단지 방쩌 위에 엎어져만 있으면 아무것도 먹지 않고 마시지 않아도 한 달은 견딜 수 있었다. 그것은 루민샹이 방쩌에게 한 말이었다. 방쩌는 웃음을 갑자기 멈추었다.

마당에서 돌 두드리는 망치 소리가 들려왔다. 루민샹이 방쩌를 더듬으며 물었다.

"영주가 지금 뭘 하고 있는지 알아?"

방쩨는 머리를 흔들었다.

"몰라. 알고 싶지도 않고."

"사람을 처형할 돌기둥을 만들고 있잖아."

"뭐라고?"

그녀는 충격을 받고 벌떡 일어났다.

"사람을 처형하는 돌기둥이란 게 대체 어떤 건데?"

"영주가 죽이고 싶은 사람을 매달아놓는 거지."

"목을 매다는 거라고?"

루민상은 머리를 흔들었다.

"아니, 손을 매달아. 돌기둥에 귓구멍이 두 개가 있어서 손을 끼우는 거지. 매달리는 사람은 팔을 이렇게 벌려야 해."

루민상은 팔을 벌리는 동작을 해 보였다.

"그러면 사람이 어떻게 죽지?"

방쩨가 궁금해하며 묻자 루민상은 입을 삐쭉거렸다.

"하루 매달아놓는다고 사람은 안 죽어. 사흘이 지나도 안 죽어. 30일이면 확실히 죽지."

방쩨는 치를 떨었다.

"아휴, 무서워라!"

"거기에 매달려 있어야 해. 까마귀가 살을 다 파먹을 때까지. 뼈다귀는 썩어서 떨어져 나가겠지."

"누가 거기에 매달리지?"

루민상은 머리를 흔들었다.

"모르지. 아주 큰 죄를 저지르면 그 기둥에 매달려서 죽게 되겠지."

루민상이 그 말을 끝내자 방쩌는 입을 다물었고, 루민상도 입을 다물었다. 잠시 후 방쩌가 말했다.

"나는 절대 아닐 거야."

루민상은 여전히 입을 다물었고 방쩌가 계속 말을 이어 갔다.

"그렇지? 나는 절대 아니야, 그렇지?"

루민상는 고개를 끄덕이며 작은 목소리로 말했다.

"영주는 아무것도 모르고 있잖아."

"그래, 맞아."

방쩌는 기뻐 반색을 했다.

"알 수가 없잖아. 내가 말을 안 하고, 네가 말을 하지 않으면. 몇 마리의 말이 이야기했다면 모를까?"

말은 그렇게 했지만 두 사람은 아무 이유 없이 즐거움이 싹 사라지는 걸 느꼈다. 방쩌는 루민상의 팔에 머리를 베고 누웠다. 그녀의 하얀 몸은 옥수수 창고의 침침한 그림자 속에서도 환하게 빛났다.

루민상은 방쩌를 바짝 끌어안고 속삭였다.

"영주가 이렇게 꼭 안아줘?"

방쩌는 헤벌쭉 웃으며 말했다.

"더 꼭 안아주지."

"아니, 무슨 소리를!"

말이 끝나자 루민상은 방쩌를 더 세게 조였다. 방쩌는 목소릴 높였다.

"아, 아, 숨을 못 쉬겠네."

루민상은 여전히 방쩌를 풀어주지 않았다.

"영주보다 내가 더 세지?"

방쩌는 고개를 끄덕이며 미소 지었다.

"더 셌어, 더 셌다고."

돌기둥이 다 다듬어지자 영주가 고함을 쳤다.

"사람들을 더 불러오거라!"

집 구석구석에서 나온 장정들이 모두 모이자 영주는 돌기둥을 가리켰다.

"저 산으로 가져가거라."

영주는 다시 계곡 끝자락 쪽, 관아 밖에 있는 산꼭대기를 가리켰다. 영주의 호령에 따라 장정들이 둥그런 나무토막들과 많은 줄을 이용해 돌기둥을 문밖으로 끌고 나갔다. 길가에 서 있던 남녀노소는 영주가 돌기둥을 세우라고 지시한 산꼭대기를 향해 올랐다.

겨울이 중턱에 이른 그날, 하늘이 갑자기 어둑어둑해지더니 찬바람이 금방이라도 쏟아질 것 같은 비 냄새를 싣고 왔다. 비가 오려면 오라는 듯 사람들은 이에 아랑곳하지 않고 계속 돌기둥을 산꼭대기로 끌어 올렸다.

하늘이 비를 퍼부어도 사람들은 상관하지 않았고, 영주가 뭘 하든 루민상과 방쩌는 관심이 없었다. 곡식 창고에서 쥐새끼가 허둥지둥 뛰쳐나갔다. 비가 올라치면 쥐새끼들은 언제나 급히 그곳을 빠져나가곤 했다. 잘됐다. 비가 그치고 날이 어두워지면 사람들은 널어놓은 옷과 콩과 옥수수를 거둘 채비를 하느라, 오후 내내 방쩌와 루민상이 사라졌던 사실을 아무도 눈치채지 못할 것이다.

모처럼 만에 겨우 한나절 만나도 루민상은 방쩌를 언제나 한바탕 전쟁으로 가루가 된 것처럼 녹초로 만들어놓곤 했다. 그럼에도 그는 피곤한 기색이 전혀 없었다. 그는 절구와 같았다. 절구를 한 번 돌리면 옥수수는 완전히 가루가 되어버렸다. 그가 만두를 입에 물듯 방쩌를 덥석 먹어버렸는데 만두가 크기도 하고 부드럽기도 하고 뜨겁기도 했다.

루민상이 방쩌의 궁둥이를 찰싹 때리며 말했다.

"나는 사흘 밤낮으로 방쩌를 사랑해줄 수 있어. 잠도 안

자고 쉬지도 않고. 믿을 수 있지, 방쩌?"

방쩌는 손사래 치면서도 고개는 끄덕였다.

"안 믿어줘도 괜찮아. 사흘 낮 사흘 밤이면 방쩌는 이미 죽어 있을 테니까."

루민상은 히죽히죽 웃었다. 그때 천둥이 두 사람 머리 바로 위에서 요란하게 울리더니 갑자기 번개가 쳤다. 번쩍이는 번개 불빛에 드러난 두 발에 루민상은 깜짝 놀랐다. 문지방 틈 사이로 바깥에 서 있는 두 정강이가 보였다. 루민상이 나가야 한다고 말하자 방쩌가 벌떡 일어났다. 그녀는 화들짝 놀라며 물었다.

"저게 뭐지?"

루민상은 손으로 방쩌의 입을 틀어막았다. 그녀는 말문이 막혔고 가슴이 두근거렸다. 루민상이 발끝으로 살금살금 걸어가 몸을 비스듬히 하고는 눈을 찌푸려가며 문틈으로 밖을 내다보았다. 밖에 서 있던 사람의 그림자가 황급히 사라지고 굵은 빗방울이 돌 마당을 두드릴 뿐이었다.

루민상이 되돌아와 방쩌 옆에 풀썩 주저앉았다. 방쩌는 마음이 급해서 참지 못하고 작은 소리로 물었다.

"사람이었어?"

루민상이 고개를 끄덕였다.

"누구?"

루민상이 머리를 저었다.

"못 봤어."

"못 봤다면서 어떻게 사람이 있었다고 말해?"

루민상은 문을 가리켰다.

"조금 전 바깥에 사람의 두 발이 서 있는 것을 보았어."

방쩌가 말했다.

"정말로?"

루민상은 고개를 끄덕였다. 방쩌는 궁금해하며 또다시 물었다.

"어떻게 그리 빨리 사라진담?"

루민상은 머리만 가로저을 뿐 대답하지 않았다. 방쩌가 루민상의 어깨를 한 차례 치며 말했다.

"무서워서 두 눈이 캄캄해지네."

루민상이 훌쩍 일어나며 한마디 했다.

"내가 본 건 사실이야. 저 밖에 사람이 서 있었어. 그 사람이 이 안에 있는 우리를 보거나 어떤 소리를 들었을까?"

속옷과 치마를 입으며 일어서서 허둥대는 방쩌를 보고 루민상이 물었다.

"뭘 하려고 그래?"

"방으로 돌아가야지."

"날이 어두워질 때까지 기다려."

방쩌가 고개를 내저었다.

"비도 오고, 누가 볼까 봐 무서워."

방쩌는 뒷문으로 나갔고, 곧이어 루민상이 뒤쫓아 나와 방쩌를 붙잡았다.

"더 있다가 가, 조금 더 기다려…."

하지만 방쩌는 루민상의 손을 홱 뿌리쳤다. 루민상은 주저주저하면서 말했다.

"예감이 좋지 않으니 조심해…."

방쩌가 루민상의 얼굴을 빤히 쳐다보는데 희미한 빛 속에서 그의 하얀 이만이 또렷했다.

"뭐가 두려워, 루민상? 죽으면 그뿐이지 뭐. 어쨌든 죽지는 않을 거야. 또 이렇게 젊을 때 죽는 게 늙고 추해져서 말라비틀어진 고추처럼 얼굴에 주름이 잔뜩 질 때까지 살다가 죽는 것보다 나쁘지 않잖아?"

방쩌는 말을 마치자 문을 열고 곧바로 밖으로 나갔다. 루민상은 방쩌를 배웅해야 했지만 나가보고 싶지 않았다.

여전히 비가 내리고 있었다. 굵은 빗줄기가 온몸을 아프게 했다. 돌기둥은 산꼭대기에 세워졌고 그 밑둥치는 자갈땅에 깊숙이 박혔다. 이제 돌기둥은 사람 키에서 머리 두 개를 더한 것만큼 높아졌다. 영주는 사람들을 시켜 작은 돌을 가져다가 돌기둥 주변에 쌓고 망치로 바닥을 단단하게 다지도록 했다.

돌기둥이 막 세워졌을 때 쏟아지던 소나기가 뚝 그쳤다. 날씨가 조금 환해지니 두 눈 같은 두 돌 귀가 달린 새카만 돌기둥이 말없이 서 있는 모습이 또렷이 보였다. 옷은 젖었고 찬 바람까지 윙윙거리자 돌기둥에서 배어 나오는 기운이 두려운 듯 석수들이 부들부들 떨었다.

숭쭈어다가 돌기둥의 밑둥치에 서서 큰 소리로 말했다.

"돌기둥은 이곳에 영원히 서 있을 것이다. 100년, 200년 이상 이곳에 서 있을 게야. 이 돌기둥이 죽어 마땅한 사람들을 처형하는 드엉트엉의 영주 노릇을 하게 될 테지. 잘못을 범하면 누구든지 매달리고 집안사람이라고 시신을 함부로 가져갈 수 없을 것이다. 까마귀 밥이 되도록 이곳에 놓아두어야 하고, 뼈가 돌기둥 밑둥치로 떨어져 흰개미가 숨 쉬도록 놓아두어야 할 것이다."

영주는 말을 마치고는 옆에 서 있는 호위병의 화승총을 낚아채 하늘로 세 발을 발사했다. 영주가 어둠 속에서 쏜 총소리는 곧 퍼부을 광란의 화풀이나 어떤 자를 향한 사전 경고 같았다. 이 소리를 들은 석수들은 치를 떨었다. 그리고 비에 젖었던 옷이 아직 덜 마른 사람들은 머리에서부터 발끝까지 땀을 흘리는 바람에 옷이 마를 새가 없었다.

영주의 화승총 소리에 유일하게 놀라지 않은 것은 매였다. 영주가 총을 돌려주고 팔을 높이 치켜들자 숭깟이 한 발짝

한 발짝 발을 옮기더니 기다렸다는 듯 날아올라 돌기둥 꼭대기에 앉았다. 돌기둥에 앉자마자 숭깟은 몇 번 울어젖혔다. 매의 꽥꽥거리는 소리에 주변 고목에 앉아 있던 새 떼가 잡아먹히기라도 할까 봐 화들짝 놀라 높이 날아올랐다.

숭깟은 돌기둥 위에 조용히 앉아 무리 지어 선 사람들을 뚫어지듯 바라보았다. 매는 숭쭈어다에게 새로운 임무를 부여받을 것이다. 바로 죽을 사람의 명을 재촉하는 것이다.

숭깟이 먹이 사냥하는 것을 본 사람이라면 누구든 그 모습을 절대 잊을 수가 없었다. 날씨가 아주 맑고 좋은 날을 잡아 사냥을 나가면 매는 날개를 쭉 펴고 하늘 높이 날아올랐다. 보면 볼수록 정말 영리한 놈이었다. 마치 공격할 줄 전혀 모르는 종류의 매 같았다. 비단같이 보드라운 길쭉한 깃털은 순풍에 날리고 발톱은 윤이 났다. 황금색 두 발은 배 밑쪽에 나란히 뻗어 있었다. 높고 청명한 하늘의 바람에 실려가는 듯, 그리고 구름 위에서 잠을 자는 듯했다. 맑은 날씨에 하늘의 높고 낮음을 미처 살펴보지 못하고 나무에 부딪힐 뻔했던 참새 한 마리가 나무 꼭대기 너머 하늘로 솟구쳤다가 높은 곳에서 번개처럼 내리꽂는 숭깟에게 놀라 무의식중에 공중에서 툭 떨어졌다. 숭깟은 참새를 잡기 위해 구부러진 발톱을 사용할 수도 있으나 그렇게 하고 싶지 않은 것 같았다. 매는 참새가 계속 떨어지게 놔두었다. 한 단계 더, 한 단계 더. 그러고 나서야 화살처럼 내리꽂으며, 두 발을 치켜들어 참새를 순식간에 낚아챘다. 그러고는 다시 날아올랐다가 몇 차례 다이빙을 계속하자 작은 참새가 순식간에 갈기갈기 찢겼다. 참새는 매의 한 입 먹잇감이 되고 말았다.

매는 빨리 먹으려고도 하지 않았다. 작고 보잘것없어서 자신이 먹을 음식이 아니라는 듯했다. 매는 장난삼아 사냥한 것뿐, 발과 날개, 부리를 단련한 것이 전부였다는 듯 참새를 먹는 데는 관심이 없어 보였다. 숭깟은 마치 자기 주인처럼 무시무시했다. 아무것도 겁내지 않는 녀석에게 적수가 딱 하나 있었다. 바로 큰 마님이 키우는 늙은 누렁이였다.

매와 누렁이는 영주의 관아에서 자라온 시간이 엇비슷했다. 둘은 비록 같은 집에서 살아왔지만 결코 서로를 향한 미움을 멈춘 적이 없는 사이였다. 매는 가끔 누렁이의 머리를 한 방 쪼려고 높은 지붕 위에서 곧장 내리꽂기도 했는데 열에 한 번은 적중했다. 아홉 번은 개가 낌새를 채는 바람에 실패했다. 몸을 비스듬히 하고 발을 들어 한 방 차기도 했는데 이 역시 열에 아홉은 실패했다.

≈≈

비에 젖어 얼굴과 귀가 잿빛으로 변해 집으로 돌아온 영주는 곧바로 큰 마님의 방으로 들어갔다. 숭깟도 깃털이 비에 흠뻑 젖은 채 영주의 어깨 위에 똑바로 서 있었다. 영주가 방에 들어가자 숭깟도 자연스레 따라 들어왔다. 영주가 누렁이 곁을 지나가자 숭깟도 누렁이의 머리 위를 지나갔다. 남자 주인과 여자 주인이 같이 있으니 두 동물은 감히 상대에게 무슨 짓을 할 엄두조차 내지 못했다.

큰 마님은 은전 세는 일을 마치고 금고를 자물쇠로 잠갔다. 영주가 방으로 들어오는 것을 본 그녀는 황급히 일어나 하녀를 불러 따뜻한 술을 대령하라고 일렀다. 다른 하녀에게는 영주가 비를 맞아 옷이 젖었으니 마른 옷을 얼른 가져오라고 했다.

하녀가 가져온 술에서는 김이 모락모락 올라왔다. 큰 마님이 술을 건네받아 숭쭈어다에게 올렸다. 숭쭈어다는 술잔을 잡고 한 모금 마셨다. 술이 아직 반잔 가까이 남았지만 영주는 잔을 탁자에 내려놓고 말했다.

"숭깟, 너나 마셔라."

그 말을 들은 숭깟은 탁자 위로 폴짝 내려앉아 흠뻑 젖은 꼬리를 탁자 위에 활짝 펼치고는 주저하지 않고 술잔 가까이로 갔다. 숭깟이 몇 번 쩝쩝거리자 잔이 깨끗이 비워졌다. 술잔을 비운 숭깟은 주변을 훑어본 다음 날개를 쫙 펴고 출입문을 통해 휙 날아갔다. 그때 누렁이는 문지방 밖에 앉아 안쪽을 노려보며 숭깟이 날아가면 홱 뛰어오르려고 기다리던 참이었다. 하지만 숭깟은 날짐승인데 그게 그렇게 쉬울까? 마당으로 나간 매는 하늘 높이 날아 한 바퀴 돌고는 급히 하강했다. 곧이어 행랑으로 날아 관아 맨 앞 동문으로 재빠르게 가더니 누렁이를 쳐다보며 위협했다.

그사이 마른 옷이 대령되었다. 숭쭈어다는 천천히 젖은 옷을 벗고 새 옷으로 갈아입었다. 큰 마님은 조용히 앉아 기다렸다. 이제 그녀는 남편의 몸으로 파고들지 않았다. 큰 마님은 진작 영주의 체취를 다 잊어버렸고, 영주가 숨 쉴 때 토해내는 소리도 잊은 지 오래였다. 큰 마님은 영주의 젖은 옷을 받아 방 한구석에 있는 구리 대야에 넣었다.

숭쭈어다는 부인은 거들떠보지도 않고 창문 밖 어두운 그림자 속에 가라앉아 있는 돌기둥만 내다보았다.

"임자, 당신은 내가 무엇을 하려고 돌기둥을 세웠는지 아시오?"

큰 마님은 고개를 가볍게 끄덕이며 아무 말도 하지 않았다. 영주는 옥수수를 갈 때 절구를 끄는 소리처럼 무겁고 긴 한숨을 내쉬었다.

"아, 곰곰이 생각해봐도 돌기둥을 이토록 빨리 쓰게 될 줄은 몰랐네."

큰 마님은 그제야 주저주저하면서 말을 했다.

"아니면… 다른 방법을 쓸까요?"

영주가 이빨을 꽉 물고 허벅지에 놓인 주먹을 불끈 쥐니 힘줄이 마치 나무뿌리처럼 솟아올랐다.

"그렇게 하면… 다른 놈들이 겁을 안 먹지."

영주가 일어나자 큰 마님도 따라 일어섰다. 그는 손을 내밀며 말했다.

"이리 내놔."

큰 마님은 한숨을 내쉬고는 나무 상자를 열어 그 안을 샅샅이 뒤졌다.

영주는 큰 마님에게 받은 물건을 들고 등을 돌려 문밖으로 나갔다. 땅땅한 덩치가 좁은 문틀에 꽉 끼였다. 큰 마님은 침상에 풀썩 주저앉았다. 그녀는 남편이 불쌍해 보였다. 악독하고 잔인한 놈, 닭이나 소보다 사람을 더 많이 죽인 폭군이라 해도 연약한 어린아이처럼 걱정스러울 때가 있었다. 그녀는 날마다 영주의 팔을 베고 누워 심연에서 불어나오는 바람 소리 같은 깊은 숨소리를 듣고 싶었다. 그 육중한 몸뚱이 아래에 누워 있고 싶었다. 하지만 그녀는 남편의 무게를 잊은 지 오래였다.

숭쭈어다를 불쌍히 여기면 여길수록 큰 마님은 그를 배반하는 무리에게 화가 치밀어올랐다. 큰 마님은 배반자가 썼던 베레모를 영주에게 주었다. 그 모자는 넷째 부인 방에서 하녀가 가져온 것이었다.

방쩌는 행실이 바르지 못하고 헤픈 계집이었다. 바로 큰 마님이 그 계집을 영주에게 데려다주려고 혼수 예물을 계집의 집에 갖다 주었다. 이후 무슨 일이든 손가락 하나 까딱하지 않고 다달이 은 100동씩을 달라고 손을 내미는 계집이 감히 남편 얼굴에 치맛자락을 뒤집어씌우고 앉았던 것이다.

만약 그대로 살려두면 이 계집은 집안 법도를 깨뜨릴 뿐 아니라 이 관아에서 청춘을 빼앗기고 살찐 염소처럼 사육되다 잊힌 수십 명의 다른 계집을 제 마음대로 좌지우지할 게 아닌가?

그래서 큰 마님은 베레모를 영주에게 전해줄 때, 혹시 별일이 아닌지 한 번 더 생각해보기로 했다. 만일 큰 마님이 방쩌가 행복하게 사는 것을 원치 않고 죽기를 바란다면 방쩌는 죽게 될지도 모르는 일이었다. 살코기는 까마귀가 깨끗하게 쪼아 먹을 것이고, 뼈다귀는 돌기둥 아래 하얗게 떨어져 내리게 될 것이다.

큰 마님이 방쩌의 실룩거리는 펑퍼짐한 두 궁둥이를 찰싹 치면서 귀띔해주었음에도, 방쩌는 남자 하인 수십 명의 정염에 불타는 눈빛을 아랑곳하지 않고 어깨를 쭉 편 채로 마당을 지나다녔다.

"다음부터는 마당 가운데로 가지 마라."

큰 마님의 충고에도 계집은 크고 물에 젖은 듯 촉촉한 두 눈을 흘기며 대꾸했다.

"왜 안 되나요?"

"남정네들이 여자의 치마가 바람에 날려 올라갈 때를 생각하니까."

방쩌는 겸연쩍은 듯 웃음을 지었다.

"생각하려면 해보라지 뭐. 남정네들이 뭘 어찌한다고 겁을 내요."

"오늘은 그렇게 생각했다 하더라도 내일은 정말로 어떻게 할 방법을 찾아보는 게 좋을 게야, 그렇지 않아?"

계집은 여전히 웃으며 말했다.

"큰 형님, 나이도 드셨으니 이제 고리타분한 생각을 좀 바꾸세요."

큰 마님이 방쩌를 노려보자 계집은 손사래 쳤다.

"제가 어찌 감히, 말도 안 돼요. 농담이었어요."

계집은 말을 마치고 등을 돌려 자기 방으로 돌아갔다. 두 궁둥이는 치마 속에서 실룩거리고 치맛자락은 발걸음마다 회오리바람이 일듯 펄럭였다. 방쩌는 정말 자신의 운명이 어찌 될지도 모르고 분수도 모르는 계집이었다.

큰 마님은 그 계집이 마구간 바로 뒤 옥수수 창고에서 마부의 몸에 얼굴을 파묻는 모습을 보았다. 마부 녀석이 영주와 비교해볼 때 뭔가 더 좋았던 모양이지? 큰 마님은 두 젊은 것이 했을 일들을 생각하니 부끄러워서 몸이 떨렸다. 그래서 두 연놈을 찾아가서 한 대씩 때려줄까 아니면 작대기로 후려칠까 생각했다. 그러나 큰 마님은 마치 땅속에 박힌 것처럼 멍하니 서 있을 뿐 어찌해야 좋을지를 알지 못했다. 그녀는 마부 녀석의 손이 망설임 없이 방쩌의 치마 속으로 들어가 넓은 치마 속을 더듬는 것을 보았다. 그리고 방쩌의 열린 옷가슴에 얼굴을 파묻는 것도 보았다. 큰 마님은 온몸에서 피가 솟구쳐 오르는 것 같았다. 얼굴이 화끈거렸다. 저것들이 감히 저런 짓을 하다니. 바로 이 관아 안에서, 그것도 지저분한 창고에서. 그리고 밤이 되자 방쩌는 착한 개처럼 침상 위에 누워 숭쭈어다를 기다렸다.

큰 마님은 그들에 대한 분을 참지 못했다. 그녀는 그들을 응온나무의 독으로 만든 독약으로, 칼로, 도끼로, 끓는 물로 죽이고 싶었다. 마부 녀석이 방쩌의 하얀 두 젖무덤에 얼굴을 파묻는 장면이 계속해서 머릿속에서 맴돌았다. 그러나 이 일은 그녀 혼자 결정할 수 있는 문제가 아니었다. 방쩌는 숭쭈어다의 재산이었기 때문이다. 영주의 결정에 따라서만 그들을 처리할 수 있었다.

3. 내 발걸음은 집으로 향하고 있으나
   영혼은 너의 허리춤에 아직 잠들어 있다네

숭빠씬은 화전을 일구어 양귀비를 재배하는 일을 했다. 양귀비는 숭빠씬의 가슴 높이만큼 자랐고 하얀 꽃과 자줏빛 꽃이 드엉트엉 계곡을 따라 늘어선 경사지 전체에 수만 마리의 나비 떼처럼 피었다. 바람이 한두 차례 불 때마다 꽃들이 떼를 지어 일렁였다. 꽃잎들이 마치 지상에 갓 내려온 선녀들처럼 주체를 못 하고 춤을 추었다. 돌산 꼭대기는 잿빛이었고 구름 아래 하늘은 비가 올 듯 흐렸으나 양귀비꽃의 아름다움은 지나가는 사람들의 발걸음을 멈추게 했다. 싹이 막 터서 올라오는 양귀비 대는 마치 국화 줄기 같았다. 양귀비는 여러 집에서 간격을 두고 심어야 하는데 그렇지 않으면 크게 자라지를 못하고 어린애들이 장난으로 모두 싹을 자르거나 뽑아 가서 국을 끓여 먹었다. 국화 줄기는 사람 무릎 높이 정도로 자라지만 양귀비는 토질이 좋으면 머리 높이까지 클 때도 있었다. 날씨가 추워도 양귀비꽃이 피는 것을 막을 수는 없었다. 추우면 추울수록 더 많은 꽃이 피고 꽃봉오리도 크고 줄기도 길고 열매도 실하고 유액도 많았다.

집 청소를 깔끔히 마친 타오짜방은 숭빠씬을 도와주기 위해 갈고리 달린 칼을 어깨에 메고 그녀에게로 향했다. 발걸음 소리에 숭빠씬은 고개를 들어 타오짜방을 쳐다보았다. 타오짜방은 무슨 말을 하려다가 숭빠씬과 얼굴이 마주치자 발걸음을 뚝 멈추고 섰다. 내리비추는 아침 햇살 아래 활짝 피어 있는 수많은 양귀비 꽃봉오리 사이에서 그녀의 얼굴이 환하게 빛났다. 그는 드엉트엉 계곡에 만발한 양귀비꽃 가운데 가장 예쁜 꽃이 숭빠씬이라고 생각했다. 볼이 불그스레해진 그녀는 수건 자락 끝으로 흘러내린 땀방울을 손으로 훔치고는 해맑게 웃었다.

"양귀비 귀신이 혼을 빼앗는다지?"

타오짜방은 깜짝 놀라 겁먹은 표정을 하고는 손을 머리에 올려 베레모를 벗으며 말했다.

"양귀비 귀신이 아니라 사람이 혼을 빼앗는다고."

"사람이 어찌 혼을 잡을 수가 있담?"

숭빠씬이 양귀비를 심어놓은 밭고랑을 돌아 앞으로 나가더니 양귀비 꽃밭을 벗어났다. 타오짜방이 그 뒤를 따랐다. 두 사람은 밭 옆에 앉았다. 숭빠씬이 가지고 온 대나무 물통을 타오짜방에게 건네자 그는 고개를 저으며 말했다.

"안 마실래. 자기를 보니 갈증이 싹 가셔버렸어."

타오짜방은 숭빠씬을 태워 석탄으로 만들고 싶은 눈치였다. 숭빠씬은 물통을 잡고는 이렇다 할 까닭도 없이 부끄러움을 느꼈다.

"그렇게 쳐다보지 말아. 쑥스러워."

타오짜방이 웃으며 말했다.

"안 보면 못 참겠는걸."

"그만!"

숭빠씬은 몸을 구부려 치맛자락에 붙은 풀씨 몇 개를 떼어냈다. 엉덩이를 떼었다가 연인 가까이 다가앉은 타오짜방은 이를 드러내 웃으면서 그녀에게 붙은 풀씨를 떼주었다.

"드엉트엉에 자라는 수많은 풀씨가 모두 이 치맛자락에 달라붙어 있으면 좋겠네."

숭빠씬이 고개를 들고는 작대기로 타오짜방의 몸을 한 차례 때렸다. 타오짜방은 그래도 좋다며 숭빠씬 곁에 착 달라붙어 앉았다.

"치마에 모두 달라붙어 있으면 죽을 때까지 풀씨나 떼어내려고?"

웃으며 말하는 숭빠씬의 목소리가 이슬방울처럼 투명했다. 타오짜방이 고개를 끄덕였다.

"그것도 좋지. 둘이 계속 이렇게 앉아서 죽을 때까지 풀씨나 떼지 뭐. 그래야 우리 둘이 옆에서 같이 죽을 수 있잖아."

숭빠씬은 고개를 저었다.

"곁에서 함께 살아야 좋지, 나란히 죽는다면 뭐가 좋을 게 있다고 떠든담."

타오짜방은 이를 드러내 웃으면서 재치 있게 말했다.

"아이고, 옆에서 같이 안 산다면 어떻게 같이 죽을 수 있다는 거지?"

숭빠씬은 타오짜방의 어깨를 덥석 잡았다.

"그렇다면 왜 같이 살자고 바른대로 말을 하지 않았어?"

"그거야 말하지 않아도 저절로 아는 거니까."

타오짜방은 눈을 반짝이며 손으로 자신의 턱을 쓰다듬는 숭빠씬을 바라보며 대답했다.

"너무 웃어서 입이 다 아프네!"

숭빠씬은 타오짜방을 곁눈질하며 한마디 했다.

"더 웃으라고. 이가 다 빠지도록."

바람이 한바탕 불고 또 한바탕 불어, 계곡을 거쳐 꽃망울을 터트린 양귀비 대 위를 미끄러지듯 지나갔다. 한동안 앉아 있자 땀이 식고 갑자기 한기가 얼굴과 몸에 엄습해왔다.

어디선가 검은 까마귀가 한두 마리 날아오더니 두 사람 앞에서 높이 날아올랐다. 까마귀 떼는 영주가 막 돌기둥을 세워놓은 산의 정상으로 날아가버렸다.

타오짜방은 까마귀 떼를 보며 중얼거렸다.
"까마귀를 보니 아무 이유도 없이 기분이 나쁘네."
숭빠씬이 고개를 끄덕였다.
"오래오래 지나도 아무도 죽지 않을 거야. 오늘 까마귀가 돌아갔으니 사람이 죽을… 이유가 없지."
숭빠씬은 괜스레 등줄기에 한기를 느껴 말을 끝맺지 못했는데, 바람 때문이었는지 아니면 걱정 때문이었는지는 알 수 없었다.

～～

날이 어두워지자 루민상은 입을 다시고, 이불을 개놓고는 옷을 하나 더 걸쳐 입은 다음 밖으로 나왔다. 그리고 영주의 침과 뜸 수발을 위해 문 앞에 서 있었다.
"루민상 대령했습니다!"
숭쭈어다는 등불을 켜놓은 탁자 옆에 누워 있었다. 어깨와 손을 주무르는 계집, 등과 다리를 주무르는 계집 둘이 영주 곁에 앉아 있었다. 벌겋게 타오르는 석탄 난로가 안에 놓여 있었고, 아편 연기와 석탄 가스가 방 전체에 훈기를 더했다. 발끝걸음으로 살금살금 걸어간 루민상은 심부름하는 아이를 따라 문지방을 넘어 영주의 거처로 들어갔다.

숭쮸어다는 여전히 눈을 감고는 아편 연기를 한 모금 마시면서 물었다.

"루민상 왔느냐?"

루민상이 몸을 구부리며 대답했다.

"예, 여기 있습니다."

"너는 오늘 오후 돌기둥 세우는 데 나와서 돕지 않고 뭘 했는고?"

루민상은 깜짝 놀랐다. 아무 생각도 나지 않았고 방쩌의 뜨겁고 깊은 하얀 두 젖무덤만 머리에서 맴돌 뿐이었다.

"예?"

숭쮸어다는 수놈 호랑이처럼 소리쳤다. 루민상은 다시 한 번 깜짝 놀라더니 두 무릎을 벌벌 떨었다.

"저… 저… 병든 망아지가 있었습니다."

"어떤 말이 병들었느냐?"

"어제 막 사 온 말이 통 옥수수 죽을 먹지 않습니다."

천연덕스럽게도 루민상의 입술은 기름을 발라놓은 것처럼 매끄러웠다. 그렇게 둘러대기는 했지만 그는 여전히 겁이 났다. 다행스러운 것은 영주 저택에서 말을 한 마리 사서 들여온 게 진짜고, 그 말이 병이 나서 죽 먹기를 거부하고 있는 것도 사실이었다.

영주는 아무 말 않고, 계집의 팔을 잡아끌어 등으로 가져갔다.

"여기라니까! 세게 누르라고. 그렇게 간질이기만 하면 참기가 힘들다고!"

영주가 투덜거리는 소리를 듣고, 의자 위에서 졸고 있던 숭깟이 쏜살같이 날아와 부리로 계집의 어깨를 쪼았다. 계집은 아파서 비명을 질렀다. 영주는 킥킥거리며 웃었다. 숭깟은 늘 그랬다. 누구든 영주의 마음에 안 들게 행동해서 영주가 불평하거나 짜증스러운 표정을 지었다 하면 부리로 한 방 쪼아 버리는 것이었다. 계집은 통증으로 얼굴을 찡그리고 훌쩍이면서도 영주가 말하는 곳을 제대로 안마하기 위해 몸을 바짝 기대어 주무르는 일에 열중했다. 그는 늘 그랬다. 안마를 받을 때 한곳에 누워 연자방아 돌듯 이리저리 뒤척거리기만 했다. 쌀쌀한 날씨에도 계집의 얼굴에서는 땀이 흘러서 시시때때로 옷소매를 들어 올려 땀을 닦아내야만 했다.

안마하는 몇몇은 나이가 들어 이미 스무 살을 훌쩍 넘기기도 했다. 영주의 마음에 들게 주무르려면 기술을 좀 익혀야 하는데, 1년 내내 배우고도 제대로 못 한다고 구박받으며 부엌데기로 내려간 계집도 있었다.

영주는 눈을 반쯤은 뜨고 반쯤은 감은 채 '아, 아' 하고 신음을 냈다. 루민상은 여전히 한구석에 비 맞은 개처럼 서 있었다. 영주는 갑자기 고개를 돌려 아무 상관 없는 말을 한마디

했다.

"루민상, 너는 내가 세워놓은 돌기둥을 보았느냐?"

"영주님께서는 무엇을 물으시는지…?"

"네놈이 돌기둥을 보았느냐고 물었다."

"아…직 못 보았습니다. 아…직."

"너는 내가 돌기둥을 무엇에 쓰려는지 알고는 있느냐?"

"예, 알고 있습니다."

루민상의 바짓가랑이 속 두 무릎이 금방이라도 떨어져 나갈 듯 심하게 떨렸다. 영주는 손으로 문을 가리키며 말했다.

"돌아가!"

"돌아가라고요?"

영주가 헛기침을 했다. 이에 깜짝 놀란 루민상은 더 물어볼 엄두도 못 내고 입도 뻥끗 안 한 채 서둘러 문밖으로 나가는데, 두려움에 질려 두 발이 서로 엉킬 듯했다.

한밤중이 되자 느닷없이 부엉이 우는 소리가 루민상의 귀에 들려왔다. 이쪽 귀에서 저쪽 귀로 들려오는 소리는 마치 날카로운 것이 머릿속으로 야금야금 파고들듯 그를 괴롭혔다.

이 밤중에 영주의 관아 바로 밑에서 부엉이가 그렇게 울어대는 이유가 뭘까? 루민상은 골똘히 생각하면서 이불 두 모서리를 가져다 귀를 틀어막았다. 하지만 양쪽 귀가 아프도록 틀어막아도 부엉이 우는 소리를 막을 수 없었다.

루민상이 누운 방의 바로 위에서 두 눈을 반쯤은 감고 아편을 피우는 영주의 모습이 자욱한 연기와 함께 루민상의 얼굴로 스며들었다. 영주는 무엇을 하려는 것일까? 왜 오라고 불러놓고서는 단지 몇 마디만 물어본 뒤 당장 나가라고 쫓았을까?

특별한 일도 없이 루민상은 자리에서 벌떡 일어났다. 곳간 문틈 밖에 있었던 두 정강이가 문득 떠올랐기 때문이다. 땀이 루민상의 등줄기를 적셨다. 지금껏 살아오면서 이처럼 두려움을 느껴본 적은 한 번도 없었다. 그는 다시 널빤지로 만든 침상에 천천히 드러누워 이불을 몸에 둘둘 말고 쥐 죽은 듯 조용히 있었다.

날이 뿌옇게 밝아왔다. 목이 졸린 것 같은 닭 울음소리가 관아의 가축 사육장 쪽에서 울려 나왔다. 루민상은 고양이처럼 기어 일어나 궤짝을 열고는 밑바닥에 감추었던 은을 모두 꺼내 몇 벌의 옷 속에 겹겹이 싼 다음 천으로 된 가방에 쑤셔 넣었다. 그런 다음 천 가방을 어깨 위로 두르고는 다른 하인들이 죽은 듯 잠든 틈을 타 숨소리를 낮추며 밖으로 나왔다.

루민상은 나무 대문 앞에 잠시 조용히 섰다. 그에게는 다른 방도가 없었다. 남은 방법은 한 가지뿐, 바로 도망가는 것이었다. 대문에는 자물쇠가 없었다. 하긴 하인들의 거처에 무슨 자물쇠가 필요하겠는가. 루민상은 대문 틈으로 밖을 빼꼼히 내다보았다. 밖은 아직 어둑어둑하고 마당에 깔아놓은 허연 돌만 희끄무레하게 보일 뿐이었다. 어젯밤에는 달이 없었다. 비도 완전히 그쳤다. 협곡으로부터 불어오는 바람만 마당 위로 서로 꼬리를 이으며 마당 입구에서 끝으로 낙엽들을 휘날리게 할 뿐이었다.

　　루민상은 방쩌를 생각했다. 그녀는 이 시간에 분명 잠들어 있을 것이다. 방쩌의 뜨거운 두 젖가슴과 흑흑거리는 신음이 떠올랐고, 자신의 어깨를 할퀴어 피가 흐르던 방쩌의 손가락도 아른거렸다.

　　방쩌는 과연 루민상과 함께 도망가기를 원할까? 그녀는 같이 도망가고 싶기도 하고 도망가고 싶지 않기도 했다. 마치 루민상이 방쩌를 좋아하면서도 좋아하지 않는 것처럼. 루민상이 방쩌와 몰래 바람피워 숫염소 노릇을 하고 그녀에게 받은 하얀 은을 계산해보니 200~300동은 족히 되었다. 만약 방쩌가 아니었다면 루민상은 절대로 그만한 돈을 벌 수 없었을 것이다. 그러나 방쩌처럼 예쁘다 할지라도 다시는 영주의 계집을 먹고 싶지 않았다. 팔로 방쩌를 껴안을 때마다 그는 영주가 방쩌를 품에 안는 모습이 떠올랐다. 그녀의 젖가슴에 얼굴을 묻을 때마다 영주 또한 그렇게 했을 거라고 생각했다. 루민상은 어찌해야 좋을지 몰랐다. 만약 누가 그에게 방쩌 같은 계집과 영원히 같이 살고 싶냐고 물어본다면 루민상도 다시 생각을 해야 할 문제였다.

 이제 루민상은 떠나야만 했다. 그렇지 않으면 조만간 영주가 방쩌와 자신이 서로 내통한 일을 알게 될 것이다. 그러면, 그때는… 루민상은 몸을 부르르 떨었다. 아직 이렇게 젊은데 죽는 건 너무 심한 처사 아닐까? 그는 절대로 죽고 싶지 않았다. 특히 방쩌 때문에 죽는다는 것은, 방쩌와 함께 죽는다는 것은.

 '방쩌는 남아서 계속 넷째 부인으로 살고, 나는 여기서 도망가야지.'

 루민상은 결단의 숨을 내쉬고 대문을 살며시 밀었다.

~~~

 그때 방쩌는 큰 마님 방에 있었다. 큰 마님이 그녀를 건너오라고 불렀던 것이다. 마치 두 마리의 뱀이 옥수수 창고에 있는 것처럼 방쩌와 영주의 말을 끄는 루민상이란 녀석이 서로 엉켜 뒹구는 모습을 큰 마님이 보았기 때문이다. 그 일은 진작 영주에게 보고되었고, 방쩌의 방에서 잃어버린 녀석의 모자까지 손안에 있었다. 그녀가 어떻게 변명하든 영주에게는 절대로 통하지 않을 것이다. 큰 마님은 그녀가 어떻게 할 생각인지를 묻고 싶을 따름이었다.

큰 마님은 침상에 앉았고, 방쩌는 큰 마님이 치마를 바느질할 때 자주 앉는 의자에 앉았다. 하녀가 석탄 화로에 탄을 더 갖다 넣으니 탁탁거리며 화로에 불이 붙었다. 큰 마님이 물을 한 모금 마시고 나서 방쩌에게 물었다.

"이제 무슨 할 말이 있느냐?"

방쩌는 침묵했다. 큰 마님이 곳간에서 있었던 일을 말하는 것을 듣고 방쩌의 얼굴은 약간 창백해졌다. 그러고 나서 그녀는 마치 아무 일이 없었다는 듯, 아무것도 못 들었다는 듯 정신을 차렸다. 방쩌는 숨을 들이마신 다음 천천히 내쉬고는 큰 마님의 얼굴을 똑바로 쳐다보며 말했다.

"무슨 말씀이신지요? 큰 형님께서 뭐라고 하시든 그뿐입니다."

"뭐라?"

화가 치밀어 오른 큰 마님은 기가 막힌다는 듯 방쩌를 바라보았다.

"방쩌, 자네는 정말 겁도 없단 말이더냐?"

방쩌는 의도적으로 신중하게 행동했다.

"겁은 나지만 큰 형님께서 용서해주시면 되지 않나요?"

큰 마님은 손가락으로 그녀의 낯짝을 가리키며 물었다.

"자네 생각에 자네는 결코 잘못한 게 없다는 건가, 아니면 뭔가?"

방쩌는 고개를 저었고, 큰 마님은 계속 목청을 높였다.

"뭐? 고개를 저어?"

방쩌는 입을 꾹 다물었다. 그녀의 얼굴은 도마처럼 두꺼웠다.

큰 마님이 아주 무거운 목소리로 이야기했다.

"내가 자네하고 무슨 말을 하겠나? 자네의 죄는 내가 처리할 문제가 아니니, 알아듣겠느냐?"

방쩌는 여전히 얼굴빛 하나 변하지 않았다. 큰 마님은 화내면서 이를 갈았다.

"자네가 그 양반이 어떤 사람인지 모르고 있었던 건 아니었군. 그 양반이 누구를 죽이고자 마음먹으면 하늘로 도망쳐도 끌어내려 죽여버리는 사람임을 모르는 게 아니었어. 그런데도 감히 그 짓거리를 하다니. 이제 자네는 겁낼 게 없네. 방쩌, 자네는 더 이상 살고 싶지 않은 게 분명해, 그렇지?"

방쩌는 허리를 곧추세우고는 큰 마님을 바라보며 말했다.

"살고 싶지 않은 사람이 어디 있겠어요? 그러나 죽는 것보다 살기가 더 힘드니 살아서 뭘 하겠어요?"

"자넨 무슨 말을 그따위로 해? 자네가 힘든 게 뭐가 있다고? 영감이 집안에서 자넬 제일 사랑하고 아껴주는데. 게다가 자네가 원하는 것이라면 다 들어주고 있잖아."

방쩌는 고개를 가로저었다.

"큰 형님, 숭쭈어다 영주는 대체 어떤 분인가요? 남들이 곰처럼 우람하고 표범처럼 건장하고 까치독사처럼 악하고 재산은 3~4대가 써도 다 못 쓴답니다. 그런 사람이… 사내구실을 못 하니, 도대체 뭐에 쓴답니까?"

큰 마님은 방쩌를 한 대 칠 듯 얼굴이 새파래졌다. 방쩌가 일어나 몸을 세우고는 조용히 닫혀 있는 흑단목 대문 쪽을 향해 외쳤다.

"이 집 여편네들은 모두 저 문을 들어올 때 이미 여자 노릇을 할 수 없었지요. 오직 영주를 위해 요와 이불이 되고 발아래에서 보초를 설 뿐이지요. 형님, 애 낳고 싶어요? 둘째 형님, 셋째 형님, 애 낳고 싶어요? 아이고, 아무도 낳고 싶지 않군요. 그게 원한다고 되겠어요? 죽을 때가 되면 영감이 형님들을 위해 울어나 줄까요? 예, 안 울어줄 겁니다. 재산이 많은 것은 사실이나 그는 입도 없고 울 수도 없는 사람이에요."

큰 마님은 방쩌의 말을 들으면 들을수록 마법에 걸린 것처럼 입이 딱 벌어져 아무 말도 할 수 없었다.

방쩌가 말을 잘못했나? 아니다. 아주 옳은 말을 했다. 많은 사람이 그녀가 한 말과 똑같이 생각했고, 그중에는 큰 마님도 포함되었지만 누구도 감히 입 밖에 내지 못했을 뿐이다. 그랬다가는 혀가 잘리고 입이 꿰매어지고 이가 뽑힐까 봐 겁을 냈다. 그러나 그녀는 감히 그렇게 말했다. 큰 마님은 손을 내밀어 방쩌의 입을 막으려 했으나 그녀는 큰 마님의 손을 뿌리쳤다.

"형님은 도대체 뭐가 두려워요? 방쩌가 말한 것은 다 이 방쩌가 책임질 텐데 뭘 겁내는 건가요?"

방쩌는 큰 마님의 방을 이리저리 오갔다. 얼굴은 붉어졌고 두 손은 불끈 쥐었다. 그러고는 두 주먹으로 가슴을 탁탁 쳤다.

"이 방쩌는요, 숭쭈어다의 넷째 부인으로 들어오면서부터 내내 말을 아끼며 참아왔어요. 하루 종일 이를 드러내고 웃기만 했어요. 이제나저제나 예쁘게 차려입어야 했고, 향기로운 냄새를 풍겨야 했고, 베개처럼 부드러워야 했고, 방금 구워낸 빵처럼 나긋나긋해야 했어요. 더 괴로운 것은 영주가 어디를 깨물고 싶다고 하면 물도록 내버려둬야 했어요. 큰 형님, 한번 보실래요?"

방쩌는 묻기를 마친 뒤 큰 마님이 고개를 끄덕이기까지 기다리지 못하고, 큰 마님 면전으로 날름 와서 단추 몇 개를 번개처럼 풀어젖혔다. 그녀의 옷가슴이 열리자 희고 팽팽한 두 젖무덤이 드러났다. 아이고, 이 방쩌야, 누가 자네 젖을 보고 싶다고 했나, 너 돌았구나.

방쩌는 큰 마님의 손을 잡고 흔들어댔다.

"형님 보세요, 좀. 제발 보셔야 비로소 무슨 일이 있었는지 알지요."

큰 마님은 방쩌의 성화에 못 이겨 그녀의 젖가슴을 볼 수밖에 없었다. 그녀의 가슴에는 물린 자국이 빼곡했다. 바로 숭쭈어다에게 물린 상처였다. 그녀는 눈물을 쏟아냈다. 큰 마님은 맷돌같이 두꺼운 방쩌의 얼굴이 눈물로 젖은 것을 처음 본 사람이자 유일한 사람이었다.

"이게 영주랍니다. 미친개처럼 몸을 깨무는데 저는 아무것도 할 수 없었어요. 마치고 나면…."

방쩌가 엉엉 소리 내어 울음을 터트렸다. 큰 마님이 황급히 달려가 문을 닫고 또다시 꼭 닫았다. 그녀가 손으로 입을 막았으나 울음소리는 여전히 밖으로 새어 나갔다.

"영…감…, 영감이 저를 깨물었어요. 몸 곳곳을요. 그러고 나서… 나를 붙잡고는… 거기를 깨물었어요. 아이고, 아버지, 어머니, 아이고 하느님!"

땅바닥에 털썩 주저앉은 방쩌는 팔에 얼굴을 묻고는 몸을 부르르 떨었다. 큰 마님은 모든 정황을 알아차렸다. 왜 영주가 방쩌만 편애하는지. 왜 방쩌는 영주를 배반하고 영주가 화낼 일을 떠벌렸는지. 이 관아에 사는 여자들 가운데, 어느 누구도 하지 못할 짓을 방쩌가 감히 하고 있었다. 영주를 욕하는 것 말이다.

큰 마님도 그 일을 모르지 않았다. 그녀가 어렸을 때, 영주는 그녀에게도 그런 짓거리를 했었다. 그러나 그녀는 방쩌처럼 말하지 못했다. 그녀는 죽는 게 두려웠다. 한편으로는 친정어머니가 남편에게 그렇게 하라고 절대로 가르친 적이 없어서이기도 했다. 큰 마님은 젊은 시절 수년간을 그렇게 보냈다. 그녀 역시 영주에게 고통스럽게 깨물려 찢기는 고깃덩어리 역할만 했고, 한 번도 만족해본 적이 없었다.

공연히 큰 마님은 방쩌가 너무 안쓰러웠다. 만약에 큰 마님이 아이를 낳을 수 있었다면 지금쯤 그 아이의 나이가 방쩌와 같았을 것이다. 그렇더라도 큰 마님은 화가 치밀었다. 영주의 부인이 되어 저 대문을 넘어왔으니 넷째 부인으로 조용히 평화롭게 살아가야지, 어쩌자고 하늘 같은 영감에게 그런 일을 저질러 깜짝 놀라게 하는지 모를 일이었다.

큰 마님이 방쩌를 끌어다가 침상 위에 앉히고 수건으로 얼굴을 닦게 했다. 방쩌도 울다 지쳐 겨우 울음을 그쳤다. 한 차례 말하고 울고 나니 속이 후련했다. 큰 마님은 긴 한숨을 내쉬고, 입을 다시더니 말했다.

"그래도 자네는 넷째 부인인지라 수많은 사람이 자네 얼굴은 감히 쳐다보지도 못하고 등만 쳐다보지. 그런데도 자네는 그… 그… 루민상 같은 놈의 고기 맛을 보았어. 그러니 어찌 영감이 자네를 용서할 수 있겠는가? 이제 자네 운명은 죽는 것뿐일세."

방쩌는 입을 삐죽거리며 비웃었다.

"죽으라면 죽지 뭐… 도대체 뭐가 겁난다고…."

방쩌가 그렇게 말해버리니 무슨 말을 더하랴? 큰 마님은 다시금 한숨을 내쉬었다. 방쩌는 일어나 단추를 잠그고 치마를 내리고 머리도 다시 땋은 다음 얼굴을 깨끗이 닦았다.

"큰 형님, 안녕히 계세요! 방쩌는 갑니다."

말을 마친 방쩌는 곧장 밖으로 나갔다. 방쩌는 갔지만 큰 마님은 여전히 신발을 신은 채로 침상에 앉아 있었다. 그녀는 어째서 방쩌가 죽음을 겁내지 않는지 알 수 없었다. 루민샹이란 자가 어찌 방쩌와 어울리는 멋진 녀석인지 이해할 수 없었다. 방쩌 옆에 서면 루민샹은 양귀비꽃 위에 앉아 있는 벌레 같을 뿐인데. 방쩌는 정말로 여자가 되고 싶었다는 이유만으로 루민샹 때문에 죽어야 한단 말인가? 여자가 된다는 것은 진정 어떤 것인가? 큰 마님은 몰랐고, 알고 싶지도 않았다. 그녀는 이렇게 사는 것이 익숙했고 하루하루 영주를 위해 돈에 매여 지낼 뿐이었다. 돈은 큰 마님 손을 거쳐 쉽게 금고로 들어가지만, 금고에서 돈이 나가기는 아주 어려웠다.

큰 마님도 방쩌처럼 양귀비꽃 같던 시절에는 영주를 위해 노래 한마디 할 수 있기를 바란 적이 있다. 나무 위에 앉아 있는 새들이 부끄러워 얼굴을 돌리게, 영주와 손을 잡고 시장도 함께 가고 싶었다. 그러나 영주는 한 번도 그런 적이 없다. 영주는 큰 마님에게 관아 전체를 관리하도록 했다. 그 뒤 그녀는 날이 갈수록 양귀비 삭과[3]를 닮아갔다. 지금 양귀비 삭과는 아직까지 유액이 나오지만 곧 동이 날 테고 그러면 대가 뽑혀서 사라지고 그곳에는 다른 양귀비가 파종될 것이다.

큰 마님은 굳게 닫힌 문을 찬찬히 들여다보았다. 그녀는 자신이 처음 문을 열고 들어왔을 때, 영주가 기다리며 앉아 있던 모습을 기억했다. 많은 것을 다 기억하지는 못했다. 이제 기억력이 흐릿해졌기 때문이다. 그리고 기억이 난다 한들 즐거움을 느끼지 못하기에 머릿속에서 그것들을 스스로 지워 나갔다.

방쩌는 영주 눈앞에서 유일하게 암염소처럼 활개 치고 뻐기면서 오가는 어린 부인이었다. 그리고 우두머리 염소가 좋아하는지 싫어하는지 알 필요도 없다는 듯 다른 숫염소 등에 훌쩍 올라탔다. 큰 마님으로서는 그렇게 해도 되는지 감히 상상조차 할 수 없는 일을 방쩌가 저질렀다.

큰 마님은 방쩌를 도와주고 싶을까? 사실 마음속으로는 도와주고 싶었다. 그녀는 방쩌가 자신이 저지른 죄를 깨닫고 변화되기 바랐다. 그렇게 되기 위해서는 강바닥 밑 조약돌처

---

3 익으면 과피(果皮)가 말라 쪼개지면서 씨를 퍼뜨리는, 여러 개의 씨방으로 된 열매.

럼 변할 필요가 있었고, 그 정도만으로도 족했다. 그런데 그 바람난 계집은 도망가려 하지 않는가? 그보다는 차라리 살려 달라고 하는 게 좋을 텐데. 영주는 하늘 아래, 이 땅덩어리 위에 있는 개미 한 마리도 찾아내고야 말 텐데, 하물며 사람 하나쯤이야 말해 무엇 하랴.

사람이 한 사람이었나 아니면 두 사람이었나? 큰 마님은 방쩌에게 묻고 싶었다. 그러나 큰 마님은 묻지 않았고 방쩌 역시 밝히지 않았다. 방쩌가 도망가려는 것이 스스로가 열망해서였을까? 같이 도망가려고 하는 사람이 그녀는 남아 있기를 바랐다는 사실을 알고 있었을까?

어쨌든 방쩌는 남기로 결심했다. 그녀는 죽음을 두려워하지 않았다. 그렇게 사는 것도 족하다고 말했다. 방쩌의 삶은 기쁠 때도 있고 눈물을 흘릴 때도 있으니 그런대로 괜찮았다.

4. 하늘이 컴컴해져도
   무슨 일로 컴컴해지는 줄을 모르는데
   하늘이 컴컴해지니
   덩치 큰 소도 하늘이 어둡게…

　루민상은 대문을 열자마자 영주 호위병의 얼굴에 받혔다. 루민상보다 키가 두 배나 크고 날이면 날마다 영주가 타고 다니는 말 곁을 지키는 녀석이었다. 그는 걸음이 아주 빠르고 체중이 육중하여 어느 말이고 그를 반나절 이상 등에 태우고 다니지 못해 늘 걸어 다닐 정도였다.
　바로 리쯔지어였다. 대문을 모두 가릴 만큼 덩치가 큰 그가 헛기침을 한 차례 했다.
　"이렇게 일찍 어디 가나?"
　그가 물었다.
　루민상은 머리카락이 모두 치솟는 듯했다.
　"오… 오줌 누러 가려고요."
　루민상은 가슴이 두근거려 엉겁결에 말을 둘러댔다.
　리쯔지어는 손으로 루민상이 어깨에 멘 보따리를 덥석 들어 내려놓았다.
　"오줌 누러 간다면서 보따리는 왜 메고 가지? 오줌 담으려고?"

옆에 있던 두 명의 호위병이 피식 웃음을 터뜨렸다.

리쯔지어는 보따리를 흔들어보았다. 보따리 속에서 은이 서로 부딪치는 소리가 났다. 리쯔지어는 보따리를 들어 루민상의 얼굴에 디밀었다.

"이 안에 있는 게 뭔가? 은이지?"

루민상은 보따리를 낚아채려 했으나 때를 놓쳤다. 리쯔지어는 입을 반쯤 벌리고 웃었다. 횃불 빛에 그의 이빨이 번쩍거렸다. 그는 금니가 하나 있었다. 그는 영주의 팔이었고 두 발이었으며 두 눈이었고 코였으며 귀였고 영주의 충직한 개였다. 영주는 측근들 가운데 그를 제일 신임했다. 그래서 하인들에게 일이 생기면 금니 리쯔지어를 이용해 해결하곤 했다. 리쯔지어는 등을 돌리며 한마디 내뱉었다.

"꺼져!"

호위병들이 팔 하나씩을 낚아채고 질질 끌고 가자 루민상이 소리쳤다.

"어디로 가는 거요? 당신들 이게 뭐 하는 짓이오?"

리쯔지어가 뒤돌아서서 루민상의 따귀를 한 대 갈겼다.

"입 닥쳐!"

루민상의 입에서 피가 흘러나와 핏방울이 옷으로 떨어졌다. 아직 식지 않은 따뜻한 피였다. 루민상은 뼈가 다 녹아내린 듯 몸이 흐물흐물해져서 도저히 걸을 수 없었다. 호위병들은 루민상을 끌고 후원 마당과 중간채 마당을 지나 안채로 향했다. 그들은 문을 통과할 때 문지방에 걸린 루민상의 두 다리를 손으로 들어 올렸다.

안채에는 영주가 의자에 앉아 그를 기다리고 있었다. 두꺼운 방석이 놓이고 등받이에는 태양 모양이 수놓아진 의자였다. 영주는 큰일을 결정할 때면 늘 그 의자에 앉아 등받이에 기대곤 했다.

바로 눈앞에서 영주를 보자 루민상은 몸이 부르르 떨렸다. 마당에는 한 여자가 두 손이 뒤로 묶인 채 무릎을 꿇고 있었다. 방쩌였다. 바로 방쩌였다. 방쩌의 모습에 루민상은 혼비백산했다.

그럼 영주가 모든 것을 다 알고 있었다는 말이다. 그 생각을 하자마자 루민상은 자신이 곧 죽게 될 것이란 사실을 직감했다. 그는 영주의 부인을 도둑질했다. 영주가 누군데 감히. 일찍이 그는 지금처럼 후회해본 적이 없었다. 아무도 녀석처럼 어리석지 않았다. 후원 별채에는 영주의 발을 닦아주는 계집을 포함해 많은 여자가 있었지만 그녀들을 도둑질해먹은 자는 없었다. 그런데 루민상이 감히 영주의 넷째 부인을 탐했다. 그것도 영주의 사랑을 가장 많이 받는 넷째 부인을 말이다. 만약 자신이 영주였다 하더라도 눈앞에서 두 사람 모두에게 독약을 먹였을 거라고 생각했다.

그렇더라도 루민상은 죽고 싶지 않았다. 비록 물소가 되고 개가 되더라도 살고 싶었다. 그는 죽는 게 엄청 두려웠다. 그런데 방쩌는 두려움을 모르는지 아니면 영주가 자기를 아직도 아주 많이 사랑한다고 착각하는지 마치 아무 일도 없었다는 듯 태평한 표정이었다. 땅바닥에 무릎을 꿇고 앉은 그녀의 두 무릎은 피에 젖었고, 두 손은 줄로 꽉 조여져 등 뒤로 묶여 마치 벌에 쏘인 것처럼 퉁퉁 부어 있었다. 그러나 얼굴은 여전히 불그스레했고 동글고 하얀 목을 어깨 위에 곧추세우고 있었다. 아이고, 곧 죽어야 한다는 것을 모르고 있는 건가? 방쩌는 방쩌로구나. 죽고 싶으면 혼자만 죽든지, 이 루민상은 죽고 싶지 않은데.

공연히 루민상은 방쩌에게 분노를 느꼈다. 그를 죄인으로 만든 게 방쩌였기 때문이다. 곧 그에게 독약을 먹게 할 장본인이 방쩌였기 때문이다. 독약 두 사발이 준비되어 있고, 분명 큰 마님이 하녀의 손에 들려 그것을 가져올 것이다. 사약 두 사발을 가져오는 하녀는 저 몇 개의 문 뒤 어딘가에, 저 어둠의 그림자 속 어딘가에 서 있을 것이다.

영주는 물 한 모금을 마셔 목을 축인 다음 루민상의 얼굴을 가리키며 말했다.

"네놈은 어찌하여 발을 쭉 뻗지를 못하는가?"

루민상은 두려움에 정신이 나갔고 입이 얼어붙어 떨어지질 않았다. 리쯔지어가 말했다.

"저놈이 겁먹은 모양입니다."

영주는 킥킥 웃었다.

"네놈도 겁을 먹느냐?"

영주가 손을 흔들어 숭깟을 불렀다.

"이리 오너라."

숭깟이 날개를 펴고 몇 번 날갯짓하더니, 바람개비 돌듯 팍팍 소리를 내고는 방문을 지나 급강하하면서 번개처럼 날아가 베레모를 물고 왔다. 숭깟은 영주의 손에 베레모를 가져다주고는 다시 의자에 앉아 루민상을 빤히 쳐다보았다. 숭깟과 눈이 마주치자 루민상은 고개를 아래로 떨구었다. 그 사나운 매는 마치 금방이라도 루민상에게 날아와 얼굴을 잡아챌 듯 노려보았다.

그것은 큰 마님이 영주에게 바친 베레모였다. 루민상은 모자를 보자마자 황급히 손을 자신의 머리로 가져가보았다. 그는 곧바로 낌새를 챘다. 그것은 방쩌의 방에 깜박 잊고 두고 온 자신의 모자였다.

그날 밤에는 몹시 추워 잠을 잘 수가 없었다. 찬바람이 갈라진 벽 틈으로 날카롭게 파고들었다. 루민상은 밤에는 절대로 만날 약속을 하지 말자던 방쩌의 말을 기억하고 있었다. 그런데 그날은 영주가 이틀 뒤에나 돌아온다고 말하며 아침 일찍 길을 나섰다. 루민상은 날씨가 그토록 추웠는데 어찌 나갔단 말인가. 이불 속에서 부둥켜 안아줄 방쩌를 찾지 말았어야 죄를 짓지 않았을 텐데.

하지만 그날 루민상은 누웠던 자리를 박차고 일어나 베레모를 머리에 쓰고 문을 열어 방쩌의 방으로 한걸음에 달려갔다. 아직 잠자리에 들지 않은 그녀는 붉게 타오르는 석탄 화로 옆에 앉아 수를 놓고 있었다. 그녀는 수를 놓으며 노래를 불렀다.

몬족의 사나이와 아가씨
두 남녀는 이루어질 수 없는 사랑을 했다네.
오빠는 집으로 되돌아오고
바느질하는 부인을 위해 오빠는 문을 활짝 열어놓고
수놓은 치마를 가져다 입으니
아무리 입어도 해질 줄을 모르네.

루민상이 문을 밀치자 문이 잠겨 있지 않았다. 방쩌가 잠그는 것을 잊었을까 아니면 루민상이 올 줄을 미리 알고 있었을까? 좌우지간 루민상은 문을 밀고 안으로 들어갔다.

루민상을 본 순간 방쩌의 눈은 불타올랐다. 그녀는 루민상을 곧바로 끌어들이고 나서 문을 꽉 닫았다. 그러고는 석탄 화로를 방구석으로 밀어 밝기를 줄이고, 입바람을 불어 등잔불을 모두 껐다. 방쩌는 사지를 비비 꼬았다.

날렵하게 침상으로 뛰어올라 이불 속으로 기어 들어간 루민상은 두 눈을 빼꼼 내밀더니 방쩌를 쳐다보았다.

"아휴, 너무 더워. 아이고, 너무 덥네!"

루민상은 투덜거렸다. 사실 넷째 부인의 방은 여느 방과 달리 아궁이 뚜껑처럼 뜨거웠다.

방쩌는 단도리를 마치고 서둘러 이불 속으로 들어갔다. 두 사람은 서로를 꼭 끌어안았다. 방쩌가 어색하게 첫마디를 떼었다.

"오늘 밤엔 호랑이 간을 먹었나?"

루민상은 허허 웃어젖힌 다음 방쩌의 가슴에 파고들며 대답했다.

"먹기는 뭘 먹어. 이제야 비로소 먹는데."

순식간에 방쩌의 몸은 실오라기 하나 없이 발가벗겨졌다. 방쩌의 몸은 호박처럼 둥글고 탱탱했다. 루민상은 방쩌의 몸을 잘근잘근 씹었다. 몸 구석구석을 어디든지 한 번씩은 씹어주었다. 방쩌는 물을 막 벗어난 고기가 팔짝팔짝 뛰듯 몸부림쳤다.

둘은 이불 속에서 레슬링을 했고, 몸은 땀으로 흠뻑 젖었다. 루민상은 답답해서 이불을 바닥으로 차버렸다. 그러자 방쩌가 이불을 다시 끌어 올렸다. 그녀는 부끄러워했다. 루민상은 소리를 죽여가며 킥킥거렸다.

"부끄럽긴 뭐가 부끄러워. 어쨌든 내가 방쩌의 몸 구석구석을 이미 다 알고 있는데, 이불 속이라고 굳이 감출 게 뭐가 있담."

방쩌가 말했다.

"그래도 부끄럽긴 마찬가지라고."

부끄러운 것은 부끄럽다 치고, 루민상은 이에 아랑곳하지 않고 방쩌의 몸 구석구석을 마치 돼지가 핥듯 했다.

루민상은 작지만 강했고, 제정신이 아닌 것처럼 아주 모험적이었다. 그리고 사람들이 아편에 취한 것보다 방쩌에 더 미쳐 있었다. 그녀가 있고 나서부터 어둠 속 같았던 루민상의 삶이 밝은 햇빛으로 나왔다. 그때 그 방에서 루민상은 그렇게 생각했다. 특히 방쩌가 발광을 하다가 조용히 누워 있을 때, 방쩌가 열 손가락으로 자신의 등을 꽉 조일 때 그랬다.

그날 밤 방쩌는 죽기 전 경련을 일으키듯 몇 차례 몸을 심하게 떨더니 느닷없이 눈물을 쏟아내기 시작했다. 정말로 펑펑 울었다. 투명한 눈물방울이 서서히 흘러나오더니 두 귀 뒤편으로 흘러내렸다. 루민상이 방쩌의 커다란 두 눈물방울을 보더니 깜짝 놀라 물었다.

"우는 거야, 방쩌?"

방쩌는 고개를 끄덕였다.

방쩌의 배 위에 조용히 엎어져 있던 루민상은 막 흘러나온 방쩌의 눈물을 손가락으로 찍어 입에 갖다 대 맛을 보았다. 그러고는 몇 번을 쩝쩝거렸다.

"진짜 눈물이네. 도대체 왜 우는 거야?"

방쩌는 자신을 빤히 쳐다보는 루민상의 눈길을 피하려고 얼굴을 돌렸다.

루민상이 다시 물었다.

"왜 또 울어? 어디 아파?"

방쩌는 고개를 끄덕였다.

"그럼 어떻게 하지?"

루민상은 아무것도 이해할 수가 없었다. 한참이 지나서야 방쩌가 아주 부드럽게 말을 했다.

"난… 아주 즐거웠어. 정말이야, 아주… 좋았어."

그제야 루민상은 방쩌가 왜 울었는지 어렴풋이 이해했다. 영주는 방쩌에게 이런 즐거움을 맛보여주지 못했다. 자신만이 비로소 그 일을 할 수 있었다. 방쩌는 너무 좋아 울었다. 그게 바로 여자다. 그러니 방쩌는 루민상을 결코 잊을 수 없었다.

그렇게 생각하고는 루민상은 벌떡 일어나 옷을 주섬주섬

입은 다음 발끝으로 살살 걸어가 문을 열고 재빨리 밖으로 나갔다. 그는 방쩌와 사랑을 하고 나면 반드시 즉시 해결해야만 하는 일이 하나 있었다. 바로 소변을 보는 것이었다. 루민상은 나무뿌리를 향해 오줌을 한바탕 갈겼다. 오줌을 누면서 입을 헤벌려 웃었다. 일을 끝낸 그는 서둘러 다시 방쩌의 방으로 들어갔다. 방쩌는 여전히 침상에 조용히 누워 이불을 끌어당겨 푹 덮고 있었다. 루민상은 좀 전에 벗긴 방쩌의 치마 더미를 힐끗 보았다. 치마는 한구석에 그대로 쌓여 있었다. 그는 살며시 웃으며 다시 이불 속으로 기어 들어갔다.

그날 밤 루민상은 양껏, 실로 배부르게 먹었다. 그러나 너무 배불리 먹은 탓인지 지쳐서 동이 뿌옇게 터온 다음에야 자신의 거처로 되돌아왔는데 그날 그만 베레모를 잊고 말았다.

영주는 베레모를 방쩌 앞에 펼쳐 보이며 말했다.
"이게 누구 것이더냐?"
방쩌는 쳐다보고 싶지 않아 인상을 찡그리며 답했다.
"모릅니다!"
"그럼 이게 발이 달려 있다더냐?"
영주는 모자를 조사해보는 체했다. 이게 발이 달렸겠는가? 발이 없다면 어찌 까닭도 없이 내 집사람 방에 들어올 수가 있단 말인가? 영주는 루민상의 면전에서 모자를 펼치며 물었다.

"너는 전에 이 모자를 본 적이 있는가?"

루민상은 영주의 물음에 답하지 못했다. 그는 무릎을 꿇고 마치 몽둥이로 맞은 소처럼 울부짖으며 매달렸다.

"제가 잘못했습니다. 제가 잘못했습니다. 죄를 용서해주십시오. 죄를 용서해주십시오."

머리를 땅에 박으며 말하는 루민상의 얼굴 위로 눈물이 줄줄 흘러내렸다.

햇볕에 내놓은 옥수수빵 같은 얼굴의 방쩌는 가슴을 펴고 앉아 있다가 루민상의 그런 모습에 매우 경악했다. 영주 앞에 불구가 된 개처럼 꿇어앉은 루민상의 수다스러운 입은 혀가 목구멍으로 기어 들어갈 정도로 살려달라고 애원하고 있었다.

루민상이 어쩌다가 저렇게 됐지? 방쩌에게 수없이 고기 맛을 보여준 사내, 입으로 방쩌를 사랑한다고 말했던 사내, 방쩌의 가슴에 손을 넣어 주물렀던 사내가 어쩌다가 저렇게 됐지? 방쩌를 울게 만들었던 사내가 어찌 저 지경이 됐지? 어쩌다가 저렇게 떨고 있지?

아하, 겁을 먹은 것이로구나. 죽음을 두려워하는구나. 죽으면 그뿐인데, 죽을 땐 누구든지 빈손인 것을 무엇이 두렵단 말인가? 만약 내가 하고 싶은 대로 살려고 하면 어려운 일이지만 죽으면 끝이고 아무것도 남는 게 없는 것을, 도대체 뭘 두려워하지?

방쩌는 두 무릎이 끊어질 것만 같았다. 저기 루민상은 바로 방쩌의 영혼을 도둑질해간 녀석이다. 그는 방쩌가 준 사랑에 침을 뱉은, 아니 오줌을 싼 녀석이다. 루민상을 보니 방쩌는 입에서 피를 토할 것 같았다.

"루민상! 뭘 그래? 뭐가 겁난다고?"

루민상은 방쩌를 건너다보고 다시 영주를 쳐다보며 조상이 다 본 것처럼 말했다.

"방쩌야! 더 핑계 대지 마. 죄를 인정해. 영주님한테 용서를 빌어."

방쩌는 침을 퍽 뱉었다.

"뭣 하러 용서를 빌어야 하지?"

"네가 살고 싶지 않다면 그만이지. 마음대로 해. 나는 살아야만 해. 나는 아직 죽고 싶지 않다고."

영주가 갑자기 담뱃대를 들고 담벼락을 세게 내리치자 담뱃대가 부서져버렸다. 영주는 고함을 쳤다.

"주둥이 닥쳐! 너는 죽고 싶고, 너는 살고 싶다 이 말인가. 네놈들은 도대체 누구냐? 살고 싶다고 살아지고, 죽고 싶다고 죽어진다고? 이 집에서 있었으니 살고 죽는 것은 다 내 마음에 달렸지 너희들에게 달린 것이 아니라는 것쯤은 진작 알고 있으렸다."

영주가 벌떡 일어나 방쩌 앞에 가서 손을 뻗어 그녀의 얼굴을 만지고 옷 속을 슬슬 더듬었다.

"이 마누라 년아, 내가 아직 네년에게 충분히 못 해줬다 이거지? 내가 네년을 무엇으로 때리기라도 했냐? 네년을 잡아다가 굶기기라도 했냐? 그런데 네년이… 감히 나를 배반하다니. 이 숭쭈어다가 너희 연놈들을 죽이지 않는다면 너무 친절한 사람이 될 것이고, 바로 죽게 하면 역시 마음씨 착한 사람이 되겠지. 나는 착한 사람이 될 수가 없는 사람이란 말이다."

숭쭈어다는 화가 치밀어 발로 땅바닥을 팍팍 구르며 이리저리 돌아다녔다.

"돌기둥이 저기 있다."

영주는 밖을 가리키며 말을 이었다.

"아무 이유도 없이 감상이나 하라고 거기다 세워놓은 게 아니야. 당연히 써먹어야지. 너희가 같이 살고 싶어 했으니 그렇게 해주마. 돌기둥, 방금 말한 것이 네놈 둘 때문에 거기 있다. 네놈 둘이 거기에다 만들어놓은 것이야. 내가 만들어놓은 게 아니고."

영주는 말을 끝내고 홱 돌아서 안으로 들어갔다. 루민상은 더럭 겁이 나 뒤따라가려고 벌떡 일어났으나 이내 붙잡혀서 땅바닥으로 고꾸라지고 말았다. 방쩌는 고개를 돌렸다. 땅바닥에 나뒹굴며 무서워서 바지에 오줌을 지리기까지 한 불구의 개를 보고 싶지 않았기 때문이다.

드엉트엉 계곡에서 제일 화려한 양귀비꽃인 방쩌가 이 불구의 개와 함께 죽는다는 것은 너무나 안타까운 일이었다. 더욱이 이 양귀비꽃은 조만간 낙화하고 말 것이다. 돌기둥에 매달리면 몸뚱이는 까마귀 밥이 되고, 뼈다귀는 돌기둥 아래 흩어질 텐데…. 정말이지 방쩌에게는 불행이 닥쳤다.

아침이라 날씨가 차가웠고, 지붕 아래쪽에 어젯밤 내린 이슬이 얼어 생긴 투명한 얼음 구슬은 손을 써야만 비로소 딸 수 있었다.

루민상과 방쩌는 같은 시간에 돌기둥으로 끌려갔다. 너무 무서워 밤새도록 한숨도 못 잔 루민상은 젖은 걸레 쪼가리처럼 초췌해 보였다. 방쩌는 아직 혼자서 걸어갈 수 있었지만 두 사람 모두 양쪽에서 팔을 부축받았다. 방쩌는 갈아입을 새 치마, 각반, 머리에 감을 수건을 달라고 요청했다. 하녀가 큰 마님에게 의사를 전하자 큰 마님은 뭘 원하든지 다 갖다 주라고 지시했다.

방쩌는 예쁜 여자였다. 그녀와 같이 있으면 뭐든지 예쁘게 보였다. 치마, 옷, 수건, 각반, 신발, 귀걸이, 팔찌…. 그녀는 사치스러운 것들을 제일 싫어했다. 그런 그녀는 이제 죽어야 하며 죽는 것도 아름다워야 했다. 죽어서 썩어버리면 그뿐이라고는 하나 지금부터 숨이 끊어질 때까지는 여전히 아름다워야 했다.

방쩌가 방 안에서 단장하는 사이 밖에서는 보초가 감시를 했다. 방쩌는 천천히 두건을 내려 머리를 곱게 빗은 다음 조심스럽게 머리를 땋았다. 머리 손질이 끝나자 두 눈썹을 다듬었다. 마지막으로 치마와 웃옷을 갈아입고 각반을 찬 다음 국화꽃이 수놓아진 신발에 조심스레 발을 넣었다. 준비를 마치자 방쩌는 돌기둥으로 갈 시간이 되기를 기다리며 앉아 있었다.

돌기둥 밑에는 누군가가 나무 의자 두 개를 갖다 놓았다. 의자는 두 사람을 돌기둥에 매달기 위한 것으로, 둘이 달리고 나면 치워질 것이었다. 하늘에는 구름이 잔뜩 끼었고 산 정상에서는 마치 모든 사람을 날려 보낼 듯 바람이 사납게 불었다. 사람들은 두 사람이 어떻게 매달리는지를 보려고 돌기둥 주위로 죄다 몰려나와 마을이 텅 빈 듯했다. 부모들은 자식들을 방에 가두고 자물쇠를 채워 나오지 못하게 했다. 길가 쪽 집들에서는 문틈으로 내다보는 눈이 여럿 있었다.

사람들이 방쩌와 루민상을 이렇게 매달았다. 우선 두 사람은 의자 위에 올라서서 얼굴을 돌기둥 쪽으로 향한 다음 두 손을 쭉 뻗었다. 그 손은 돌의 두 구멍에 각각 쑤셔 넣어졌다. 두 손을 구멍에 꽉 쑤셔 넣고 다시 줄로 묶으니 어찌할 도리가 없었다. 그런 다음 의자 두 개를 치워버리자 두 사람은 돌기둥에 매달려 바로 축 늘어졌다. 몸이 찢어지는 듯하더니 가슴에서 살점이 조금씩 떨어져 나왔다. 얼굴이 뒤틀리고 볼은 돌기둥에 밀착되어 거친 숨을 토해냈다. 피가 다리로 내려와 벌에 쏘인 듯 아팠다. 뒤틀린 두 손목은 부러질 것만 같았다.

루민상은 목청이 찢어져라 크게 소리를 질렀다.

"사람 살려! 누가 좀 살려주세요!"

하지만 같이 죽기를 바라는 사람을 제외하고 누가 감히 루민상을 구해주랴. 더구나 같이 죽는 것은 대신 죽어주는 것도 아닌데. 루민상은 목이 쉴 정도로 살려달라고 소리 지른 뒤 방쩌에게 욕을 퍼부었다.

"야, 방쩌야!"

목구멍 속으로 기어드는 루민상의 목소리가 윙윙거리는 바람 소리와 뒤섞였다.

"다음 생애에 이 루민상은 호랑이가 되련다. 너를 잡아 죽여 낱낱이 찢어버리고, 뼈다귀는 개한테 던져줄란다."

욕설은 계속되었지만 방쩌는 침묵했다. 그곳에 루민상 혼자 있기라도 하듯 방쩌는 아무 반응이 없었다. 그녀는 이제 화도 나지 않았고 후회도 없었다. 관아에서 수년을 살면서 즐거울 때도 있었고 슬플 때도 있었고, 괴로움도 당했고 사랑도 받았다. 여자로서 언제가 가장 행복했고, 언제가 제일 힘들었는지도 안다. 그러면 됐지, 죽으면 그만이다. 죽으면 끝인데 무엇이 아쉬우랴?

그러나 루민상은 여전히 중얼거리며 방쩌를 욕했다.
"방쩌 이년, 까치독사 같은 년, 독을 사방에 퍼트리는 년. 널 보는 놈마다 후리고 싶게 만든 년. 낚아채면 끝인가. 남자를 네년을 태우고 다닐 물소와 말로 만든 년. 마소 노릇만 해도 다행이었지. 마소 노릇을 하고 나자 이렇게 죽어야 하다니, 억울하다 억울해!"
말을 마친 루민상은 엉엉 울었다. 그의 울음소리는 물소가 진흙탕에 오줌을 싸대는 소리와도 같았다. 방쩌는 이를 드러내며 미소를 지었다. 그저 웃음만 나왔다. 방쩌는 루민상을 사랑한 것을 후회할까? 후회하지 않았다. 방쩌는 죽음을 무릅쓰고 루민상을 사랑했던 것을 후회할까? 그렇지 않다. 만약 방쩌가 다시 산다면 관아에서 지난 수년간 살아온 것과 다른 길을 갈까? 아니다. 그녀는 즐겼다. 고기를 먹고는 던져버리듯 그저 루민상을 즐기는 상대로 여겼다. 루민상의 공이 아예 없었던 것은 아니다. 루민상은 방쩌에게 여자 노릇을 할 수 있게 해준 남자였다. 때때로 루민상은 그녀의 옷을 벗겼고 치마를 들어 올렸다. 암울하게 넷째 부인 노릇을 하던 시절 방쩌는 루민상으로부터 따스한 사랑을 받았다. 그래서 방쩌는 루민상을 미워하지 않았다. 루민상이 욕하고 싶다면 욕하도록 놓아두면 그뿐이었다. 욕을 퍼부으면 고통이 감해지고 두려움이 덜해지기에 저러는 것이고, 죽음에 맞서느라 계속 욕을 해대는 것이리라.

　이제 방쩌에게는 죽음을 기다리는 일만 남아 있을 뿐이었다. 방쩌는 계곡을 내려다보았다. 그녀의 부모는 두 산줄기를 지나 이틀을 걸어가야 비로소 발이 닿는 곳에 살았다. 마음씨 좋은 누군가가 집에 가서 부모에게 알려준다 해도 나흘은 지나야 겨우 올 수 있는 거리였다. 아무도 부모에게 알리지 않는 것이 가장 나았다. 방쩌는 돌기둥에 자신이 매달려 있는 모습을 부모에게 보이고 싶지 않았다.

　저 밑, 계곡의 양쪽 제방을 따라 자리한 저지대에는 철이 끝나가는 양귀비꽃이 여전히 화려했다. 며칠 지나면 꽃은 다 떨어지고 푸른 열매가 꽃을 대신할 것이다. 방쩌가 이곳으로 오던 날도 양귀비꽃이 저렇게 화려하게 피어 있었다. 드엉트엉은 아편을 가장 많이 재배하는 고원 지방이다. 이 지방에서 나는 아편은 언제나 가장 풍족한 열매를 생산했고 열매에 유액이 가장 많았다. 그래서 영주는 드엉트엉의 밭에 양귀비 대신 옥수수를 심는 것을 싫어했다. 양귀비는 겨울에 파종하고, 물소와 소가 우리에서 얼어 죽을 정도로 추워도 여전히 꽃을 피우고 열매를 맺었다. 철마다 영주가 양귀비로 얼마나 많은 수익을 거두어들이는지는 아무도 몰랐다. 그리고 관아에 은 100동이 들어올 때 양귀비를 심은 사람들 집에는 단 1동이라도 주는지 확실치 않았다.

저쪽 돌기둥에 달린 루민상은 힘이 거의 소진되고 지쳐 할 수 있는 것이라고는 자포자기뿐이었다. 바람에 실려 가는 그의 절망에 찬 소리는 듣기가 괴로웠다. 루민상은 아직도 투덜댔으나 방쩌는 이에 아랑곳하지 않았다. 그녀의 귀에도 그 소리가 쟁쟁했지만 추위가 방쩌를 돌같이 굳게 만들었다. 이제 그녀를 돌기둥에서 풀어준다 해도 손목을 똑바로 펼 수 없었고, 팔도 제자리로 돌아갈 수 없었다.

방쩌는 빨리 죽고 싶을 따름이었다. 그러나 그게 그렇게 쉬운가? 영주가 방쩌를 빨리 죽게 하려면 사약 한 사발이면 되었다. 사약을 먹으면 바로 그 자리에서 죽기 때문에 걱정할 시간조차 없었다. 그러나 영주는 넷째 부인을 서서히 죽게 할 작정이었다. 다리부터 머리로 올라가면서 죽든지, 머리에서 다리로 내려가면서 죽든지 아랑곳하지 않고 조금씩 조금씩 죽게 하려고 했다. 영주는 그녀가 죽음을 기다리는 동안 후회하고 잘못을 빌도록 하고 싶었다. 하지만 그는 방쩌에 대해 아무것도 몰랐다. 만약 후회를 안다면 그것은 방쩌가 아니었다.

이와는 정반대로 루민상은 누군가 와서 구해주기를 바랐다. 누가 알랴? 밤이 되면 마음씨 좋은 사람이 와서 루민상을 내려줄지. 그래서 그는 살려고 최선을 다했다. 오래 버틸수록 좋았다. 눈을 감고 싶어도 감히 감을 수 없었고, 정신을 놓고 싶어도 놓을 수 없었다. 그러나 팽팽한 실이 당겨지는 것 같은 통증이 전신에 퍼져 견딜 수 없었고 그저 땅으로 내려가고 싶었다.

바로 그때 두 사람의 머리 위에서 깍깍 울어대는 까마귀 소리가 뇌리를 파고들었다. 그 소리에 놀란 루민상은 온몸을 부르르 떨다 오줌까지 지렸다.

숭깟은 마치 죽음의 신 같은 두 눈을 가진 매였다. 그 녀석이 어디서 날아왔는지 높은 하늘을 한 바퀴 돌고 돌기둥 위에 내려앉았다. 그러고는 쉭쉭거리며 몇 번을 연속해서 울었다. 루민상은 뼈가 모두 떨어지는 듯, 피가 깨끗이 빨려 빠져나가는 듯 공포가 극에 달했다. 그는 고개를 내밀고 있는 대로 고함을 쳤다.

"야, 이놈아, 저리 꺼져! 꺼지란 말이다!"

그러나 숭깟은 미동조차 없이 돌기둥에 얌전히 앉아 바람에 몸을 맡긴 채 루민상을 빤히 노려보았다. 매를 본 루민상은 즉시 얼굴을 아래로 돌리고는 눈을 꼭 감았다. 저놈이 무엇을 하려고 돌덩이에 부리를 대고 이리저리 닦고 있을까? 매가 부리를 돌에 간다? 부리를 갈아서 뭐 하려고? 루민상은 눈을 감고 매가 뭘 하려는 것인지 추측해보았다. 그놈이 뭘 하든지 간에 좋은 일이 아닌 것만은 확실했다. 그놈은 숭쭈어다와 똑같았고, 나타난 것 자체만으로도 불길한 기운을 몰고 왔다.

그러나 루민상은 생각할 시간이 없었다. 숭깟이 갑자기

높이 치솟았다가 아래로 몸을 내리꽂았다. 그러고는 칼처럼 예리한 부리로 루민상의 어깨를 깊이 쪼았다. 루민상은 비명을 지르면서 몸을 뒤틀었다. 몸을 뒤틀수록 손은 점점 더 꽉 조여왔고, 손목은 뼈가 부러지는 소리로 딱딱거렸다. 루민상은 방쩌도 같이 아프기를 바랐으나 저쪽 편의 방쩌는 여전히 한마디도 하지 않고 이만 빠드득빠드득 갈고 있었다.

숭깟은 루민상의 어깨를 깊이 쪼고는 다시 위로 치솟더니 급강하했다. 숭깟이 빠르게 내려올 때마다 그는 아픔으로 비명을 질렀고 공포에 떨었다. 그는 숭깟을 욕하면서 방쩌에게도 욕을 해댔다. 숭깟에게 저쪽으로 가서 방쩌도 쪼라고 소리쳤다. 방쩌는 루민상을 꾀었다. 그녀는 남자를 탐했고, 영주를 즐겁게 해주지 못했다. 또한 방쩌가 루민상을 필요로 했던 것이지 루민상이 방쩌를 원했던 게 아니었다. 루민상이 어디서 여자를 구하지 못하겠는가? 그는 멍청했다. 장님처럼 눈이 멀었다. 방쩌를 똥을 싼 개처럼 여겼어야 했는데….

루민상은 계속해서 고함을 쳤다. 하지만 그 소리는 갈수록 작아졌다. 분명 통증이 너무 심해 고함칠 힘도 없었으리라. 방쩌는 아무 말도 하지 않았다. 그녀는 다른 생각을 하는 중이었다. 루민상이 소리를 지르든 말든 방쩌는 자신이 저지른 일을 부정하고 싶지 않았다. 그녀는 자신의 어머니를 생각하고 있었다. 어머니는 자신을 낳아 예쁘게 키워주었다. 어머니는 한 번도 자신의 어여쁜 딸이 이 같은 돌기둥에 매달리게 될 줄은 생각지 못했다.

순식간에 루민상의 몸 전체가 갈기갈기 찢어지고 옷도 찢겨 떨어져 나가고 몸 곳곳에서 피가 줄줄 흘러내렸다. 더 이상 소리조차 지를 수 없었다. 고통의 외침은 날카로운 통증으로 가슴에서부터 막혔다. 단지 몇 마디 나오는 대로 지껄일 뿐이라 그가 뭐라고 하는지 통 알아들을 수 없었다. 방쩌는 그의 말을 알아들을 수도 없었고 듣고 싶지도 않았다. 그녀는 그저 부리를 간 숭깟의 먹잇감이 될 차례만을 기다릴 뿐이었다. 원래 그놈은 방쩌를 눈엣가시로 여겼으니 무슨 죄를 지었건 돌기둥에 바짝 매달린 그녀를 발톱으로 찢어 먹을지 몰랐다.

그러나 숭깟은 방쩌를 아직 못 본 것 같았다. 그 녀석은 방쩌의 머리카락 하나 건드리지 않았다. 숭깟은 높이 날아 상공을 몇 번 돌더니 쉭쉭 울어댔다. 주위는 루민상의 몸에 난 상처에서 흘러나온 피 냄새로 진동했다. 검은 까마귀 떼가 어디선가 풍기는 피 냄새를 맡고는 날개를 퍼덕이며 돌기둥 위로 날아왔다.

숭깟이 까마귀 떼에게 살코기 잔치를 열어준 것이었다. 고기를 차려놓고 날아간 숭깟은 하늘 높은 곳에서 몇 번을 다시 울어젖혔다.

돌기둥 저쪽에 있는 방쩌는 눈을 꼭 감았다. 까마귀 떼의 깃털이 몇 개 떨어져 방쩌의 얼굴 위에 달라붙었다. 방쩌는 이런 것을 가장 싫어했다. 지저분한 새 떼는 루민상의 살코기를 다 먹고 나면 방쩌의 살코기를 쪼려 할 것이다. 숭깟은 방쩌에게 접근하지 않겠지만 까마귀 떼가 먹잇감을 그냥 지나칠 리 없었다. 그들은 고기 한 점도 남지 않을 때까지 계속 쪼고 또 쫄 것이다. 방쩌의 뼈는 땅으로 떨어져 내릴 것이다.

방쩌는 눈물이 났다. 눈물이 눈썹 위에 얼어붙었다가 까닭도 없이 다시금 줄줄 흘러내리곤 했다. 무엇 때문에 눈물이 흐를까? 자신의 아름다운 몸이 더러운 까마귀 밥이 되고 있다는 것 때문일까? 아이고, 방쩌야! 영주의 관아에서 화려하게 피었던 양귀비꽃이 시들어 양귀비 뿌리로 떨어지는구나. 방쩌의 볼 위로 눈물이 하염없이 흘러내리니 날씨가 방쩌의 눈물을 얼음으로 만들 시간이 없구나.

∽∽

영주 관아에 있는 방쩌의 방은 깨끗이 청소되었다. 넷째 부인이 썼던 흔적은 하나도 남지 않았다. 영주는 술을 몇 상자 가져오게 해 기둥부터 대문까지 깨끗하게 닦아내도록 했다. 침상, 옷장, 살림살이는 모두 불태워졌다. 말끔히 정리를 마치자 문을 굳게 잠그고 열쇠를 강 속으로 던져버렸다.

오후에는 날씨가 갑자기 악화되었다. 영주는 넓은 방에 앉아서 아무도 불을 켜지 못하게 했다. 돌기둥에서 들려오는 까마귀 울음소리가 귀청을 흔들어댔다. 앞채부터 뒤채까지 관아 전체가 고요했다. 모두 까치발로 살금살금 걸어 다녔고 개 역시 감히 짖지를 못했다. 초상이 난 집이었다. 처음으로 영주 집안사람이 처형되어 죽었다. 더구나 영주가 가장 귀하게 여기고 사랑했던 사람이 처형되었다.

영주는 등받이에 태양이 수놓아진 의자에 기대어 앉았다. 태양이 그의 등 뒤에서 밝게 빛났지만 그의 얼굴에는 어둠이 짙게 깔렸다. 그가 무슨 생각을 하고 있는지는 아무도 몰랐다. 그는 방쩌의 죽음에 대해 속이 후련하다고 여길까? 역시 아무도 모를 일이었다. 그는 방쩌가 자신을 배반했다는 이유로 집안의 모든 여자를 쫓아낼 것인가? 이 역시 아무도 모를 일이었다.

문밖에서 쉭쉭대는 소리가 나더니 날개를 접는 소리가 들렸다. 숭깟이 집으로 되돌아온 것이었다. 숭깟은 문지방 위에 앉아 피가 잔뜩 묻은 부리를 문틀에 쓱쓱 닦았다. 닦고 또 닦고, 그렇게 닦아야만 피 냄새가 남지 않는다는 듯 계속 부리를 비볐다.

부리를 닦고 나자 큰 눈으로 집 안을 들여다보았다. 테두리가 동글고 희며 윤이 나는 검은 두 눈이 의자에 등을 기대어 턱을 가슴까지 푹 숙이고 앉아 있는 영주를 바로 찾아냈다. 영주가 자는지 깨어 있는지 알 수 없었다.

숭깟은 날개를 쭉 펴고 몇 번 날갯짓하더니 바로 영주 어깨 뒤에 놓인 의자로 가서 앉았다. 그러고는 머리를 기울여 영주의 목에 비볐다. 영주는 가만히 있었다. 한 사람과 한 마리의 새가 마당 밖에서부터 집 안으로 빠르게 밀려오는 어둠 속에 빠져들었다.

크고 넓은 집 어디에서도 불을 밝히는 소리가 들리지 않았다. 날마다 나던 안마 소리와 침과 약 시중을 하라고 부르는 소리도 없었다. 큰 마님에서부터 하녀들과 하인들에 이르기까지 저녁 먹을 생각을 하는 사람은 아무도 없었다. 영주가 사람 그림자도 없는 대궐 같은 그 큰 집에서 무엇을 하는지 알 수 없는 동안, 감히 누구도 밥 먹는 일에 대해 생각하지 못했다.

방 안에 있는 큰 마님은 침상에 앉아 두 발을 바닥에 댄 채 만약 영주가 부른다면 언제라도 즉시 나갈 채비를 하고 있었다. 하녀가 들어와 화로에 탄을 더 넣고는 바람을 호호 불어 불이 잘 올라오도록 하고 살며시 나갔다.

큰 마님은 언제부터인가 돌처럼 침묵하고 앉아 있었다. 문간 밖에서는 바람이 윙윙 불었다. 저 산 위의 배반자 두 연놈이 죽었는지도 알 수 없었다. 그녀는 참으로 긴 한숨을 내쉬었다.

칠흑같이 어두운 밤, 달이 없어도 괜찮았다. 외양간에서는 말이 힝힝 울어댔다. 수놈이다. 그놈은 루민상을 그리워하고 있었다. 그놈은 집에 올 때부터 루민상만 가까이 오도록 허락했고, 루민상에게만 자기를 돌보는 것을 허락했다.

이제 까마귀 소리도 들리지 않았다. 어둠이 까마귀 떼를 돌기둥에서 쫓아낸 것이었다. 그 녀석들은 오늘 다 못 먹었으니 내일 다시 올 것이다. 내일 다 못 먹어치우면 글피…. 그놈들이 하는 일이란 돌기둥에 매달린 사람의 고기를 먹어 치우는 것뿐이었다.

큰 마님은 또 한숨을 내쉬었다. 얼마 뒤 그녀가 침상에서 자리를 떨치고 일어섰다. 그러다 베개를 받쳤다. 너무 오래 앉아 있어 두 발이 저렸기 때문이다. 몸을 추스른 그녀는 마당으로 나가 본채로 올라갔다. 하녀가 손에 등을 들고 타닥타닥 뒤를 따랐다. 누렁이도 벌떡 일어났다. 큰 마님이 앞장서고, 그 뒤를 하녀가, 마지막으로 누렁이가 따라갔다. 등불 빛에 돌 마당에 비치는 큰 마님의 그림자가 흔들렸다.

큰 마님은 본채의 쪽문 앞에 이르러 걸음을 멈추었다. 뒤따르던 하녀에게는 작은 소리로 등불을 낮추라고 일렀다. 그녀는 반은 닫히고 반은 열린 문 옆에 가만히 섰다. 아무것도 들리지 않고 보이지도 않았다. 마치 안에 아무도 없는 것처럼 조용했다.

큰 마님은 조바심이 났다. 영주는 안에서 대체 무엇을 하고 있을까? 그녀는 남편이 야단을 치든 말든 상관없이 문을 열고 들어가고 싶기도 했고, 다른 한편으로는 들어가고 싶지 않기도 했다. 슬퍼하는 영주를 바라보기란 그녀에게 가장 참기 어려운 일이었다. 그녀는 영주의 집을 지키는 사람이고 죽어도 영주를 위해 집을 건사하는 귀신 노릇을 해야 했다. 영주는 자신의 영혼이자 호흡이며 피 같은 존재였다.

누렁이가 몇 차례 쿵쿵거린 끝에 숭깟의 냄새를 알아차리고는 기어드는 소리로 짖었다. 누렁이의 냄새를 맡은 숭깟이 캄캄한 출입구에서 날아올랐다. 녀석은 마당을 한 바퀴 돌더니 천천히 날아 들어가 쪽문 문지방 위에 내려앉았다.

숭깟이 동그란 두 눈을 크게 뜨고는 큰 마님을 쳐다보았다. 그녀는 숭깟 앞에 주저앉으며 말했다.

"영주님은 지금 깨어 계시냐 아니면 주무시냐?"

숭깟은 여전히 눈도 깜박이지 않고 큰 마님을 쳐다보고는 제자리에서 발을 탁탁 치며 안절부절못했다. 누렁이는 으르렁거리며 숭깟을 물 기세로 대들었다. 큰 마님은 팔을 내저으며 누렁이를 살짝 때렸다. 하녀가 계속 으르렁거리는 누렁이의 목을 황급히 껴안았다.

큰 마님은 한숨을 길게 내쉬며 말했다.

"넌 들어가거라. 영주님을 돌봐드려라!"

그 말을 들은 숭깟이 집 안으로 날아갔다. 어둠이 숭깟을 꿀꺽 삼켜버렸다. 큰 마님은 꼬리를 흔들어대는 누렁이와 한참을 더 서 있다가 방으로 돌아갔다. 이제는 큰 마님이 앞장을 서고, 누렁이가 중간에, 하녀가 맨 뒤를 따랐다. 각 방에서 나오는 등잔 불빛이 밝은 곳과 어두운 곳을 두루 비추었다.

5. 몬족 사나이는 산꼭대기에서
    몬족 아가씨와 사랑을 나누고
    발아래 구름은 해님을 스치듯 지나가니…

양귀비를 수확하는 철이 돌아왔다. 올해는 양귀비 풍년으로 종지만큼 큰 열매가 달렸다. 열매가 둥글고 커서 꼭 기름을 발라놓은 공 같았다.

모든 양귀비 재배 밭은 엄격한 안전 관리 규칙에 따라 보초들이 철저히 지켰다. 어른이고 아이들이고 어디를 가든 양귀비밭을 피해 멀리 돌아가야만 했다. 양귀비를 파종하고 잘 키웠으면 일은 끝난 것이다. 이제 양귀비를 거두는 것은 영주의 관아에 거처하는 사람들의 몫이었다.

오늘은 양귀비 열매 유액을 채취하는 첫날이다. 큰 마님은 관아에서 양귀비 열매 유액을 가장 잘 채취하는 사람으로 알려졌는데, 관아에서 최고라는 것은 드엉트엉에서도 최고라는 뜻이었다. 큰 마님은 손에 무척 작은 칼을 잡고 열매를 따라가며 칼집을 냈다. 이것은 매우 어려운 작업으로 솜씨가 아주 좋아야 가능했다. 너무 깊이 상처를 내면 열매가 상하고, 너무 얕게 칼집을 내면 유액이 잘 나오지 않았다. 또 세로로 칼집을 낼 자리가 없으면 사선으로 한 번 더 칼집을 내야 했다. 칼집을 내놓으면 양귀비 유액이 흘러나와 꽃대에 멈추는데, 이튿날 꽃대에 엉킨 유액을 채취해서 가져왔다. 그런 다음 생 유액을 얇은 종이에 발라서 널어 말렸다. 시간이 많이 지나면 종이를 다시 거두어 뜨거운 물을 끓인 솥에 넣는데 이때 유액이 녹아 나왔다. 이후에 불순물을 걸러내고 물기가 완전히 마를 때까지 기다리면 손에 들러붙는 초기의 끈적끈적한 유액 덩어리가 형성되고 비로소 아편 수지가 만들어졌다.

영주는 유액을 채취하는 일은 여자들만 담당하도록 했다. 관아의 중요한 일은 언제나 남자들이 맡았지만 유액 채취만은 여자들 몫이었다. 또 이 일과는 별도로, 다른 어떤 일보다 훨씬 더 막중한 일은 오직 한 여자가 담당하도록 했다. 말하지 않더라도 누구든 영주가 큰 마님을 신임하기에 그렇게 한다는 사실은 이미 다 알고 있었다. 관아에서 영주를 절대로 배반하지 않을 사람, 영주가 절대로 의심하지 않는 사람은 큰 마님이 유일했다.

큰 마님은 유액을 채취하면서 나이 든 여자 하인들에게 칼집 내는 법을 가르쳐주었다. 영주는 그녀들 중 자기 집으로 돌아가고 싶어 하는 사람이 있다면 누구든 허락해주었다. 그렇다고 해서 모두가 집으로 돌아가기를 원한 것은 아니었다. 돌아간들 뭘 하겠는가? 나이 든 여자가 집으로 돌아가면 부모를 위해 무거운 지게질이나 할 수 있을 뿐이었다. 남편을 얻을 수도 없고 아이를 낳을 수도 없었다. 그러니 그냥 관아에서 살며 어린 계집들이 하지 않는 일이나 하며 지내는 편이 나았다. 양귀비 수확처럼 조심스러운 일이나 능숙한 솜씨가 필요한 일 말이다.

중얼중얼하는 소리, 양귀비 대에 치마가 부딪쳐 바스락거리는 소리, 때때로 고함치는 소리도 들렸다. 어느 정도 일을 잘하는 계집이라 할지라도 큰 마님 마음에는 들지 못했다. 그녀는 수확 때가 되면 내내 양귀비밭을 종횡무진 돌아다녔다. 그러면서 양귀비 대 하나, 열매 하나도 놓치지 않았다. 수확이 다 끝날 때까지 양귀비 가지 하나 부러트리는 법이 없었다. 만일 열매 하나라도 땅에 떨어트리면 그 계집은 밤에 돌아와 각반을 벗고 회초리로 종아리 스무 대를 맞아야만 했다.

아편은 부유층을 위한 전유물이었다. 가난한 사람은 아편 냄새조차 맡아보지를 못했다. 그들은 아편이 얼마나 맛있기에 사람들이 그토록 많은 돈을 쓰는지도 몰랐다. 어찌 됐건 누구든지 아편을 혐오했다. 아편 때문에 얼마나 여러 사람이 죽었는가. 영주에게 빼앗긴 수많은 옥수수밭에는 양귀비가 파종되었다. 양귀비 수확이 끝나면 가난한 사람들은 다음 철까지 먹기에도 부족한 옥수수를 품값으로 받을 뿐이었다. 그렇더라도 양귀비를 파종해야 했으며 건사해야 했다. 파종하지 않는 것은 스스로 죽음을 자초하는 일이었다.

~~~

타오짜방의 형제 타오짜뽀는 화살처럼 뾰족하게 생긴 밭 끝자락에 앉아 있었다. 타오짜방과 타오짜뽀는 쌍둥이다. 타오짜방은 타오짜뽀보다 닭이 두 번 울 시간만큼 빨리 어머니 배 속에서 나왔다. 어머니가 그렇게 말해주었다. 먼저 나온 녀석이 형이고, 나중에 나온 녀석은 동생이 되었다. 두 형제는 건강하게 장성했다. 짧은 시차에도 불구하고 형은 언제나 형이고 동생은 언제나 동생이었다. 형이 한마디 하면 동생은 그저 들을 뿐 결코 서로 다툰 적이 없었다. 함께 자랐지만 타오짜방은 동생과 달리 무슨 일이든 잘 해냈다. 아무리 어려운 일이라도 배워서 해냈다. 하지만 타오짜뽀는 매사에 서툴고 무엇을 배워도 시간이 오래 걸렸다. 어떤 때는 아무리 노력해도 안 되는 경우도 있었다.

"나는 애를 하나만 길렀어. 그 아이가 나머지 애를 키웠고, 그래야만 했지."

타오짜방의 어머니는 나무 국자로 입을 토닥거리며 부풀려 말하곤 했는데, 반은 농담이고 반은 진담이었다. 타오짜뽀는 히히거리며 웃었다. 그는 자신이 느리고 사지는 멀쩡하지만 어수룩하다는 것을 어머니가 빗대어 말하고 있음을 알았다. 타오짜뽀는 부끄러워할까? 당연하겠지. 그는 다른 사람들보다 시원찮은 것은 정말로 부끄럽게 생각했으나 형보다 부족하다는 것은 그리 부끄러워하지 않았다.

이때 타오짜방이 묵은 대나무 통을 손에 들고 말했다.

"묵은 대나무를 써야 하는데 아직이네. 나무가 묵을수록 활이 단단하면서도 튼튼하고 말려도 휘지 않아. 하지만 너무 오래되면 늙은 사람 뼈처럼 돼서 한 대만 쏘아도 단번에 부러지지."

그 말을 들은 타오짜뽀는 웃으며 침을 확 내뱉었다. 그러고는 땅바닥에 드러누워 아무 상관도 없는 질문을 던졌다.

"형, 형은 좋아하는 사람 있어?"

타오짜방은 대나무 통을 들어 올려 동생의 몸을 툭툭 치며 말했다.

"뭔 말인지 모르겠네. 뜬금없이 애인 이야기는 왜?"

타오짜뽀는 대나무 통을 피해 한 바퀴 뒹굴더니 네 발로 기어서 일어났다.

"진심으로 물어보는 거야. 좋다면 나도 찾아볼게."

타오짜방은 입술을 삐죽거리며 동생을 쳐다보았다.

"어느 계집이 너를 사랑하겠니? 좋아만 해도 되는 거 아니야?"

타오짜뽀는 가슴을 탁탁 치며 베레모를 벗어 놓고 가려운 곳을 긁으며 말했다.

"그렇다면 형은 이 동생을 잘 모르고 있었네."

"내가 너를 모르면 누가 아냐?"

타오짜뽀는 새 대나무 더미에 걸터앉더니 한마디 했다.

"나를 좋아하는 계집이 있지."

타오짜방은 동생을 도끼눈으로 바라보며 물었다.

"정말로?"

타오짜뽀는 머리를 끄덕였다.

"정말이지. 나를 정말 좋아한다니까. 나한테 닭고기를 더 먹으라고 권하기도 했다고."

동생을 똑바로 보는 타오짜방은 웃음을 참느라 배가 아플 지경이었다.

"아이코, 어떤 계집이 그렇게 잘해줘?"

타오짜뽀는 주위를 두리번거리고, 타오짜방은 손부채질을 하며 말했다.

"뭐 하는 사람인데? 어디 말해봐."

"관아에서 부엌일하는 아가씨야."

타오짜방은 깜짝 놀랐다.

"뭐라고 했는지 다시 말해봐."

"관아에서 부엌일하는 사이라고 하는 아가씨라고."

타오짜뽀는 이를 보이며 웃었다. 그러고는 금방이라도 누구를 안으려는 듯 팔을 얼굴 앞으로 뻗었다.

"엄청 뚱뚱해. 이…만큼. 부엌에서 일하니 분명 배부르게 먹을 거야. 오랫동안 나한테 닭 다리를 가져다주었거든. 그 아가씨 몸에서는 언제나 기름 냄새가 나. 아주 고소한 냄새."

타오짜뽀는 입심 좋게 조잘거리며 흥분을 감추지 못했다. 타오짜방은 동생을 보고 고개를 저었다. 그의 얼굴에는 불편한 기색이 역력했다. 타오짜뽀가 형의 반응에 깜짝 놀라 물었다.

"왜? 형, 안 돼?"

타오짜방은 단호했다.

"안 돼."

"왜 안 돼?"

"그 계집은 영주의 사람이기 때문이야."

"영주의 사람이란 게 뭐가 문젠데?"

"너는 손을 댈 수가 없단 얘기지."

타오짜방은 동생을 질질 끌고 빈터로 데리고 가더니 돌기둥이 서 있는 산꼭대기를 가리켰다.

"너 저거 보이지?"

타오짜뽀는 고개를 끄덕였다.

"겁나지?"

타오짜뽀가 다시 고개를 끄덕였다.

"루민상과 넷째 부인이 왜 매달려 죽었는지 알지?"

타오짜뽀는 계속 고개를 끄덕였다.

"왜 매달렸지?"

타오짜뽀가 대답했다.

"그것들이… 그…것들이 서로 사랑했기 때문이지."

타오짜방은 동생의 어깨를 힘차게 두드렸다.

"맞아. 너도 그들처럼 사랑하고 싶은 거야?"

타오짜뽀는 아주 작게 말했다.

"그렇지만 사이는 부엌데기에 불과한걸."

타오짜방은 타오짜뽀의 귀를 톡 때리며 타일렀다.

"너는 영주의 말똥 한 덩어리도 사랑해서는 안 돼. 알았지? 다른 계집을 찾아봐."

"그런데 날 좋아할 계집이 없다고."

"그럼 계집이 널 좋아하도록 하면 되잖아?"

타오짜뽀는 얼굴을 들고는 입을 삐죽거렸다.

"됐어, 사랑하지 않으면 그뿐이지 뭐."

타오짜방은 고개를 끄덕였다.

"그래 잘 생각했어. 넌 아직 어리니 좀 더 커서 사랑하렴."

타오짜뽀가 형을 노려보며 말했다.

"형, 형은 나보다 닭이 두 번 우는 시간만큼만 나이가 많을 뿐이라고."

　　타오짜방은 허허 웃었다. 그는 동생을 생각할 때면 조금도 마음이 놓이지 않았다. 동생은 일고여덟 살 적, 자신과 놀러 다닐 때는 별일이 없었는데 혼자 나가면 꼭 사달이 나곤 했다. 어떤 날은 이마를 부딪쳐 가지처럼 보라색 멍이 들어 돌아왔고, 어떤 날은 자치기 나무토막에 무릎을 맞아 걷지를 못해 자신이 뛰어가서 업어 온 적도 있다. 타오짜뽀는 성가신 일을 자주 겪었다. 걱정하면 할수록 더욱더 난처한 일을 당했다. 어떤 녀석들이 괴롭히고 슬금슬금 돌아가면 타오짜방이 뛰어나가서 그 녀석들을 몇 차례 손찌검해준 적도 있다. 하지만 다음 날 타오짜방이 안 보이면 그 녀석들이 다시 동생에게 복수하곤 했다. 타오짜방은 줄곧 그렇게 로터리를 돌듯 동생 주위를 뛰어다녔다.

　　타오짜방은 동생에 대해 안심을 못 했고 부모 또한 마찬가지였다. 그에게는 언제나 거리낌 없이 자신을 좋아하는 두세 명의 아가씨들이 있었으나, 그는 그녀들을 멀리했다. 하지만 타오짜뽀는 어떤 아가씨도 없었다. 타오짜방은 이따금씩 아가씨를 만날 약속 장소에 동생을 자신인 것처럼 대신 내보내기도 했는데, 갔다만 하면 동생은 얼굴에 손톱으로 할퀸 자국이 나서 돌아오곤 했다.

　　이런 동생이 겨우 좋아하는 아가씨가 생겼는데 하필이면

관아에서 부엌일을 하다니. 타오짜방은 더 이상 사랑하지 말라고 했고, 타오짜뽀도 고개를 끄덕였다. 타오짜방은 아쉬워하는 동생의 얼굴을 보자 가여워서 어깨를 두드리며 말했다.

"형이 천천히 여자 하나 찾아줄게."

타오짜뽀의 목소리는 얼굴에 찬 슬픔보다 더 맥 빠지게 들렸다.

"형이 찾는 아가씨는 형만 좋아하지 나한테는 관심이 없다고."

타오짜방은 점잖은 목소리로 타일렀다.

"어쨌든지 너를 좋아할 아가씨도 있어. 절름발이 쿤 같은 못생긴 녀석도 장가갔는데 뭐."

타오짜뽀는 울음 섞인 목소리로 말했다.

"형, 쿤 마누라는 애꾸라고. 형은 내게 벙어리나 귀머거리를 찾아주려는 거지?"

타오짜방은 터져 나오는 웃음을 참지 못하고 땅바닥에 데굴데굴 굴렀다. 다 웃고 난 뒤 그는 멍한 동생의 길쭉한 얼굴을 보며 말했다.

"이 바보야, 잘생긴 너를 어찌 쿤 같은 녀석과 비교한단 말이니?"

그래도 타오짜뽀의 얼굴은 여전히 밝지 않았다. 타오짜방은 입을 삐쭉거리며 이야기했다.

"내가 좋아하는 숭빠씬에게 사촌 여동생이 하나 있는데 네게 시집보내라고 하면 좋지 않겠어?"

타오짜뽀는 칼을 꼭 잡고 대나무 뿌리를 탕탕 내리쳤다. 그러곤 손을 잠시 멈추더니 신중한 목소리로 말했다.

"그만, 난 장가 안 갈래."

타오짜방이 야단쳤다.

"너 미쳤어?"

타오짜뽀는 입을 다물었다. 타오짜방이 동생을 꾸짖고 나서 다시 생각한 뒤 물었다.

"야, 너 정말로 관아의 뚱뚱이를 좋아하냐?"

타오짜뽀는 고개를 끄덕였다.

"왜 그 계집을 좋아하는데? 닭 다리를 많이 먹게 해줘서?"

타오짜뽀는 머리를 흔들었다.

"닭 다리 때문이 아니라고."

"그러면 뭣 때문인데?"

"나도 몰라."

타오짜방은 입을 삐죽거리며 껄껄 웃었다.

"그 계집은 뚱뚱해서 꼭 안으면 더울 텐데."

그러자 타오짜뽀의 얼굴이 굳어졌다.

"나 농담하는 거 아냐."

타오짜방은 이를 드러내며 손사래 쳤다.

"농담 아니야, 농담 아니라고. 형이 왜 농담을 하겠어."

어릴 적부터 타오짜방 형제는 한 번도 다툰 적이 없었다. 보통 집에 두 아들 녀석이 있으면 날이면 날마다 몇 차례씩 다투고 흙벽에다 온통 구멍을 내고 난리들인데 둘은 한 번도 그런 적이 없었다. 타오짜방이 늘 타오짜뽀를 아껴주었기 때문이다. 그는 동생이 어리다고 여겼고, 동생을 보살펴야 한다고 생각했다. 그리고 동생은 타오짜뽀는 형이 무엇을 먹으면 자신도 그걸 먹었고, 형이 무슨 놀이를 하면 자신 역시 그 놀이를 했다. 언제고 타오짜뽀는 형의 꼬리처럼 졸졸 따라다녔다. 그 모습을 본 아버지는 언젠가 이런 말을 한 적도 있다.

"장차 네 형이 애인이 생기면 너는 양산을 들고 아가씨 햇볕이라도 가려주려고 지금처럼 졸졸 따라다닐 참이냐?"

이제 두 형제가 스무 살이 되었다. 당연히 장가들어 애를 낳을 나이다. 그런데도 타오짜뽀는 좀처럼 애인이 생기지 않았다. 타오짜방은 동생을 기다려주려고 천천히 장가가기를 원했다. 그는 나중에 자신에게 부인이 있고 아이가 생기더라도 동생을 자기 옆에 두어야겠다고 생각했다.

타오짜방은 숭빠씬을 사랑했다. 언젠가 숭빠씬이 결혼하고 싶어 하면 청혼을 해야 했다. 이 아가씨를 놓치고 싶지 않았기 때문이다.

타오짜방이 애인과 놀다가 밤늦게 문을 열고 들어올 때면 타오짜뽀는 화로에 물주전자를 올려놓고 화롯가에 앉아 있었다. 물은 진작 끓어올랐건만 타오짜뽀는 형이 돌아오기를 기다렸던 것이었다.

타오짜방은 동생이 슬퍼할까 봐 애인 이야기는 하고 싶지 않았다. 그러나 타오짜뽀는 듣고 싶어 했다. 동생이 계속 보채자 형은 마지못해 이야기를 들려주곤 했다. 두 형제가 마주 앉아 마치 쥐가 옥수수자루를 물은 것처럼 웃으며 날밤을 새운 적도 있었다. 타오짜방은 애인이 있어 즐거웠고, 타오짜뽀 또한 형에게 애인이 있어 즐거워했다. 부모는 타오짜방이 애인에게 목도리를 선물받았을 때 타오짜뽀가 기뻐하는 것을 보고 놀라 말했다.

"네 형이 목도리 두른 것을 보면 너도 따뜻하냐?"

타오짜뽀는 고개를 끄덕이며 대답했다.

"따뜻하지요. 저도 따뜻해요."

그는 허허 웃었다. 온 식구는 타오짜뽀가 어떤 때는 어린애 같고, 어떤 때는 어른 같다고 느꼈다.

두 형제는 오후가 다 지나가도록 일을 끝내지 못할 만큼 말을 많이 했다. 하지만 돌아오는 길에 돌기둥이 있는 산허리를 지날 때면 서로 말도 건네지 않고 발걸음을 빨리했다.

이 산을 오르는 길은 이제 나무가 많이 자라 길이 거의 가려져 있었다. 어른이나 어린애 할 것 없이 모두 이 길을 무서

위해서 잘 다니지를 않았다. 화전을 일구는 사람들이 다니던 길은 이제 죽으러 가는 사람이 다니는 길이 되고 말았다. 누군가 저 산을 오르고 있다면 길 안내자를 빼고는 모두 죽으러 가는 것이었다.

타오짜방과 타오짜뽀는 둘 중 하나가 그 길을 가게 될 줄은 아직 꿈에도 생각지 못하고 있었다.

**6. 나는 너에 대한 사랑을 멈추고
너는 나에 대한 사랑을 멈추네
너는 잡았던 내 손을 놓고
내 등을 껴안지 않으니…**

방쩌와 루민상이 돌기둥에 매달린 때로부터 계절이 두 번이나 바뀌었다. 그동안 얼마나 많은 사람이 더 돌기둥에 매달렸는지 아무도 알려고 하지도 않았고 알고 싶어 하지도 않았다. 까마귀 떼가 어디선가 날아와 벌떼처럼 바글바글하게 하늘을 뒤덮으면 이 사실이 입으로 전해지고 귀를 관통하여 방금 사람이 또 죽었다는 것을 알게 될 뿐이었다.

시간이 제법 지나면 영주의 수족들은 돌기둥 아래로 떨어진 뼛조각을 치우기 위해 괭이를 어깨에 메고 산으로 향했다. 그걸 치워주지 않으면 눈 깜박할 사이에 수북이 쌓여 돌기둥 전체를 가리기 때문이었다.

잔악한 영주는 날이 갈수록 더욱 잔인해졌다. 복마세[4]를 늦게 내거나, 눈을 크게 뜨고 영주를 쳐다보거나, 양귀비 열매

---

4   지역 우두머리가 복마(卜馬. 짐을 실어 운반하는 말)를 보유한 집에 부여하는 일종의 재산세.

를 몰래 따면 영주는 "뒈져!" 하고 말했다. 또 자주 예쁜 아가씨를 잡아 왔는데, 요즈음은 이 일에 관심이 더 많아졌다. 그래서 어느 집이고 예쁜 딸이 있으면 밖에 나가지 못하게 하고 아주 조심스럽게 집에 숨겨두었다. 만약 나가야 할 일이 있다면 숯검정을 얼굴에 바른 뒤 낡은 치마로 갈아입고 해진 신발을 신고 나갔다. 그리고 서둘러 일을 보고 재빨리 집으로 돌아왔다.

조만간 영주의 관아는 첩들로 꽉 차게 될 것이었다. 그런데 그토록 예쁜 아가씨들이 많아도 영주 마음에 드는 아가씨가 없었다. 해거름이 되면 영주는 자신의 거처에 있는 사람들을 모두 내쫓고, 그 큰 건물에 혼자 있곤 했다. 등받이에 태양이 수놓아진 의자에 앉아서.

영주가 방쩌를 잡아 죽이고 나서 그녀의 물건이란 물건은 모두 태워버렸고, 그녀가 살던 방은 지금까지도 굳게 잠겨 있었다. 영주가 보관하고 있는 유일한 그녀의 물건은 바로 태양이 새겨진 등받이로, 방쩌가 수놓은 것이었다.

방쩌가 수놓는 것에 대해 이야기해보면, 사실 말하지 않으면 그만이지만 말을 꺼낸다면, 몬족 여인에게 수놓는 솜씨가 서툴다는 것은 수치스러운 일이었다.

큰 마님은 처음으로 방쩌가 바늘을 잡고 자수 놓는 것을 보고는 안쓰럽기도 하고 우습기도 했었다. 그날은 해가 쨍쨍

해서 포근했다. 겨울철에는 햇볕 좋은 날이 드문데 그날은 해님이 몬족 지역에 햇볕을 하사했다. 볕이 좋은 날에는 무얼 해도 피곤한 줄 몰랐다. 햇볕이 옥수수를 널어 말리는 마당으로 쏟아졌다. 어미 고양이와 새끼들이 서로 어울려 옥수수 더미 위에서 장난을 쳤다. 땅에 떨어진 배나무 잎사귀 위에 맺힌 이슬방울이 햇볕을 받아 아이들 눈동자처럼 반짝였다. 갑자기 관아 전체가 환해졌다. 아낙네들은 낮에 치마와 이불을 널어 말릴 수 있어서 좋아했다. 비록 치마에서 좋은 냄새가 나든 곰팡이 냄새가 나든, 이불이 뽀송뽀송하든 눅눅하든 누가 알지는 못하지만 햇볕이 좋으면 그저 무작정 널어 말렸다.

 방쩌는 직접 치마나 이불을 널지는 않았고, 대신 사람을 말렸다. 그것은 그녀가 한 말이었다. 햇볕이 비추면 방쩌는 사람을 데리고 나가 널었다. 방쩌는 이불 냄새도 좋고, 치마 냄새도 좋고, 옷 냄새도 좋지만, 사람 냄새만 못하다고 말하곤 했다. 그녀는 사람의 체취를 유달리 좋아했다. 방쩌는 이 말을 마치고선 듣기 거북스러워도 어쩔 수 없다는 듯 히히거리며 웃었다. 방쩌는 수를 놓고 앉아 있다가도 문을 박차고 나가서 사람을 햇볕에 말렸다. 베도, 실도, 바늘도 아무것도 부족한 것이 없었건만.

 방쩌는 자수를 놓는 데 흠뻑 빠져 있을 때면 수놓으면서 노래도 했다. 그녀의 노랫소리에는 두말할 필요도 없이 고양이 새끼가 우는 것 같은 간절함이 있었다. 옥수수 널어놓은 곳으로 나가 방쩌의 노랫소리를 들은 큰 마님이 피식 웃으며 말했다.

"자네가 그리 노래하면 어린애를 둔 집에서 어찌 흔들리지 않을 수 있겠는가?"

방쩌는 조금도 부끄러워하지 않았다. 아니, 부끄러움이란 것 자체를 몰랐다. 그녀는 헤벌쭉 웃으며 대답했다.

"다행히도 어린애가 없잖아요, 큰 형님."

큰 마님은 방쩌를 보며 한마디 했다.

"자네가 입을 열고 계속 떠들면 듣는 사람들이 미쳐 죽으려고 하는 것을 알기는 아는가?"

방쩌는 여전히 입을 헤벌려 웃었다.

"그럼 안 들으면 되잖아요."

큰 마님은 담벼락 끝으로 고개를 돌려 침을 뱉었다. 방쩌는 이에 아랑곳하지 않고 노래를 불렀다.

노래도 노래지만 방쩌에게서 자수를 빼놓으면 말이 안 된다. 그날도 그녀의 하얀 손가락들은 자수바늘을 꽉 잡고 있었다. 그녀는 머리를 숙인 다음 자수 틀 밑으로 손을 내리며 굳게 다물었던 입술을 쑥 내밀었다. 대부분의 여자가 한 땀을 뜨면 필요한 곳에 정확히 수를 놓는 데 반해 그녀는 네다섯 번을 떠도 삐딱했다. 그 탓에 실이 시시때때로 엉켜서 덩어리가 되곤 했다. 사람들은 큰 천에 빈틈없이 수를 놓는데, 그녀는 베갯잇에 수를 하나 놓는 데도 수십 번 실수했다. 수를 잘못 놓을 때마다 힘을 다해 실을 잡아당기고 끊고 해서 실이 뭉친 모양이 마치 천 조각에 파리가 똥을 싸놓은 것 같았다. 그녀는 그런 모양새를 보고 이로 실을 끊었다. 언젠가는 이로 끊어놓은 실 꾸러미가 발아래 수북하게 쌓이기도 했다. 그날 역시 수놓는 천 조각을 팽팽하게 들어 올리고 수를 놓았음에도 그녀는 여전히 작업을 마치지 못했다. 천 조각 여기저기가 울어 주름이 생기고 시시때때로 수틀을 벗어나가기도 했다. 큰 마님은 놀란 눈초리로 쳐다보다가 그녀의 수틀을 홱 낚아채며 한소리 했다.

"천 조각을 아주 팽팽하게 해야 자수가 예쁘게 잘 놓아진다고."

큰 마님은 입으로는 떠들면서 손으로는 수를 놓았다. 천 조각이 수틀에 붙어 있는 것처럼 순식간에 팽팽해졌다. 방쩨는 눈을 동그랗게 뜨고 큰 마님을 보며 말했다.

"어머나! 어르신은 무슨 일을 해도 잘하시네요."

큰 마님은 눈을 흘겼다. 그러자 방쩨는 히히 웃으며 그런 뜻이 아니라는 듯 손을 절레절레 흔들었다.

"그게 아니고요. 제 뜻은 그런 게 아니고, 큰 형님은 연세가 드셨어도 아직 늦지 않으셨다는 말입니다."

큰 마님은 방쩌의 말을 가로막고 싶었으나 그러지 못했다. 잘못을 범했을지라도 그녀의 얼굴을 보니 그저 웃음만 나왔다.

이것이 바로 영주를 위해 의자 등받이에 태양을 수놓던 날 일어났던 일이다. 방쩌는 이렇게 말했다.

"아주 큰 태양을 수놓아야 해, 아주 환하게. 영주께서 등 뒤에 그걸 받칠 때 머리가 밝아지고 정신이 맑아져서 아무리 어려운 일도 방법을 찾도록 해드려야지. 영주께서는 드엉트엉의 태양처럼 영원히 이곳을 환하게 비출 거야."

방쩌란 여자는 한마디 한마디 영주의 귀에 쏙쏙 들어오는 말만 했다. 정작 그녀가 수놓은 태양은 정말 크지만 쭈그러지고 구겨져서 마치 늙은이가 화나 찡그린 얼굴같이 보였다. 그러나 그녀가 말 한마디를 잘한 덕분에 영주는 그녀를 예쁘게 보고 등받이도 귀하게 여겼다.

영주가 왜 태양이 수놓아진 등받이를 불더미 속으로 던지지 않았는지는 알 수 없었다. 그는 그 등받이가 놓인 의자에서 머리를 아래로 숙이고 턱을 가슴에 묻은 채로 잠을 잔 날도 있었다.

방쩌의 배신은 영주의 혼을 반쯤 나가게 했던 것 같다. 수많은 예쁜 아가씨를 잡아 왔음에도 아무도 방쩌의 자리를 대신하지 못했다. 부름을 받았던 아가씨들은 대부분 한밤중이 되면 쫓겨나서 자기 거처로 되돌아가곤 했다. 한 번 영주에게 선택받았던 여자들은 일단 돌아가고 나면 입을 꿰맨 듯 한마디도 하지 않았다. 누구든지 2~3일은 밥을 먹지 못했고 밤이 돼도 잠을 이루지 못했다.

영주가 그들에게 무슨 짓을 했는지, 입이 있어도 또 이가 부러진다 해도 감히 말하는 아가씨가 없었다. 다만 방쩌만이 모든 일을 자세히 알고 있었다.

영주는 쉰 살이 훨씬 넘었다. 첫 번째 부인을 얻은 때로부터 30년이 흘렀다. 지난 세월 동안 그는 마치 고양이가 쥐새끼를 가지고 발톱으로 할퀴고, 물어뜯어 고통을 주고, 장난치듯 했을 뿐 어떤 여인도 마음속에 품지 못했다. 영주는 그들에게 시퍼런 멍이나 들게 해 살아도 사는 게 아니요, 죽어도 죽는 게 아닌 것으로 만들어놓았다. 도대체 영주라는 작자가 뭘 어떻게 했기에 그런 것일까?

밤이면 밤마다 아가씨가 불려 올라갔고 잠시 후 다리를 질질 끌며 기어서 방으로 돌아가곤 했다. 다음 날이면 영주는 눈 바닥에 내던져진 고양이 같았다. 눈은 퀭하고 턱은 뾰족하고 수염은 호저의 가시털처럼 자라 있었다.

그런 날은 아무도 영주를 건드리지 않았다. 혹시 일이 있어 지나가다가 그의 심기를 건드렸다 하면 곧바로 회초리 수십 대를 맞아야 했다. 노래라도 한 토막 했다 하면 영주는 웃다가도 매 한 대를 때렸다. 그러곤 이렇게 말했다.

"어이, 너는 뭐가 그렇게 즐거워 노래를 다 하냐? 네가 나를 웃기는구나, 응? 너 이를 드러내놓고 웃고 싶냐? 내일까지 한번 웃어볼래?"

그러나 웃느라가 아니라 우느라고 이를 드러내야 했다. 방쩌만이 영주의 마음에 들게 시중을 들었다. 영주는 방쩌와 함께 밤을 보낸 날에야 비로소 무엇이든 덮치려고 덤벼드는 호랑이 같은 영감으로 돌변치 않았다. 그런 날에는 후원에 사는 누구의 귀에도 울음소리가 들리지 않았다.

이제 방쩌가 죽었기에 영주는 다시금 호랑이 영감으로 변했다. 바람을 가르는 채찍 소리가 휙휙 들리고 피가 다시 마당을 적셨다. 오후가 되면 수 명의 하인들이 마당을 청소하고 물로 마당을 깨끗이 했다.

~~~

양귀비 수확이 끝나자 열매는 부숴 씨를 거두어들였고 대는 뽑혔다. 이제는 집집이 화전으로 올라가 옥수수 심을 준비에 한창이었다. 이번 한철만이 한 해 식량을 장만할 수 있는 시기였다.

타오짜방은 계곡 밑에서부터 산 위로 땅을 갈아엎고 돌을 주워 숭빠씬이 옥수수 파종하는 것을 도와주었다. 그해는 날씨가 좋았고 비가 좀 와서 땅에 습기가 많고 부드러워 옥수수가 빨리 자랐다. 모든 옥수수밭에서 나는 수확량 중 반은 농사짓는 사람이 가져가고 나머지 반은 영주에게 바쳤다. 굶지 않으려면 옥수수를 튼튼하게 크게 키워 소출을 많이 얻어야 했기에 정말로 부지런해야만 했다.

숭빠씬은 일하면서 노래를 불렀다. 그 목소리가 잎사귀 끝에서 산중 허리로 떨어지는 이슬방울처럼 투명했다.

만약 제가 복이 많아 오빠를 얻는다면
만약 오빠가 복이 많아 저를 얻는다면
우리 둘이 청춘을 가져다 비탈길로 굴려서….

방금 밭을 갈고 올라와서 숨을 거칠게 내쉬던 타오짜방은 숭빠씬의 노랫소리를 듣고 넋을 잃은 채 멍하니 서 있었다. 숭빠씬은 이에 개의치 않고 땅을 충분히 파고 돌을 골라냈다. 그녀의 치마에는 구멍이 나 있었는데 아주 잘 메웠지만 여전히 꿰맨 조각이 보였다. 타오짜방은 그 조각을 빤히 쳐다보며 생각했다.

'만약 내가 숭빠씬에게 장가간다면 평생 숭빠씬에게 저런

누더기 치마를 입게 하진 않을 거야. 늙어서 추하게 되더라도 누더기 치마는 안 입힐 거야.'

숭빠씬은 여전히 노래를 흥얼거렸다.

만약 제가 복이 많아 오빠를 얻는다면
만약 오빠가 복이 많아 저를 얻는다면
우리 둘이 청춘을 가져다 비탈길로 굴려서….

노래를 듣던 타오짜방은 웃으면서 말했다.
"비탈길로 굴러 내려가 강물에 빠져버렸다네."
숭빠씬이 그런 타오짜방을 돌아보며 눈동자를 빛냈다.
"계속 굴러가라고 하지. 강물로 빠지라니."
"혼자 굴러가. 이 타오짜방은 절대로 안 굴러 내려갈 거야. 나는 이곳에 얌전히 앉아 있을래."

말을 마친 타오짜방은 흙으로 구멍을 메우고, 등에 메는 대나무 지게 통을 옆에 놓고는 풀썩 주저앉았다.
"난 아무 데로도 안 굴러갈 거야. 나는 이곳에 가만히 앉아 있어야 해. 내 사랑하는 사람을 기다리면서."

숭빠씬은 눈을 흘기며 타오짜방에게 말했다.
"정말 그럴 거야?"
타오짜방은 고개를 끄덕였다.

"그럼, 당연하지."

숭빠씬은 내려가는 체하며 궁둥이를 이쪽에서 저쪽으로 탁탁 치고는 치마를 나비처럼 넓게 폈다. 타오짜방이 뒤따라가 숭빠씬을 잡고는 가지 못하게 붙잡았다.

"여기 앉아, 사랑하는 사람과 같이 앉아 있어야 하잖아."

숭빠씬은 돌아보지 않고 웃음을 꾹 참으며 대답했다.

"사랑하는 사람은 굴러가 강물에 빠졌는데 이제 있을 리가 없지."

타오짜방은 숭빠씬을 가지 못하게 하려고 애써도 뜻대로 안 되자 숭빠씬을 두 팔로 안고 바위 위에 퍽 소리 나게 주저앉힌 뒤 헉헉댔다.

"아이코! 내 애인 되게 무겁네."

둘은 바위 위에 앉아 일하는 것을 까맣게 잊은 채 이야기를 나누었다. 구덩이는 겨우 일고여덟 개 파놓은 상태고, 옥수수 씨앗은 아직 그대로 남아 있었다. 그들은 서로가 옆에 있으면 아무 일도 할 수 없을 정도로 온종일 이야기꽃을 피웠다. 숭빠씬의 어머니는 그런 두 사람을 보며 자주 물었다.

"너희들은 무슨 이야기를 하기에 아침부터 점심때까지 해도 끝나질 않니?"

숭빠씬이 웃으며 대답했다.

"저도 몰라요."

"뭐라고? 자기 입 가지고 말하면서 모른다면 도대체 누가 알지?"

"전 정말로 모른다니까요."

어머니가 말했다.

"넌 말이 너무 많아. 내 더 이상 타오짜방을 못 만나게 할 거다."

숭빠씬은 또다시 이를 드러내고 웃었다. 숭빠씬의 이는 은백색에 얼굴은 전체가 뽀얬다. 그리고 두 눈은 실오라기같이 가늘었다. 볼은 다시 불그레했다.

둘은 서로 사랑한 지 이미 오래되어 결혼을 약속하기에 이르렀다. 그러나 그냥 그대로 지내고 있었다. 숭빠씬의 부모는 집을 수리하고 싶어 했고, 타오짜방의 부모는 숭빠씬네 집을 수리하는 데 돈을 조금이라도 보태기 원했기 때문이다. 어쨌든 이번 옥수수 철이 끝나면 집을 수리할 테고, 둘은 곧 결혼할 것이었다.

숭빠씬은 타오짜방의 등에 기대어 앉아 조잘거렸다.

"말을 많이 해서 혓바닥이 다 아프네."

타오짜방은 고개를 끄덕끄덕했다.

"나도 너무 많이 들어서 귀가 다 따가워."

숭빠씬은 손을 뒤로 뻗어 타오짜방을 슬며시 할퀴었다.

"그럼 내일부터 한마디도 하지 않을게!"

타오짜방은 다시 고개를 위아래로 움직였다.

"그래야지. 더 말하면 옥수수 알갱이로 내 두 귀를 틀어막을 거다."

협곡에서 바람이 불어와 잠시 앉아 있는 동안 땀이 말끔히 식었다. 햇볕도 쨍쨍해서 이슬까지 거의 말랐다. 화전 중턱에 앉으면 앞에 몰려왔던 안개가 보이곤 했는데, 그날만큼은 일시에 바람이 불더니 안개를 멀리 날려 보냈다. 땅에서는 이슬에 흠뻑 젖은 풀잎들이 따스한 햇볕을 맞이하기 위해 기지개를 켰다. 빨간 국화꽃이 한 송이씩 피기 시작했다. 숭빠씬네 화전에는 빨간 국화꽃이 엄청 많이 피었다. 꽃송이가 아주 작고, 바위 아래로 깊이 뿌리 내린 국화꽃이 잎사귀들 사이로 얼굴을 내밀고 있었다. 만약 그런 국화 꽃송이들을 따다가 옷에 붙인다면 아주 멋있겠다고 숭빠씬은 생각했다. 그러나 그렇게 한다면 국화꽃은 금세 시들어버릴 것이었다. 그녀는 빨간 국화 꽃송이를 옷에다 수놓을 방법을 궁리했다.

바람결에 실려 온 향기 속에는 썩은 나뭇잎 냄새가 섞여 있었다. 원시림 고목에서 날아온 냄새였다. 바람결에 실려 온 소리에는 밤꾀꼬리 울음도 함께 들렸다. 밤꾀꼬리가 다시 울었을 때 해가 빛을 내리쬐기 시작해 산비탈마다 노란빛으로 화려하게 빛이 났다. 그 속에는 구름 떼가 살살 깐딱거리다 갑자기 서로 짙게 깔리는 소리도 있었다. 꽃가지에서 꽃봉오리가 떨어져 나가는 소리도, 화려한 향을 갑자기 터트려 사람의 영혼을 미치게 하는 향내도 싣고 왔다. 삶에 언제나 국화꽃이 만발하고 밤꾀꼬리 소리가 넘친다면 얼마나 좋을까? 그렇게 생각하자 숭빠씬은 다시 한 곡조를 뽑고 싶어졌다.

    숭빠씬은 여전히 타오짜방의 허리에 기대어 그의 뒤통수 머리카락 내음을 맡으며 노래를 불렀다. 이제 산등성이로 굴러 내려가는 노래가 아니고 다른 노래였다.

    오빠는 계속 발톱의 피를 받아요.
    저는 손톱의 피를 받을래요.
    밤에 한 병에 섞어서
    사람의 맹세로 마셔요.
    정말로 아름다운 사랑의 징표로….

    타오짜방은 눈을 감고 숭빠씬의 노래를 감상했다. 숭빠씬은 타오짜방의 바로 등 뒤에 있어 몸만 돌리면 바로 안을 수 있었다. 그러나 그는 안고 싶지 않았다. 그는 쳐다보고 싶은 게 아니고 단지 숭빠씬만 생각하고 싶을 뿐이었다. 언제나 숭빠씬만 생각해왔고 숭빠씬은 정말 예뻤다. 마치 하얗고 하얀 흰 구름 떼가 창공을 느릿느릿 정처 없이 흐르는 것처럼.

    두 사람이 앉아 한 사람은 노래하고 한 사람은 구름 떼를 생각하고 있는 사이 영주가 지나갔다. 어느 화창한 아침에 영주가 무슨 일인지 숭빠씬네 화전을 지나갔다. 하고많은 큰길을 놓아두고 영주는 어찌하여 좁은 길, 그것도 돌투성이인 길로 갔을까?

영주가 발을 멈추었다. 재수없게도 숭빠씬의 노랫가락이 영주의 귀에 들렸다. 영주가 고개를 내밀어 소리가 들리는 쪽을 올려다보았다. 저 높이 공중에 두 남녀가 나무 지게 통은 옆에 던져놓은 채로 등을 맞대고 앉아 있었다. 그리고 한 아가씨가 노래를 부르고 있었다.

그녀가 이렇게 노래를 부르니 영주가 어찌 발걸음을 멈추지 않을 수 있으랴.

오빠는 계속 발톱의 피를 받아요.
저는 손톱의 피를 받을래요….

영주는 그런 목소리를 여태껏 들어본 적이 없었다. 벌꿀처럼 노란 햇볕 아래 이따금 작은 고기 한 마리가 번쩍이며 튀어 오르는 계곡에, 깨끗한 바위 위를 흐르는 투명한 계곡물 같은 목소리였다. 피와 눈물이 흥건한, 양귀비와 흰 은붙이가 나뒹구는 이 계곡에 저런 노랫소리가 들리다니 실제인가? 혹시 꿈을 꾸고 있는 것은 아니겠지? 영주는 오랫동안 쳐다보고 또 쳐다보았다. 몇 번이고 눈을 씻고 보았다. 두 남녀가 여전히 서로 등을 기댄 채 하나는 노래하고 하나는 자는 듯 조용했다.

영주는 리쯔지어에게 오라고 손짓하더니 위를 가리켰다. 리쯔지어가 두 사람을 불렀다.

"거기 두 놈들!"

그런 줄도 모르고 숭빠씬은 여전히 노래를 불렀다. 노래를 할 때 숭빠씬은 마치 귀가 없는 듯했다. 자신의 노래에 푹 빠져 있어서 그럴 만도 했다.

리쯔지어가 다시 둘을 향해 외쳤다.

"거기 두 놈들!"

영주의 어깨 위에 있는 숭깟도 따라 했다.

"왝왝!"

리쯔지어가 벼락처럼 고함치는 소리 때문이 아니라 숭깟의 소름 끼치는 소리에 타오짜방과 숭빠씬은 기절초풍했다. 이때 타오짜방은 리쯔지어의 고함을 들었다. 숭빠씬은 입을 다물고 조용히 있다가 몸을 홱 돌려 아래를 내려다보았다. 타오짜방 역시 아래쪽을 바라보았다.

영주였다. 드엉트엉에서 가장 무서운 사람이었다. 드엉트엉을 좌지우지 휘두르는 죽음의 신이었다.

리쯔지어가 또 소리쳤다.

"당장 내려오거라!"

타오짜방은 숭빠씬을 쳐다보고, 숭빠씬은 타오짜방을 쳐다보았다. 숭빠씬은 서둘러 얼굴에 흙을 발랐다. 그날 아침 집을 나설 때, 그녀는 가장 중요한 일 한 가지를 까먹고 나왔다. 바로 얼굴에 탄가루를 바르는 것이었다.

숭빠씬의 얼굴은 홍조를 띤 깨끗한 피부다. 그녀의 두 눈, 입, 치열, 작은 두 귀 모두가 화를 가져올 것이다. 그녀는 서둘러 얼굴에 흙을 발랐으나 볼은 너무나 말끔하고 깨끗했고, 땀방울이 다 말라서 흙가루가 하나도 붙지 않고 죄다 떨어졌다.

결국 두 사람은 산 밑으로 내려가야만 했다. 날이 갑자기 어두워졌다. 바람도 멈추었다. 빨간 국화꽃 봉오리는 시든 듯 떨어졌다. 밤꾀꼬리는 목이 잘린 듯 소리가 끊겼다.

7. 네 집 대문 앞에 다 자란 아마초가 있는데 벌이 방금 찾아왔다네…

영주의 저택.

큰 마님은 까닭도 없이 갑자기 심장이 울렁거렸다. 찬물을 몇 사발 벌컥벌컥 마셨는데도 여전했다. 무슨 안 좋은 일이 생기려나? 그녀의 심장이 이처럼 떨 때마다 영주에게 항상 무슨 일이 생기곤 했었다. 조바심이 난 큰 마님은 대문을 들락날락하며 구불구불한 긴 산길을 내다보았지만 남편은 아직 보이지 않았다.

언제부터인가 큰 마님은 영주를 자신의 일부로 생각했다. 영주가 슬퍼하면 큰 마님도 슬펐고, 영주가 아프면 큰 마님도 아팠고, 영주가 즐거워하면 큰 마님 또한 기뻤다. 영주의 등 뒤에 서 있는 그녀는 영주의 큰 그림자에 가려져 있었다. 그러나 큰 마님은 발톱을 세우고 영주에 대해 한마디라도 좋지 않게 말하는 사람이 있다면 뛰어올라 할퀴려 드는 늙은 고양이 같았다. 만약 영주가 죽는다면 영주와 함께 묻어달라고 할 것이다. 그녀는 그렇게 생각했고, 그렇게 믿었고, 그러기를 바랐다.

둘째 부인, 셋째 부인, 다섯째 부인, 여섯째 부인 누구도 영주에 대해 좋게 생각하지 않았다. 그들은 단지 영주의 금고만 노리다가 이렇게 100동, 저렇게 100동씩 빼내 부모에게 보낼 방법만 궁리했다. 부모에게 부탁해 보관해두면 만약 영주에게 쫓겨난다 해도 굶주릴 걱정은 안 해도 되었기 때문이다. 영주가 아프기라도 하면 그들은 안부를 묻는 시늉을 했다. 그들이 마음속에 품고 있는 유일한 생각이라고는 '영주가 죽으면 자신들은 어떻게 되는가'뿐이었다. 영주는 사람을 도무지 불쌍히 여기지 않았기에 죽으라고 말하면 이들은 바로 죽을 수도 있었다.

오래전부터 영주는 큰 마님을 자신의 금고를 지켜주는 열쇠로 여겨왔다. 영주는 큰 마님에게 중요한 여러 가지 일에 대한 의견을 물었고, 답을 듣고 난 뒤에야 일을 처리했다. 큰 마님이 동의해주지 않으면 그는 해야 할지, 말아야 할지를 다시 고민했다. 물론 큰 마님이 동의해주지 않는 일은 어쩌다 한번씩 있었다.

그래도 큰 마님은 대부분의 일에서 영주의 편에 섰다. 그녀는 남편의 뜻이 바로 하늘의 뜻이라고 믿었다. 무슨 일이든 영주가 하려 한다면, 분명 옳고 할 가치가 있으며 반드시 해야 하는 것이었다.

대문에 오래도록 서서 기다리고 있는 큰 마님을 본 하녀가 마님의 다리가 아플까 걱정돼 의자를 하나 들고 왔다. 바로 그때 큰 마님의 발에 쥐가 났다. 앞채에서 중간채를 지나 뒤채까지, 앞마당에서 뒷마당까지, 아편 창고에서 하얀 은붙이 금고까지. 지난 30여 년 동안 관아를 뱅뱅 돌아다닌 두 발이었다. 이제 그 두 발도 늙고 지쳐 오래 서 있지를 못했다.

지친 큰 마님이 의자에 앉자 그 곁을 누렁이가 지켰다. 누렁이는 눈 위에 두 개의 검은 점이 있고, 역시 이제는 늙어 이가 다 빠져버렸으며, 털도 다 빠져버렸다. 이 누렁이는 자신의 본분인 영주에게 충성하는 것 이상으로 큰 마님에게 충성을 다해왔다. 만약 큰 마님이 영주를 위해 죽을 수 있다면 누렁이는 큰 마님을 위해 기꺼이 죽을 수 있었다.

영주를 애타게 기다리던 큰 마님이 누렁이에게 말을 건넸다.

"누렁아, 너도 애간장이 타냐?"

누렁이는 머리를 흔들고 긴 혓바닥을 날름거리며 주둥이 양쪽 언저리를 핥았다. 큰 마님은 손을 내뻗어 누렁이의 머리를 쓰다듬어주었다.

"누렁아, 오늘 분명 무슨 일이 있는 것 같구나. 틀림없이 무슨 일이 있어."

누렁이는 긴 혓바닥으로 다시금 큰 마님의 손을 핥았다.

큰 마님이 누렁이를 보니 누렁이도 눈을 크게 뜨고 큰 마님을 바라보는데, 눈물이 난 것 같았다. 누렁이는 언제나 눈물이 난 듯한 두 눈으로 큰 마님을 바라보았다.

누렁이는 배 속에서 나온 지 이틀 만에 어미를 잃었다. 녀석의 어미가 닭을 물어가려고 닭장에 들어온 독사와 싸우다 죽음을 맞은 탓이었다. 독사가 목을 한 번 쪼자 피는 한 방울도 나지 않았는데 어미가 죽었다. 어미가 죽었을 때 새끼들 가운데 누렁이만이 유일하게 어미 배 위에 턱을 올려놓고 베개 삼아 누워 어미를 계속 지켰다. 큰 마님이 사람을 시켜 어미를 파묻어줄 때도 따라갔다. 태어난 지 이틀 된 어린 강아지가 뭘 어찌 알고서.

그래서 큰 마님은 다른 강아지는 누군가에게 주라고 하고 이 강아지만 남겨두었다. 그때부터 누렁이는 큰 마님과 함께 살았다. 그게 벌써 거의 20년 가까이 되었다. 사람 나이 스무 살이면 개 나이로 마흔 살이다.

큰 마님이 무엇을 먹든 누렁이도 같은 것을 먹었다. 이것이 버릇이 되어 부엌데기들이 막 구운 고깃덩어리를 던져준다 해도 누렁이는 외면했다. 밤이면 큰 마님은 방에 앉아 작은 창문으로 밖을 내다보며, 영주 방으로 들라는 기별을 전해주는 하녀를 기다리느라 날밤을 새웠다. 누렁이도 큰 마님의 발 위에 무릎을 올려놓고 함께 밤을 새웠다. 누렁이는 큰 마님이 잠든 뒤에야 비로소 눈을 감았다. 아침에 큰 마님이 잠에서 깨는 때가 누렁이가 일어나는 시간이었다. 단 한 번 누렁이가 큰 마님을 도와시했던 적이 있는데, 수캐가 마당 모퉁이에 서서 꼬리를 격렬하게 흔들며 누렁이를 바라봤을 때였다. 누렁이가 쫓아 나가자 두 마리는 킁킁 냄새를 맡으며 서로 앞서거니 뒤서거니 하면서 채심(菜心)[5]밭으로 향했었다. 그때 큰 마님은 고함치며 누렁이를 따라가서 붙잡았다. 그러자 누렁이는 화가 잔뜩 나 밭에 서서 으르렁거리는 수캐를 홀로 놓아두고 앞뒤도 살피지 않은 채 뛰어서 되돌아왔다.

그로부터 큰 마님은 누렁이가 수캐를 따라다니지 못하게 했다. 결국 누렁이는 추하고 외롭고 새끼가 없는 한 마리의 늙은 암캐로 전락했다. 누렁이 팔자가 큰 마님의 팔자와 붕어빵처럼 닮지 않았는가?

문지방에 주둥이를 기대고 엎드려서 비가 오는 것을 보는 누렁이의 모습을 바라보노라면 큰 마님 또한 자신이 누렁이의 처지와 비슷하다고 느꼈다. 만약 누렁이가 수캐를 만났을 때 큰 마님이 누렁이를 붙잡아 오지 않았더라면 누렁이는 최소한 한 번은 어미 노릇을 할 수 있었을 것이다. 그러나 큰 마

---

5 동남아와 중국에서 국, 볶음, 무침 요리의 재료로 널리 쓰이는 채소. 녹색 잎과 꽃대, 노란 꽃까지 먹는다.

님은 누렁이를 붙잡아 왔다. 누렁이가 수캐와 암수 놀이하는 꼴을 보기가 싫어서였다. 그리고 누렁이 역시 큰 마님의 말에 따라 즉시 수캐를 포기하고 집으로 돌아왔다.

이제 누렁이는 너무 늙었다. 아마 큰 마님보다 앞서 죽을 것이다. 큰 마님은 누렁이가 없다면 잠 못 이루는 밤에 누구와 이야기를 나누어야 할까. 영주가 밖에 나갈 때마다 누가 큰 마님과 함께 영주를 기다릴까.

찬바람이 한바탕 일었다. 올겨울은 유난히 길어서 봄을 온통 꿀꺽 삼켜버린 듯했다. 관아로 들어오는 문 앞의 희뿌연 길에는 여전히 사람 그림자조차 보이지 않았다. 영주는 어디에 있을까? 지금 무엇을 하고 있을까? 큰 마님은 오늘 오후가 너무 길게 느껴졌다. 그녀는 고개를 숙여 개에게 말했다.

"넌 집으로 들어가거라. 날씨가 춥구나!"

그러나 누렁이는 눈을 반쯤 감고 턱을 큰 마님의 발에 올려놓은 다음 넙죽 엎드려서 꼼짝하지 않았다. 큰 마님이 대문 앞에서 개와 함께 영주를 기다리는 동안, 영주는 숭빠씬의 얼굴을 찬찬히 들여다보고 있었다.

그 순간 숭빠씬을 가장 화나게 한 것은 바로 아침에 집을 나서기 전 아궁이에서 탄가루를 찍어 얼굴에 바르는 것을 까먹고 나온 사실이었다. 그리고 노래를 큰 소리로 부르지 말았어야 했다. 그녀는 너무 맑은 목소리로 노래를 한 것이 후회되었다. 무엇보다 밤꾀꼬리보다 노래를 더 잘한 것이 화근이었다. 그러나 얼굴색은 벌써 하얬고 노래 역시도 진작 불러버렸다. 숭빠씬의 노랫소리는 죽음 하나를 불러올 것이다. 하나의 죽음을 미리 알려주는 것, 그것은 고통스럽고 공포스러웠다.

영주가 눈을 부릅뜨고 숭빠씬을 쳐다보았다. 저렇게 예쁜 아가씨가 드엉트엉에 살면서 내 땅에서 옥수수를 심어 먹고 살아왔는데 어찌하여 이제야 내 눈에 띄었단 말인가? 어느 부모가 저런 아가씨를 변장시켜 숨겨왔단 말인가? 도대체 어디에다가 숨겨왔을까? 부엌에? 아니면 말 외양간에?

영주가 물었다.

"이름이 뭐고?"

"타오짜방이라 합니다."

숭빠씬 대신 타오짜방이 재빨리 대답하자 영주가 다시 말했다.

"네놈한테 물은 것이 아니다."

숭빠씬은 몹시 떨리는 목소리로 답했다.

"숭… 숭빠…씬이라 합니다."

"집이 어디냐?"

숭빠씬은 손을 들어 영주의 등 뒤쪽을 가리켰다.

영주는 숭빠씬을 보고, 다시 타오짜방을 향해 물었다.

"둘은 어떤 관계냐?"

숭빠씬이 서둘러 답했다.

"오빠 동생 관계입니다."

그때 타오짜방도 대답했다.

"부부입니다."

영주는 냉소적으로 웃으며 숭빠씬에게 말했다.

"아비에게 볼일이 좀 있으니 내일 관아로 오라고 전해라."

이 소리를 들은 숭빠씬의 얼굴이 창백해졌다. 타오짜방은 말을 더듬거렸다.

"무슨… 무슨 일이신지요?"

영주는 인상을 찌푸리며 대답했다.

"네놈 일이 아니렷다!"

말을 마친 영주는 누구든 화나게 할 썩은 미소를 남겨놓은 채 가버렸다.

영주의 마부들은 아주 멀리 떠나가버려 꼬부랑 산길의 굽이 뒤편에서 허우적거렸고, 타오짜방과 숭빠씬은 땅속에 발이 박힌 듯 멍하니 서 있었다. 숭빠씬의 얼굴은 피가 멈춘 듯 여전히 창백했다. 코는 숨이 멎은 듯했다. 끝이다. 그녀의 생이 여기에서 끝장난 것이다. 숭빠씬은 치마가 구겨지는 것도 모르고 땅바닥에 털썩 주저앉았다. 타오짜방은 숭빠씬 옆에 앉아 말없이 그녀의 손을 잡았다.

한참 지나서야 타오짜방이 겨우 말을 건넸다.

"걱정하지 마, 아무 일도 없을 거야."

타오짜방은 입으로는 그렇게 말하면서도 속마음은 결코 그렇지 않았다. 그는 단지 슝빠씬의 걱정을 덜어주려 했을 뿐이었다. 그는 진정으로 슝빠씬의 근심을 줄여주고 싶었다. 슝빠씬이 없다면 어떻게 살아갈지 걱정이었다. 그녀의 옷을 모조리 찢고 싶어 하는 듯한 영주의 눈빛을 보고 타오짜방은 곧 슝빠씬을 잃게 될 거라고 예감했다.

방금 전 슝빠씬은 이런 노래를 불렀었다.

네 집 대문 앞에 다 자란 아마초가 있는데
벌이 방금 찾아왔다네….

이제 벌은 더 이상 없고 호랑이 한 마리만 있었다. 그 늙은 호랑이 한 마리는 뭐든 잡아다가 확실하게 죽이려 했다.

~~~

큰 마님은 누렁이와 함께 대문 앞에 앉아 날이 어둑어둑해질 때까지 기다렸으나 영주는 돌아오지 않았다.

잠시 후 돌아온 영주는 아주 기분이 좋았다. 대문 가까이 나무 의자가 놓여 있고 그 옆에 큰 마님이 서 있는 것을 본 영주가 물었다.

"임자, 왜 기다리고 있는 거요? 나가면 돌아오는 것이 당연한데."

큰 마님은 누렁이를 집으로 들어가게 하면서 말했다.

"오늘 좀 늦으셨네요. 일은 잘 풀렸어요?"

고개를 끄덕이는 영주의 눈은 마치 한 바구니의 은을 얻은 듯 생기가 돌았다.

"암, 잘되고말고. 아주 잘되었지. 아주 좋았어."

영주가 앞서가고 큰 마님이 뒤를 따랐다. 곧이어 영주가 안채로 들자 큰 마님이 하녀들을 불렀다.

"얘들아, 영주님 세숫물을 좀 떠 오너라. 주방에 일러 밥상도 빨리 차리라 하고."

하녀들은 번개처럼 분주히 오가느라 서로 부딪치며 법석을 떨었다. 영주가 집을 비우면 누구든지 고개만 끄덕거렸으나 영주가 돌아오면 그 즉시 발걸음 소리가 끊이지 않았다.

하녀가 가져온 세숫물로 영주가 얼굴과 손 씻기를 마치자 큰 마님이 밖으로 나가며 말했다.

"뭘 하느라고 이리도 꾸물거리는지 내가 직접 부엌에 가 봐야겠구나."

하지만 실제로 큰 마님은 부엌으로 내려가지 않고 마구간으로 뛰어가 손을 흔들어 마부 녀석을 불러 세웠다.

"르, 르! 나 좀 잠깐 보자."

르는 서둘러 말고삐를 매고, 아이들에게 먹이를 주라고 이르고 나서 발이 엉킬 듯이 한걸음에 내달려 왔다. 큰 마님이 앞서고 르가 뒤따랐다. 큰 마님은 어둑한 모퉁이를 찾아 걸음을 멈추고 르에게 물었다.

"오늘 영주님을 어디로 모셨었느냐?"

르는 가슴이 두근거렸다.

"영주님… 어디를 가셨었더라?"

르는 자주 깜박깜박했고, 불안하면 할수록 더 기억을 못했다. 큰 마님은 머리를 한 대 쥐어박으며 다그쳤다.

"어디 갔었냐고?"

르는 머리가 하얗게 되어 생각을 더듬었다.

"아, 영주님은 소금 받는 아이들을 보러 가셨지요. 그리고 아편을 나눠주시고. 나눠주시고 나서는… 음, 음… 돌아오셨습니다."

"오는 길에 별일 없었느냐?"

르는 고개를 가로저었다.

"아무 일도 없었습니다."

"정말로?"

"예, 정말입니다."

큰 마님은 의아해하면서 미덥지가 않다는 듯 재차 물었다.

"누구를 만나지 않았어?"

"만났지요. 아주 많이 만났어요. 만나야 비로소 일이 생기지요!"

큰 마님은 머리를 한 번 더 쥐어박았다.

"어떤 계집을 만났었냐고?"

"어이쿠, 나 죽겠네!"

르는 소리를 질렀다. 큰 마님이 자신의 손으로 르의 입을 막으며 말했다.

"작은 소리로 말해. 죽기는 왜 죽어?"

르는 주위를 조심스레 둘러보고 나서 입을 열었다.

"영주님은 한 아가씨를 만났습니다. 그런데 그 아가씨는 노래를 기가 막히게 잘했어요. 마치 노래하는 새 같았어요. 영주님은… 발을 멈추고는 움직이지 않으셨어요. 말도 바로 멈추었어요. 말도 노래를 잘 듣던데요."

"그래?"

큰 마님은 몸을 떨었다. 불현듯 등골이 오싹해짐을 느꼈다. 또 한 계집이, 게다가 노래를 새처럼 잘 부르는 계집이 영주의 여인이 되는 것이다.

오래전부터 큰 마님은 숭쭈어다가 노래 듣기를 아주 좋아하는 사람이라는 것을 알고 있었다. 숭쭈어다는 집에 일고여덟 명의 계집이 거주하도록 했다. 아주 예쁠 필요는 없고 얼굴만 좀 반반하면 되었으나 노래만큼은 잘해야 했다. 그들은 아무것도 하지 않고 하루 종일 먹고 노래만 불렀다. 몬족 사람은 대부분 잘하는 노래가 많았지만 이들은 모든 노래를 알아야 했다. 어느 계집이든지 노래로 영주를 즐겁게 해주기만 하면 사랑을 받고, 노래를 잘 못하면 벌을 받았다. 벌이란 치마가 다 찢어지도록 채찍을 맞는 것이었다.

그러나 최근 수년 동안에는 정말로 영주의 마음에 들도록 노래한 계집이 없었다. 말해도 믿지 않겠지만 영주는 여전히 노래를 찾아다녔다. 조상을 모시러 갈 때가 되어도 좋은 노래가 있으면 관에서라도 들을 사람이었다.

살아 있을 때 듣고 싶은 것은 이해하겠는데 죽어서까지 노래를 듣고 싶다는 건 어찌 받아들여야 하는지. 그저 참을 수밖에. 이제 새처럼 노래 잘하는 계집이 또다시 나타났다. 말까지도 가던 걸음을 멈출 정도로 잘한다니 분명 일이 터진 것이렷다.

큰 마님은 아주 귀한 무언가를 곧 잃게 될 것을 직감했다. 무엇인지는 딱히 말할 수 없었지만 그런 감이 왔다. 창자가 뒤틀리는 듯한 통증을 느꼈다. 그녀가 입을 르의 귀에 가까이 대고 말했다.

"그래 영주님이 그 아가씨를 어찌했는가?"

"영주님은 그 아가씨를 내려오라고 했습니다. 밭을 일구고 있었거든요."

"영주님이 뭐라고 말했는가?"

"영주님은… 아, 이름을 물으셨어요. 그리고 이렇게 말씀하셨습니다. '아비에게 볼일이 좀 있으니 내일 관아로 오라고 전하거라' 하고요."

그만, 그렇게 일이 끝났다. 아, 큰 마님이 깜박 잊고 아직 한 가지 묻지 않은 것이 있었다.

"그 아가씨는 예쁘더냐?"

르는 입을 한 번 삐쭉거리고 침을 꿀꺽 삼키더니 대답했다.

"아이고, 그 아가씨는 이 집에 있는 어떤 계집들보다도 예뻤어요. 넷째 마님, 아, 잊었었네요. 방쩌 마님보다도 예뻤습니다. 엄청 예뻤어요. 보자마자 차마 눈을 못 떼겠더라고요."

큰 마님은 르에게 그만 가보라고 했다. 눈 깜박할 사이에 르는 일꾼들 식당 뒤편으로 사라졌다. 홀로 남은 큰 마님은 등을 벽에 기대고 서 있어야 했다. 이제 큰 마님은 곧 무엇이 없어질지를 알아차렸다. 그녀는 곧 영주를 잃게 될 것이다.

이 집에 있는 많은 아가씨는 대부분 영주가 붙잡아 왔고 몇몇은 큰 마님이 영주에게 물어보고 데려왔는데, 지난 30년 동안 오직 방쩌만이 영주를 즐겁게 해주었으며 그랬던 만큼 영주를 슬프게 했다.

그날은 방쩌가 죽은 이후 처음으로 영주가 웃는 것을 본 날이었다. 그러나 가장 많이 사랑을 받았을지라도 방쩨는 그저 아름다운 계집일 뿐이었다. 마치 고양이가 우는 것 같은 그녀의 노랫소리는 들어줄 수가 없었다.

방쩨의 노래가 떠오를 때면 영주는 다시 웃음이 터져 나오려 했다. 따뜻한 날이면 가끔 영주는 대문 앞에 앉아 햇볕을 쬐며 따뜻한 기운을 받았다. 의자에 기대어 눈을 지그시 감고, 목은 약간 앞으로 뺀 영주 등 뒤에는 방쩨가 있었다. 방쩨는 서서 영주의 새치를 뽑으며 노래를 불렀다. 야, 그만해라. 입은 그렇게 예쁘면서 노래는 도대체 들어줄 수가 없구나. 마치 고양이기 울어대는 것 같으니라고. 그러면 방쩨는 입안에서 조그만 소리로 흥얼거리는 게 아니라 큰 소리로 노래를 불렀다. 암고양이가 수고양이를 부르는 바로 그런 소리 같았다.

영주는 방쩨가 무안해할까 봐 웃음이 나와도 웃지 못하고, 입술을 굳게 다물고는 목구멍 속에서만 킥킥거렸다. 하녀들도 멀리 달려가서야 비로소 웃음을 터트렸다. 아무것도 겁내지 않는 유일한 사람이 방쩨였다. 방쩨 말고 영주를 의식하지 않는 것이 또 하나 있었으니, 바로 숭깟이었다. 천성적으로 숭깟은 방쩨를 좋아하지 않았다. 숭깟이 왜 그녀를 좋아하지 않는지는 아무도 알 수 없었다. 넷째 부인이 영주 옆에 나타날 때마다 숭깟은 날개를 퍼덕거렸고, 깃털을 세우고 날아 올라가 대들보 위에 앉았다. 영주가 뭐라고 부르든 어떻게 소리치든 절대로 내려오지 않았고, 마치 거기서 말라 죽으려는 듯 방쩌가 밖으로 나갈 때까지 계속 그 자리를 지켰다. 여전히 노래가 끝나지 않았는지 방쩌가 큰 엉덩이를 흔들며 마당으로 나가자, 숭깟은 훌쩍 날아가 한바탕 소란을 피우더니 그녀 얼굴 앞에다가 똥을 한 번 갈겼다. 조금만 더 빨랐더라면 분명 방쩌는 몸에 새똥을 맞았을 것이다. 화가 난 방쩌는 숭깟에게 날릴 만한 돌이나 나뭇가지를 찾았다. 하지만 숭깟이 공중에서 선회할 때 던지니 구름과 바람을 향해 던지는 격이었다. 그것을 본 모든 하녀가 다시금 배꼽을 잡고 웃음을 터트렸다.

다시 방쩌가 영주의 새치를 뽑으며 노래하면 감히 그녀의 노랫소리에 누구도 웃지를 못했는데 유독 숭깟만은 아무것도 괘념치 않고 대들보 위에 앉아 부리를 아래로 하고 꽥꽥거리며 화난 듯 몸부림을 쳐댔다. 숭깟의 울음소리는 귀를 따갑게 했다. 방쩌는 손을 멈추고 숭깟의 눈을 가리키며 말했다.

"자꾸 나한테 꽥꽥거리면 칼로 네놈의 목을 자를 거야!"

그렇게 위협한들 숭깟에게 무슨 의미가 있으랴. 정말로 손에 칼을 잡고 뭐라도 해본들 녀석은 겁조차 내지 않으니, 방쩌는 입으로만 위협할 뿐이었다. 숭깟은 점점 더 큰 소리를 냈다. 사람은 아래쪽에서, 새는 위쪽에서 한나절 내내 승강이를 해댔다.

영주는 둘이 옥신각신하는 소리를 듣고 미친 듯이 웃었

다. 언젠가 영주는 방쩌가 노래하는 것보다 숭깟이 더 잘 울 때가 있다고 웃으면서 말했다. 그때 방쩌는 화가 나서 영주의 어깨를 툭 치고는 엉덩이를 홱 돌려 가버렸다.

방쩌가 화내는 모습을 큰 마님은 참기가 아주 힘들었다. 방쩌가 자신을 도대체 무엇으로 생각하고 저러는지. 넷째 부인은 영주의 어머니와 별로 다르지 않았다. 화를 내거나, 말을 중간에 끊거나, 영주 목전에서 엉덩이를 홱 돌려 가버리는 건 큰 마님이 여태껏 생각조차 못 한 행동들이었다.

이제 눈을 떼지 못할 만큼 예쁘고, 새처럼 노래를 잘하는 계집이 나타났다. 그 계집은 마지막으로 큰 마님의 영주를 빼앗고, 앞으로도 영원히 그럴 것이다.

8. 등을 돌려 땅에 대항하고
   가슴을 돌려 하늘에 대항한들
   언제 사랑하는 마음을 알 수 있을까?

부엌에서 돼지죽을 끓이는 숭빠씬은 몸은 부엌에 있지만 마음은 대문 밖을 향했다. 아버지가 영주의 관아로 올라간 날이었다. 안 갔다면 어찌 되었을까? 하루, 이틀, 숭빠씬의 아버지가 관아에 오지 않자 곧바로 시커먼 얼굴을 한 무리가 나타났다. 입으로는 모셔가겠다고 말하면서 손으로는 모자를 쓸 여유도 주지 않고 바로 아버지를 집 밖으로 질질 끌고 갔다. 영주가 무엇을 하려는지 이미 알고 있었기에 아버지가 돌아오기를 기다릴 필요는 없었다.

숭빠씬은 돼지죽을 끓이면서 손가락으로 큰 냄비에 붙은 검댕을 찍어 얼굴에 발랐다. 바르고 또 바르고 계속 발랐다. 더 이상 바를 곳이 없었지만 멈추지 않았다. 검댕이 더덕더덕 덩어리질 지경이었다.

외출했던 숭빠씬의 어머니가 아픈 한쪽 팔을 붕대로 감기 위해 집에 돌아와 보니 딸은 냄비의 검댕을 얼굴에 바르고 있었다. 그런데 마치 자신이 검댕을 바르고 있다는 사실조차 잊은 듯했다. 어머니는 딸의 손에 들린 검댕을 빼앗아 바닥에 집어 던지고 딸아이를 때리며 다그쳤다.

"너 뭐 하는 짓이냐?"

슝빠씬은 어머니의 말에도 아랑곳 않고 계속해서 검댕을 얼굴에 발랐다. 어머니는 슝빠씬의 손을 뿌리치고, 돼지죽을 젓고 있는 두 젓가락을 낚아채 땅바닥으로 던졌다. 그러고는 슝빠씬을 밀쳐내 냄비로부터 멀리 떨어트렸다.

슝빠씬은 어머니를 보자 울음을 터트렸다.

"어머니는 참견 마세요. 바르게 내버려둬요."

어머니도 눈물을 흘리며 말했다.

"딸아, 지금 검댕을 칠해서 뭐 하려고 그래? 영주가 예쁜 아가씨를 좋아한다는 걸 모르는 건 아니겠지? 그럼 일하러 나갈 때는 검댕 칠을 왜 안 했느냐? 영주가 노래 듣는 것을 좋아한다는 것을 모르지 않는데 왜 입을 닥치지 못했단 말이냐? 일은 발이나 손으로 하는 건데 왜 주둥아리로 했단 말이냐?"

슝빠씬은 아궁이 앞에 털썩 주저앉았다. 어머니 역시 힘없이 주저앉아 딸을 끌어안았다. 어머니는 소리 내 울지는 않았으나 눈물이 얼굴 전체로 흘러내렸다.

"걱정 마라. 아무 일도 아닐 게다. 아버지는 별일 없이 돌아올 거다."

슝빠씬 역시 아무 일도 없기를 바랐다. 그리고 타오짜방네 집에 새색시로 갈 때까지 부모와 같이 살기를 간절히 소망했다.

그때 아버지가 대문을 밀고 들어왔다. 두 모녀가 문으로 달려 나가자 아버지는 모녀는 거들떠보지도 않고 마당을 지나갔다. 햇볕이 내리쬐여 그의 구부정한 모습을 비추었다.

"애야, 아버지가 무슨 생각하는지 알고 싶니?"

숭빠씬 부모는 딸을 수년간 키워오며 갈수록 젊을 적 엄마를 빼닮아 나날이 예뻐지는 모습을 보고 얼마나 기뻤는지 모른다. 그러나 그만큼 걱정도 많았다. 딸 하나 키우며 신랑이 은붙이를 가져오기를 바란 적도 없었고, 단지 옥토에 파종되는 좋은 씨앗 같은 사람으로 자라기를 바랐다. 그뿐이었다.

영주는 관아로 찾아온 숭빠씬의 아버지인 숭쭝루 영감에게 말했다.

"내 관아는 드엉트엉에서 가장 좋은 땅이니 영감은 안심하고 씨앗을 뿌리시오."

얼마나 좋은 땅인지는 알 수 없으나 파종하고 나서 점점 썩고 부패해 싹이 안 틀 수도 있었다. 그러나 영주가 그 땅이 옥토라고 하면 정말로 옥토였다. 그것을 가지고 갑론을박한다면 목숨을 죽음과 바꾸는 셈이었다. 영감이 관아를 찾은 것은 이번이 처음이었지만 그쯤은 잘 알고 있었다.

영주는 큰 의자에 몸 전체가 꽉 끼어 있었는데, 이는 영주의 몸이 의자보다 훨씬 크기 때문이었다. 영주가 물었다.

"영감은 딸을 몇이나 두었소?"

"하나 있습니다."

"그 아이는 몇 살인고?"

"열여덟 살입니다."

영주는 침을 삼키고 말했다.

"열여덟 살인데 어찌 시집을 가지 않았는가?"

영주가 물었을 때 숭쭝루 영감은 후회가 막심했다. 그는 딸을 시집보냈어야 했다. 그랬더라면 모든 일이 끝났을 테고, 이 자리에 와 있을 일도 없었을 것이다. 그러나 타오짜진 영감은 전에 이렇게 말했었다.

"좌우간에 그 아이들은 부부가 될 테니 그때까지는 부모와 함께 편하게 살게 해주자고. 아이들이 언젠가 결혼하겠다고 하면 시켜주고. 아이고, 우린 서로 아주 귀한 친구 사이지 않은가. 귀한 친구가 언제라도 원하면 이 몸은 기쁘고, 내 처와 자식도 기뻐할 걸세."

그 영감의 말에 숭쭝루 영감은 아주 기뻤다. 집에서 한두 해 더 데리고 살다가 딸을 시집보낼 생각이었으니. 그리고 집을 아주 멋지게 수리하려고 했으니. 시집가더라도 딸이 며칠 뒤 사위와 함께 집에 돌아올 테니.

그러나 이제 어쩌면 좋단 말인가? 영주가 묻는다면 생각하고 대답을 해야 한다. 아버지는 이렇게 대답했다.

"그 아이는… 이번 옥수수 철까지만 부모를 도와주고 시집가려고 했습니다."

"선을 본 사람이 있다는 말인가?"

"예… 예, 있습지요."

"어떤 집이더냐?"

"타오 씨 집입니다. 타오짜진 씨의 아들…."

그 말을 듣고 영주는 고개를 끄덕였다.

"좋아, 좋아."

영주는 왜 좋다고 말했을까? 숭쭝루 영감은 영문을 알 리가 없었다. 영주는 하인을 시켜 영감에게 아주 크고 무거운 은전 가방을 가져다주라고 한 다음 말했다.

"영감, 가지고 돌아가게. 이번 옥수수 철에는 일하면 안 되오. 빈 땅으로 놓아두고 휴경하시오."

은전 가방을 보자 숭쭝루는 영주가 뭘 하려고 하는지를 알아챘다. 그는 한사코 받지 않으려 했다.

"저희 집은 영주님 댁에 아직 내지 못한 도지가 있습지요. 영주님께서 이유도 없이 은전 가방을 가져가라고 하실 필요가 없습니다."

영주가 은전 가방을 들지 않는 것을 보고 물었다.

"왜? 적어서 그런가?"

"아이고, 아닙니다. 적다니요. 감히 받을 수가 없어서 그러지요."

"뭣 때문에 못 받겠다는 것인가. 어서 가져가게. 그것은 얼마 안 되니 며칠 후에 더 많이 주겠네."

영주는 은전 가방을 억지로 가져가도록 했다. 가져가지 않는 것은 역시 불가능했다.

"그게 이것이란다."

숭빠씬의 아버지는 은전 가방을 부뚜막 위에 집어 던지듯 내려놓았다. 그 안에서 은붙이가 서로 부딪쳐 짤랑거렸다. 어머니와 숭빠씬은 은전 가방을 뚫어져라 보았다.

"결국 영주가 원하는 게 뭐예요?"

어머니가 아버지에게 물었다.

아버지는 은전 가방을 가리키며 말했다.

"영주님은 그 댁 밭에 심을 종자를 은과 바꾸려고 해."

"무슨 종자?"

아버지는 숭빠씬을 쳐다보고 나서 다시 어머니를 보았다. 숭빠씬은 훌쩍거리고 울면서 은전 가방을 번쩍 들어 마당으로 나갔다. 은붙이를 가방에서 쏟아내자 마당에 짤랑거리는 소리가 울려 퍼졌다. 숭빠씬은 소리쳤다.

"저는 절대 영주 집에 안 갈래요. 영주 집에 갈 바에는 죽는 게 더 나아요."

그녀는 말을 마치자마자 번개처럼 집을 벗어났다. 막 쏟아낸 은붙이 더미를 밟고 오른 그녀는 이내 나무 대문 두 짝을 열어젖히고 어둑어둑 땅거미가 지고 있는 들길을 쏜살같이 내달렸다. 문짝은 툭툭거리며 양쪽 벽에 몇 번을 부딪치며 멈추지 않았다.

숭빠씬은 어머니가 뒤따라오고 있는 걸 몰랐다. 딸을 뒤쫓아 울퉁불퉁한 길을 따라 달리려는 부인을 향해 아버지가 고함을 질렀다.

"따라가지 마. 가게 놔둬."

나무 대문 쪽에 멈추어 선 어머니의 눈에서 눈물이 그칠 줄을 몰랐다. 그녀는 딸을 낳을 때가 생각났다. 눈이 많이 내리는 어느 겨울밤이었다. 마당이 온통 백색 천지였다. 남편은 산파를 부르러 뛰어갔으나 산파는 병이 들어 침상을 벗어날 수가 없었다. 산파를 부르는 것이 불가능하자 이번에는 고모할머니를 부르러 뛰어갔다. 고모할머니는 시력이 약했고 다리가 시원찮아 세 걸음을 가면 한 걸음을 쉬어야만 했다. 남편과 고모할머니가 대문 밖에 도착했을 때, 딸은 벌써 고고의 소리를 지르고 있었다. 탯줄이 엉켰으나 아직 자르지 못한 상태였다. 고모할머니는 시력이 약한 두 눈을 아이의 얼굴에 바짝 갖다 대고 중얼거렸다.

"아이고, 예뻐라! 아이고, 예뻐라!"

고모할머니는 긴 한숨을 참았다.

이 몬족의 아기는 너무 예뻤다. 그러나 예쁜 것이 다 좋은 것은 아니었다. 여자가 너무 예쁘면 더욱 좋지 않았다. 또 가난한 집 아이가 아주 예쁘면 그 역시 좋은 게 아니었다. 고모할머니는 어머니가 산후에 지쳐 아직 눈을 뜰 수 없을 때 한마디 했다.

"나중에 아이에게 고운 치마를 입히지 말게."

당시에 어머니는 그 말을 듣기는 들었지만 무슨 뜻인지 전혀 이해를 못 했다. 단지 집이 떠나가도록 울어대는 딸의 울음소리만 또렷하게 들었을 뿐이다. 다음 날 아침, 마당에 눈이 쌓였다. 지붕과 축사에도 눈이 내려앉았다. 방에 앉아 밖을 내다보니 백색 천지였다. 어머니는 고모할머니가 한 말을 곰곰이 생각해보았다. 대체 왜 그런 말을 했을까?

딸은 어머니의 품에서 편안하게 잠들어 있었다. 딸의 두 볼은 잘 익은 사과처럼 발그레했고, 눈은 꼭 감겨 있었다. 부드러운 머리카락이 작고 눈처럼 하얀 이마 위를 덮었다. 숭빠씬은 하늘이 부모에게 내려주신 눈송이였다. 하얗고 향기로운 눈송이.

숭빠씬을 키우는 것은 옥수수 농사보다 쉬웠다. 어릴 적부터 장성할 때까지 아이는 병치레한 적이 없었다. 이미 서너 살 때 말보다 노래를 먼저 배워 일고여덟 살 때 딸아이를 찾으려면 노랫소리에 귀를 기울이면 되었다.

열서너 살 때는 장날마다 몬족 사내아이들이 대문에 서서 숭빠씬이 어머니와 장에 가는 것을 기다렸다가 벌떼가 꿀이 꽉 찬 꽃송이를 찾아다니듯 바짝 따라다니곤 했다. 고모할머니가 몇 년 전 조상을 따라갔음에도 어머니는 그분이 한 말을 잊지 않고 있었다. 그래서 한 번도 숭빠씬에게 새 치마를 입혀 본 적이 없다. 치마를 새로 지으면 반드시 부엌 아궁이 속 재로 빨아 헌것처럼 만들어서 주곤 했다. 그러나 낡은 치마를 입히든 해진 치마를 입히든 어디서건 숭빠씬은 산꼭대기에 떠오르는 달덩이처럼 뽀얗고 예뻤다. 누구든 숭빠씬이 지나가는 것을 모른 체할 수가 없었고, 어떤 그림자든 그녀를 그냥 지나칠 수는 없었다.

숭빠씬이 열대여섯 살 때부터 어머니는 딸이 시장에 가지 못하도록 했다. 영주가 어디를 가든 예쁜 아가씨만 보면 잡아가기 때문이었다. 어머니는 딸이 꼭 집을 나서야 할 때면 반드시 탄가루나 냄비의 검댕을 얼굴에 바르게 했다.

그러나 어머니가 한 가지 잊은 사실이 있었는데 그것은 숭빠씬의 노랫소리였다. 어머니는 달덩이처럼 뽀얀 딸의 얼굴 전체를 까맣게 칠하도록 했으나 노랫소리만큼은 어떻게 할 수 없었다. 바로 밤꾀꼬리 같은 노랫소리, 계곡물 흐르는 것 같은 그 소리가 숭빠씬에게 불행을 가져오고 말았다.

어머니는 활짝 열린 대문에 기대어 딸아이가 방금 나간 길을 쳐다보며 흐르는 눈물을 주체하지 못했다. 밤 그림자가 계곡으로 내려오고 있었다. 바람이 높은 나뭇가지 위의 나뭇잎에게 속삭였다. 마음이 안 놓일 때면 자신의 팔로 꼭 안아주던 서너 살 시절로 딸이 다시 돌아가기를 바랐다.

숭쭝루 영감이 다가와 아내와 함께 대문 옆에 섰다.

"임자, 더 생각하지 말아. 좀 지나면 마음이 바뀌어서 돌아오겠지."

그녀는 남편을 거들떠보지도 않고 딸을 꿀꺽 삼켜버린 밤 그림자만 바라보았다.

"아이가 돌아오면 어쩐다고요? 우리가 아이를 영주에게 데려다주지 않는다면 어떨까요?"

숭쭝루 영감은 침묵했다. 이 질문에는 대답할 수가 없었다. 그 역시 영주의 뜻을 거역하는 다른 방법을 취할 수가 없었다. 그녀는 소맷자락으로 눈물을 훔치며 말했다.

"이렇게 힘든 세상 살면 뭘 해요?"

"우선 생각을 좀 해봅시다."

숭쭝루 영감은 말은 그렇게 했지만, 자신이 뭘 해야 딸아이가 영주의 손에 들어가는 것을 가만히 보는 것보다 더 나을지 알 수 없었다.

숭빠씬을 낳고 나서 숭쭝루 영감의 부인은 더 이상 자식을 낳지 못했다. 약을 지으러 갔으나 한의원에서는 출산이 불가능하다고 말했다. 약을 달여 먹고 싶으면 그렇게 하되 하늘이 점지해준 아이는 하나뿐이라고 했다.

아이 하나면 하나인 거지 뭐. 타오짜진 영감은 숭빠씬의 부모가 옥수수 철이 끝나면 줄곧 한약을 지으러 한의원으로 가는 것을 지켜보다 3~4년이 지나도 여전히 아이가 없자 이렇게 말했다.

"자, 이제 탕약을 그만 짓게나. 나는 아이가 둘이니 곧 아들 하나를 보내겠네. 사위와 같이 살면 늙어서 자손이 옆에 없다고 걱정 안 해도 되잖소."

숭쭝루 영감은 타오짜진 영감의 말을 들으니 정말로 안심이 되었다. 그들은 2~3년 더 약을 지어 먹어보고 그래도 안 되면 그만두기로 했다.

타오짜방과 숭빠씬 두 아이가 서로 눈이 맞게 되자 두 집안은 정말로 기뻐했다. 서로 사랑하지 않아도 시집, 장가보내야 할 텐데 서로 사랑하니 얼마나 잘된 일인가. 두 아이는 마치 파랑새 한 쌍처럼 온종일 조잘거렸다. 이 모습을 보면 어른들도 그들을 따라 종알대고 싶을 정도였다.

그런데 이제 어찌해야 한단 말인가? 곧 딸도, 사위도 모두 잃게 되었으니 생각하면 할수록 마음이 쓰리고 후회막심이었다. 칼로 스스로 창자를 잘라 영주에게 갖다 주는 것과 무엇이 다른가?

부모가 대문 옆에서 눈물을 흘리며 서 있을 때, 숭빠씬은 울퉁불퉁한 산길을 번개처럼 내달렸다. 달이 없는 밤이라 아주 높이 뜬 별 몇 개만이 산길을 희미하게 비추었으나 개의치 않았다. 자신도 어디로 달려가는지 몰랐다. 그녀는 숨이 차면서 가슴이 답답해지자 바람이 들어오도록 가슴을 폈다. 그러고는 숨을 내쉬려고 입을 크게 벌렸다. 그러나 숨을 좀 크게 쉬려 하면 할수록 가슴이 더 아파왔다.

그때 숭빠씬은 반대 방향에서 달려오는 사람과 세게 충돌하고 말았다. 가슴이 크고 어깨가 아주 넓은, 턱수염이 더부룩한 사람, 바로 타오짜방이었다. 하느님, 두 사람이 이렇게 만난 것이 잘된 건가요? 잘못된 건가요? 타오짜방은 숭빠씬의 아버지가 관아로 불려갔다는 소식을 막 듣고 안부를 묻기 위해 숭빠씬의 집으로 달려가던 참이었다. 그러다 마침 숭빠씬을 만난 것이었다. 숭빠씬은 타오짜방의 가슴에 얼굴이 부딪치자 바람을 맞아 다 말라버렸던 눈물이 다시금 솟구쳤다. 조금 있으면 타오짜방의 옷가슴은 눈물로 흠뻑 젖으리라.

두 사람은 산길 옆에 서 있는 큰 소나무 그루터기 밑에 바짝 붙어 앉았다. 얼굴은 잘 안 보이니 말소리만 듣고 서로의 냄새만 맡을 뿐이었다. 그때 타오짜방은 묻지 않아도 이미 대답을 알 수 있는 것에 대해 물었다.

"영주가 장인어른한테 뭐라고 했대?"

숭빠씬은 침묵하다가 한참 뒤에야 비로소 대답했다.

"영주가 자기 밭에 뿌릴 우리 집 종자를 달라고 했대."

숭빠씬은 어둠 속에서 타오짜방이 이를 가는 소리를 들었다.

"땅이 시기를 놓쳤는데 이제 와서 무슨 파종을 한다고. 차라리 사람을 죽이는 게 낫지."

숭빠씬은 타오짜방의 손바닥을 조금 꽉 쥐었다. 그녀는 타오짜방이 두려워 어떤 말도 꺼낼 수가 없었다. 그런 일이 벌어진다면 누가 더하고 말고 할 것도 없이 똑같이 가슴이 아플 것이다.

자신이 관아에서 살게 될 거라는 생각에 숭빠씬은 몸을 부들부들 떨었다. 이 몬족 지역에서 가장 잔악한 영감에 대한 얼마나 많은 풍문이 그녀의 귀에 들어갔는가. 시집갈 나이의 아가씨라면 벌써 다 들은 이야기였다.

수백 명의 아가씨가 끌려가 관아 대문을 넘었고, 5년, 10년이 지나도 집으로 되돌아간 사람이 목격된 적이 없었다. 그들은 살았는지 죽었는지, 늙었는지 여전히 젊은지 알 수 없었다. 부모에게 은붙이라도 조금씩 보내면 아직 살아 있다고 믿었고, 오래도록 아무것도 보내주지 않으면 자식이 죽은 것으로 생각할 따름이었다. 슝빠씬 부모에게는 딸이 하나뿐이었으니 슝빠씬이 관아의 대문을 넘어가면 장례식을 준비하는 것이 옳으리라. 이제 딸이 떠나가버리면 두 늙은이는 어떻게 살아가야 할까? 타오짜방은 어떻게 살아야 할까?

소나무 가지가 슝빠씬의 어깨로 떨어졌다. 솔잎 냄새, 썩은 나무 냄새, 숲속의 냄새가 슝빠씬 주위를 에워쌌다. 집을 떠나면 영주의 사람으로 살아야 하는 그녀는 이 냄새를 아무리 그리워해도 맡을 수가 없을 것이다. 타오짜방의 향취는 더더욱 맡을 수가 없을 것이다. 슝빠씬은 타오짜방의 손을 꼭 잡고 소리 높여 불렀다.

"오빠!"

슝빠씬은 몸을 돌려 얼굴을 타오짜방의 어깨에 묻고 강하게 깨물었다. 그녀는 타오짜방과 멀리 떨어지고 싶지 않았다. 타오짜방이 자신을 버리지 않기를 바랐다. 그녀는 죽을 때가 되면 이 남자와 같이 생을 마감하기를 바랐다.

밤은 유난히 어두웠고 하늘이 유난히 높았다. 저기서 희미하게 깜박거리는 별들은 유달리 멀기만 했다. 타오짜방은 팔을 크게 벌려 슝빠씬을 강하게 끌어안았다. 그는 슝빠씬에게 이 두 팔로 정혼자를 반드시 지켜줄 거라고 말하고 싶었다. 비록 죽더라도 놓지 않을 거라고.

9. 날이 밝았다더니 어디가 밝더냐
   지붕 틈바구니만 겨우 밝은 것을…

큰 마님이 천의 마지막 줄에 수를 놓고 있을 때, 하녀가 위채에서 아래채로 달음박질쳐 왔다.

"큰 마님, 영주님이 올라오시라는데요."

큰 마님은 자수 놓던 천과 바늘을 수예 바구니에 놓고는 베개에 의지하여 몸을 일으켰다. 아이고, 이제는 발도 몸이 하자는 대로 말을 듣지 않는구나. 일어나려고 해도 몸이 계속 한 군데에만 가만히 있으려 하니.

큰 마님은 영주가 자기에게 무슨 말을 하려는지 벌써 알고 있었다. 이번 일 역시 다른 모든 일처럼 하고 싶지 않아도 해야만 했다. 그래도 영주의 말을 따르는 것보다 더 좋은 방법이 있는지를 한번쯤은 생각해봐야 하지 않을까?

큰 마님은 천천히 문을 열고 나갔다. 누렁이도 머리를 들고 일어서서 바짝 붙어 따라가자 큰 마님이 돌아서서 말했다.

"거기 그냥 조용히 있어."

그 말을 들은 누렁이는 다시 엎드리더니 주둥이를 문지방에 올려놓았다. 큰 마님이 방을 비워도 누렁이가 뒤따르지 않으니 방문을 잠글 필요가 없었다. 비록 먹지도, 마시지도 못할지라도 누렁이는 주인이 돌아올 때까지 거기에 엎드려 있을 것이다. 영주가 이 관아 안의 모든 일과 관련해 큰 마님만 믿는다면, 큰 마님은 매사 누렁이만 믿었다. 누렁이는 언제나 큰 마님만 보위해왔고 이제껏 한 번도 큰 마님을 배반한 적이 없었다.

큰 마님이 본채로 올라갔을 때 영주는 등받이에 태양이 수놓아진 의자에 앉아 있었다. 그날 영주의 용태는 어떤 사람이라도 놀랄 만한 모습이었다. 기쁜 안색에다 화색도 환히 돌았다. 영주는 큰 마님이 오는 인기척에 하인을 황급히 불렀다.

"애들아, 빨리 의자를 가져오너라."

큰 마님이 들어오자 방석이 있어 아주 푹신한 의자가 대령되었다. 그녀는 자리에 앉기 전 먼저 영주에게 물었다.

"부르셨어요?"

영주는 의자를 가리키며 말했다.

"앉으시오. 우선 앉으시게."

큰 마님은 의자에 앉아 긴 한숨을 내쉬려 했으나 감히 그러지 못했다. 영주 앞에서 긴 한숨을 내쉬었다가는 심기를 아주 불편하게 할 수 있었기 때문이다. 특히 영주가 이처럼 즐거워하는 때라면 말이다.

거대한 몸을 미동도 않고 있던 영주는 의자에 더 바짝 붙여 앉고는 헛기침을 몇 번 하더니 말을 꺼냈다.

"임자, 오늘 내 임자하고 상의할 일이 하나 있소."

큰 마님은 조용히 앉아 얼굴은 약간 숙이고 눈은 서로 맞잡은 손가락을 응시했다. 오랜 시간이 흘렀고 얼마 만인지 기억도 못 하지만 영주가 이런 방식으로 큰 마님에게 말한 적은 일찍이 없었다. 그는 보통 한마디만 할 뿐이었고 그러고는 끝이었다. 대답을 기다리지도 않았다. 대답을 기다리지 않을수록 찬성 아니면 반대였다. 그런데 그날은 갑자기 실로 기이한 길목에 갇혀버린 것이다.

"우리 집에 아직 빈방이 남아 있소?"

큰 마님은 남편을 바라보고 잠시 생각하다가 대답했다.

"아직 남아 있을 수도 있고 없을 수도 있지요."

영주는 조바심이 나서 물었다.

"아직 남아 있을 수도 있고 없을 수도 있다는 게 무슨 말이오?"

큰 마님은 손으로 후원 쪽을 가리켰다.

"방쩌가 쓰던 방이 있지요. 그녀가 죽고 난 뒤부터 잠겨 있었죠. 그 외에는 남은 게 없어요."

방쩌를 언급하자 낯빛이 갑자기 어두워진 영주는 손으로 의자 팔걸이를 세게 내리치며 말했다.

"방쩌의 방을 말해서 뭘 해. 그 방은 그대로 잠가놔요."

큰 마님은 고개를 끄덕였다. 그녀가 무심코 방쩌의 방을 언급한 것은 아니었다. 방쩌에 대해 말하는 것은 영주의 가슴 속 깊은 상처에 소금을 한 사발 뿌리는 것임을 그녀는 분명 알고 있었다. 영주 앞에서 감히 방쩌에 대해 말한 사람이 큰 마님이 아닌 다른 이였다면, 가볍게는 관아에서 내쫓기고 중하게는 돌기둥에 매달렸을 것이다.

그런데도 큰 마님은 그 이야기를 꺼냈다. 과연 무엇을 원해서일까? 큰 마님은 한 아녀자에게서 비롯된 가슴 아픈 일을 영주가 결코 잊지 않기 바랐다. 영주라 할지라도 일단 그 이름을 언급하면 몸을 떠는 게 마땅했다. 비록 한 여자 때문에 둘 사이가 단단히 벌어질 수도 있었지만.

그러나 영주가 누구인가? 태양이 수놓아진 의자에 기대 앉은 영주는 화가 머리끝까지 났더라도 큰 마님 앞에서는 노기를 꾹 참을 수 있었다. 그리고 설령 영주가 큰 마님의 뜻을 이해 못 한다고 한들 어쩌랴?

"다른 방은 없소?"

영주의 물음에 큰 마님은 고개를 끄덕이며 대답했다.

"없어요."

영주는 큰 마님의 얼굴을 아주 자세히 들여다보았다. 그녀의 얼굴은 평상시 같았다. 슬프지도 않고, 기쁘지도 않고,

날마다 조금씩 깊어지는 입의 양 언저리와 눈꼬리의 주름살만이 선명할 뿐이었다. 그러나 벌, 나비들이 훨훨 날아다니던 시절의 아름다움이 여전히 남아 있었다. 큰 마님이 영주를 아는 것만큼 영주도 큰 마님을 알았다. 그래서 묻지 않아도 아내가 지금 무엇을 생각하는지 알고 있었다.

영주는 긴 한숨을 내쉬는 척하면서 한마디 했다.

"아, 그래, 방이 없다면 집 한 채를 새로 지어야겠네."

큰 마님은 그 말에 자칫하면 손에 들고 있던 물그릇을 쏟을 뻔했다.

"영감, 지금 뭐라고 하셨소?"

영주는 손으로 집 뒤쪽을 가리키며 말했다.

"저쪽의 창고를 부수고 거기에 새집을 하나 짓자고."

큰 마님은 말을 더듬거렸다.

"그러면… 창고는… 어떻게 하지요?"

영주는 얼굴을 지붕 쪽으로 돌리며 대답했다.

"아직 땅뙈기가 남아 있으니 창고를 지어 그리로 옮기면 되지."

큰 마님은 거기까지는 전혀 생각을 못 했었다. 단지 그녀는 남편이 일을 저지르지 못하게 하고 싶었을 뿐이고, 집에 남아도는 방이 없다는 것을 알게 해 어떤 계집도 데려오지 못하게 하려는 심산이었다. 방이 부족하다니 천만에. 뒤채에 빈방이 두세 개 있었다. 보통 뒤채에 딸린 방들은 그 집안의 아들딸들이 쓰곤 한다. 한데 영주에게는 자식이 없으니 비어 있었던 것이다.

큰 마님의 목소리는 가볍게 떨렸다.
"그런데… 그…런데 무엇 하시려고요?"
영주는 의자에서 안절부절못하며 말했다.
"사람을 더 데리고 오려면 거처할 곳을 만들어놓아야지."
큰 마님의 목소리는 점점 더 떨렸다.
"누… 누군데요?"
"넷째 부인."
"네… 넷… 넷째 부인이요?"
영주는 고개를 끄덕끄덕하며 답했다.
"맞아. 방쩌가 죽고 난 뒤 지금까지 넷째 부인이 없어서 사람이 부족했잖소? 이제 내가 다시 넷째 부인을 데리고 오려고 하오. 임자, 괜찮겠지?"

큰 마님은 뜨거운 피가 얼굴로 솟구치는 것 같았고 머리는 깨질 듯 아팠다. 그녀는 의자에 꼭 붙어 앉아 있으려고 안간힘을 썼다. 영주가 큰 마님을 보더니 웃음을 참으면서 다시 물었다.
"임자? 괜찮겠지?"
큰 마님은 깜짝 놀란 표정을 하며 서둘러 대답했다.

"그럼요, 되고말고요. 영감 뜻이라면 뭐든 다 되고말고요."

그 말이 끝나자 큰 마님은 손으로 자기 입을 때려주고 싶었다. 도대체 머릿속 어디에 그런 생각이 있었다고 주둥이로 그렇게 말했는지.

큰 마님은 한동안 침묵하며 앉아 있었고, 영주 또한 큰 마님이 생각할 겨를을 갖도록 조용히 내버려두었다. 서두를 필요가 없었다. 영주의 관아에서 사는 영주의 사람들은 뭘 하고 싶어도 제 맘대로 할 수 없었다. 그러나 영주는 큰 마님만은 존중해주었다. 수십 년 동안 영주는 어디를 가든, 무엇을 하든, 열흘 동안 집을 비우든, 스무 날을 비우든 아무 걱정도 하지 않았다. 집에 큰 마님이 있기 때문이었다. 큰 마님은 영주의 귀요, 눈이요, 머리요, 대문 열쇠요, 창고 열쇠였다.

하지만 여자로서는 아니었다. 영주는 부인의 젊었을 때를 못 본 것이 아님에도 점차 아내를 멀리했다. 도지를 내기 위해 어린애들이 어머니 치맛자락을 바짝 잡고 하나둘 따라올 때마다 부인이 간절한 눈빛을 보내는 것도 알았지만 무시했다. 영주는 모든 것을 다 보았고, 다 알고 있었다. 또한 영주는 큰 마님이 어디를 가고 싶어 하든 가도록 해주었고, 무엇을 하고 싶어 하든 하도록 해주었다. 친정에 가고 싶다 하면 가도록 해주었고, 다른 사람을 써서 일을 맡기고 싶다 하면 그렇게 하도록 해주었다. 그러나 그러한 생각들은 금방 변했다. 영주 옆에는 반드시 큰 마님 같은 사람이 있어야만 했다. 큰 마님이 집안 대소사를 모두 참견해야 비로소 일이 되어나갔다. 그녀가 없다면 영주는 어디를 가든 마음을 놓을 수 없었을 것이다. 영주가 집을 비우고 큰 마님마저 없을 때, 단언컨대 반나절만 지나면 말이나 염소까지도 그 이유를 이해하게 될 터였다.

　영주는 누구를 막론하고 집으로 계집을 더 데리고 오는 것을 큰 마님이 원치 않는다는 것을 잘 알고 있었다. 큰 마님이 첩을 들이는 것이 마뜩잖았던 이유는 남편이 이미 나이가 들었기 때문도 아니고, 질투심이나 자신이 가여워서도 아니었다. 그저 재산을 손에 쥐고 관리하는 사람으로서 돈이 낭비되는 것이 아까울 뿐이었다. 그뿐이었다. 계집아이 하나를 더 데리고 있으려면 매년 그 아이 부모에게 은붙이를 보내야 할 테고, 의복을 장만하느라 얼마나 많은 베가 소모될지…. 그래서 큰 마님은 마음이 쓸쓸한 것이었다. 영주도 그렇게 생각했고, 그렇게 믿었기에 그녀에게는 한 번도 화를 낸 적이 없었다. 비록 그녀가 영주의 뜻에 거슬리는 말을 했더라도 말이다.

　영주는 큰 마님이 입을 열기를 조용히 기다렸다. 바깥쪽에서부터 한 줄기 빛이 집 안으로 들어와 둘 사이를 비스듬하게 비추었다. 그들은 그 자리에 조용히 앉아 있었다. 하인들 역시 허수아비처럼 물끄러미 서서 감히 숨도 크게 못 쉬었다.

　그들 눈에 영주가 호랑이라면 큰 마님은 사자로 보였다.

영주가 관아에 있으면 그들은 영주를 제일 무서워했으나, 영주가 집을 비우면 말 한마디 발걸음 하나라도 큰 마님의 눈치를 살펴야만 했다. 그들 앞에 지금 호랑이 한 마리와 사자 한 마리가 조용히 앉아 있었다. 서로 쳐다보는 듯 마는 듯, 말하는 듯 마는 듯한 둘의 모습에 그곳에 있는 누구든 금방 숨이 막힐 것만 같았다.

한참 만에 큰 마님이 입을 뗐다. 정말 힘들었지만 언제까지나 입을 다물고 있을 수는 없었다.

"뒤채에 두세 개 방이 있는데 너무 낡아서요. 악취가 나서 지내기가 어려울 거예요."

영주는 큰 마님을 보고 아주 만족스러워했다. 당연했다. 그는 얼굴에 온통 웃음꽃을 피우며 부인을 잡았다.

"낡았어도 괜찮아. 사람을 시켜 청소하고, 수리할 곳이 있으면 고치면 되지. 새로 집을 짓는 것보다야 낫지. 새집을 짓는다면 품이 아주 많이 들거든."

큰 마님은 한숨을 꾹 참았다. 일이 그렇게 마무리되었다. 영주의 한 마디면 모든 일이 끝나는 것이었다.

큰 마님이 방석을 밀어놓고 일어서려 하자 영주가 손을 내저으며 부인을 잡았다.

"천천히 가구려. 아직 말이 다 안 끝났소."

큰 마님이 다시 조용히 앉아 손으로 치마를 꼭 붙들었다.

그녀는 정신을 똑바로 차리고 생각해야 할 때면 치마를 꼭 잡곤 했다. 영주가 다시 의자에서 꿈틀거리며 입을 뗐다.

"임자가 중신아비를 부르시구려!"

그제야 큰 마님은 몸을 부르르 떨었다. 영주가 줄곧 생각해온 그 일은 영주 스스로 결정하고, 집안 아무에게나 중신아비를 부르라고 시키면 된다. 그런데 이번 일만큼은 큰 마님에게 맡기려 들었다. 이 영주라는 사람은 무엇을 갈기갈기 찢어버리고 싶으면 몇 조각으로라도 찢어야 성이 차지 않았던가. 큰 마님은 숨을 꾹 참았다가 천천히 내쉬려고 애썼다.

영주가 물었다.

"할 수 있겠소?"

큰 마님은 고개를 끄덕이면서 답했다.

"그럼요. 소첩이 부를게요. 언제 필요하지요?"

"닷새 안에. 아니, 사흘 안에."

"뭘 준비해야 하나요?"

큰 마님이 물었다. 영주는 뜻밖이라는 듯 놀란 표정으로 이야기했다.

"그 일은 내가 임자한테 물어봐야 하는 거잖아."

큰 마님은 방석을 밀어제치더니 이번에는 정말로 자리에서 일어서며 말했다.

"소첩이 생각해볼게요."

영주는 고개를 끄덕였다.

"꼼꼼하게 잘 생각해보시구려. 마음 편안하게. 알았지?"

큰 마님은 빨리 뛰쳐나가고 싶은 마음이 굴뚝같았지만 한 걸음씩 천천히 문을 나섰다. 그녀는 등 뒤에서 영주가 웃고 있다는 것을 알았다. 그는 기분이 좋았고 원하는 바를 다 얻었으므로 아주 흡족했다. 영주는 여전히 큰 마님을 중요하게 여기기에 그래도 상의하는 척이나마 한 것이었다. 혹, 하고 싶은 일이 있다 하더라도 그는 마구 저지르지는 않았다.

자신의 거처로 돌아간 큰 마님은 방으로 곧장 들지 않고 밖에서 누렁이에게 오라고 손짓했다. 큰 마님이 손을 흔드는 것을 보자 누렁이는 용수철 튕기듯 벌떡 일어나 주인 곁으로 향했다. 그녀가 문을 가리키며 말했다.

"너, 문을 안 닫았잖아?"

누렁이는 되돌아가 주둥이로 문짝을 당겨 문을 닫았다. 그 행동을 본 큰 마님이 누렁이를 칭찬했다.

"잘했다."

한 사람과 한 마리의 개가 대문을 나섰다. 사람이 앞서고 개가 뒤를 따랐다. 사람도 늙었고 개도 늙었다. 그들은 집 앞의 산길 끝까지 가서 돌기둥이 있는 산허리를 지나 저쪽 산자락에 이르러서야 멈춰 섰다.

여기는 예전에 신부를 맞이해 오던 사람들이 신랑 집으로 향하다가 쉬던 곳이었다. 곧 신랑 집에 도착하지만 이 자리에 다다르면 늘 잠시 길을 멈추고는 쟁반을 펼쳐놓은 다음 먹고 마시곤 했다. 이때 신부는 어미를 떠난 새끼 고양이처럼 벌벌 떨었고, 일행을 따라가는 아가씨들은 음식을 먹으며 농담하며 웃으며 〈고기를 먹고 뼈를 보고〉라는 노래를 불렀다.

    날이 밝았다더니 어디가 밝더냐.
    지붕 틈바구니만 겨우 밝은 것을.
    주방에서는 밥상을 이미 차려놓았으니
    길 떠나가라는 재촉이구나.
    날이 밝다더니 어디가 밝더냐.
    벽 틈바구니만 겨우 밝은 것을.
    주방에서는 밥상을 이미 차려놓았고
    떠나갈 시간을 알려왔으니….

    큰 마님은 30년 전부터 한자리를 지키고 있는 큰 바위에 앉았다. 그녀의 발아래는 어둡고 깊은 구렁이 있었다. 저 깊은 구렁 쪽에 자리한 산줄기가 시야를 가로막고 있었다. 그 산줄기 뒤로는 자신의 할아버지 할머니, 부모, 형제자매와 후손들이 살고 있었다. 숭쭈어다 집의 며느리가 된 날부터, 숭쭈어다가 둘째 부인을 얻은 때부터 큰 마님은 자신의 이름도 잊은 채 살아왔다. 부모가 작명가에 부탁해서 지어준 정말 예쁜 이름이 있었는데도 말이다. 그녀는 오랫동안 불려온 큰 마님이라는 호칭에 익숙해졌다. 큰 마님은 영주의 관아에서 가장 위엄 있는 여인이었다. 그녀는 은 더미 위에서 잠을 자고, 가장 맛있는 음식들을 먹으며, 가장 멋있고 화려한 옷을 입었다. 비록 누군가를 잡아다 죽게 하거나 누군가를 살려주지는 못할지라도, 살려고 하든지 죽으려고 하든지 간에 사람들은 큰 마님에게 부탁하곤 했다.

그런데 이제 큰 마님에게 남아 있는 것이 무엇이던가? 그녀라고 영주의 관아를 벗어나고 싶던 때가 없었던 것은 아니다. 한때는 그녀도 친정으로 돌아가고 싶었다. 여동생들과 옥수수를 심으러 밭에 가고 싶었다. 이곳을 벗어나 밭을 빨리 일구고 싶고, 옥수수를 따 껍질을 벗기고 싶고, 옥수수를 널어 말리고 싶었다. 노래도 하고 싶고, 웃어도 보고 싶고, 어머니와 밤새도록 이야기도 나누고 싶었다. 그러나 그녀는 어느 것 하나도 할 수 없었다. 부모가 시집을 보내고 나서 그녀는 더 이상 한집안 식구가 아니었다. 남동생과 여동생들은 모두 결혼해 부인과 남편을 얻었고 자녀를 여럿 두었다. 동생네 아이들은 한 번도 밥을 굶거나 추위에 떨 걱정을 해본 적이 없었다. 매년 그녀가 집에 돈을 보내주었기 때문이다. 덕분에 수십 명의 조카들은 길을 나서서 얼굴을 들고 하늘을 보며 부모에게 고기 먹고 싶다고 울며 떼쓸 필요가 없었다. 벼 이삭이 벼 줄기에서 올라오듯 수많은 사람이 큰 마님을 의지하며 살아왔다. 만약 벼가 뿌리를 스스로 뽑아 옛 고향으로 돌아간다면 벼 이삭은 모두 죽게 되지 않겠는가?

큰 마님은 그들을 내팽개치려 한 적이 있었다. 이제 모두 시집과 장가를 갔고 자식들도 낳았으니 스스로 벌어먹을 줄을 알아야지 어찌 매년 은붙이를 보내 돌봐야 한단 말인가? 그러나 생각해보면 자신에게도 책임이 있었다. 처음부터 돈을 보내주지 않았다면 당연히 스스로 벌어서 먹고살았을 것이다. 돈을 보내주는 것은 그들에 대한 격려였는데, 이제 그녀는 형제자매가 무엇을 하는지조차 모르고 단지 잘 먹고 지낸다는 것만 알고 있었다.

부모는 진작 세상을 떠났다. 그들은 미소를 지으며 관 속에 들어갔다. 딸이 숭쭈어다의 큰 마님으로 있었기 때문이다.

그 수십 명의 핏줄 중 한 명이라도 큰 마님 생각을 해본 사람이 있을까? 그녀가 숭쭈어다의 집에서 지난 30년 내내 단 하룻밤도 편안히 잠을 이룬 적이 없다는 것을 알고나 있을까? 그녀도 어머니가 되고 싶었고, 아이들이 우는 소리를 듣고 싶었고, 자식에게 젖을 물리고 싶어 했다는 것을 아는 사람이 과연 있을까? 그녀를 생각해주는 사람은 정말로 아무도 없었다. 모두가 큰 마님을 돈더미 위에서 살고 돈더미 속에서 죽는, 그 누구와 비교할 수 없을 만큼 행복한 인생으로 여겼다.

큰 마님을 이해하는 건 늙은 누렁이뿐이었다. 누렁이는 그녀가 슬퍼할 때마다 그 옆에 앉아 있었다. 마치 지금처럼. 누렁이는 큰 마님이 자신의 몸에 등을 기댈 수 있도록 두 다리를 뒤로하고 앉았다. 그녀의 등은 조만간 구부정해질 것이다. 힘든 일은 하지 않더라도 슬픈 일을 많이 겪으면 등은 굽는 것인가 보다. 큰 마님은 누렁이의 튼튼한 등에서 따뜻함을 느꼈다. 나무는 강풍에 쓰러질 수 있고, 집은 대들보가 썩어 무너질 수 있으나 이 누렁이의 등은 아주 든든해서 언제나 큰 마님이 기대는 안식처가 되어주었다. 큰 마님이 누렁이에게 비밀스레 물었다.

"장차 내가 죽으면 너도 나와 같이 죽지 않을래?"

누렁이는 머리를 숙이고 혀를 내밀어 큰 마님의 손을 핥았다. 그녀는 누렁이를 보지 않아도 녀석의 눈빛을 알았다. 그 눈빛은 언제나 사랑스럽고 믿음직스럽고 충성스러웠다. 그녀가 다시 말했다.

"물어보는 것이 그렇기는 하구나. 내가 먼저 죽을지 네가 먼저 죽을지 어찌 알까."

누렁이는 다시 혀를 내밀어 큰 마님의 손을 핥았다. 누렁이는 말은 못 하지만 알아들을 수 있었다. 그녀가 무슨 말을 하는지 다 알았다.

큰 마님이 신부인 자신을 맞이하러 온 사람들과 이곳을 통과하던 날에는 이슬비가 내려 날씨가 희끄무레했다. 아침나절이었지만 금방 어두워질 것처럼 하늘이 칙칙했다. 이 지역은 강이 있어 안개가 자주 낀다. 배를 띄우면 노를 저어 갈 수 있을 것처럼 이슬 또한 많이 내린다. 길가의 나무들도 이슬에 흠뻑 젖을 정도다. 가끔씩 돌풍이 불어닥치면 사람들 발밑에 안개가 휘감겼다. 아가씨들은 날씨가 차가워지면 피식피식 웃으며 신랑이 있는 여자들만 행복할 거라고 떠들었다. 날씨가 추울수록 신랑에게 꽉 안길 수 있기 때문이었다. 여자들은 부끄럽기도 하고 걱정도 되었다. 그러나 그들 모두가 꽉 안겨보려면 아직도 멀었다는 것을 모르고 있었다.

바위 이쪽에서는 집에서부터 어깨에 둘러메고 온 나무로 남정네들이 모닥불을 피웠다. 물방울들이 나무 꼭대기에서부터 똑똑 떨어지고 이따금 활활 타오르는 불꽃 속에서 지글거렸다. 모닥불은 소나무 가지로 지펴졌다. 소나무는 송진이 많아 불을 붙이기가 쉽고 비가 와서 나무가 젖어도 잘 탔다. 불이 붙은 송진의 향긋한 냄새가 널리 퍼져 나갔다.

큰 마님은 이쪽에 앉았었고 숭쭈어다는 모닥불 저쪽에 자리를 잡았었다. 숭쭈어다는 신붓감을 힐끔힐끔 쳐다보며 눈초리와 얼굴빛을 살폈다. 새 신부의 양 볼은 팽팽하고 불그스레했고, 모닥불은 검은 눈꺼풀 두 눈동자 속에서 타오르고 있었다. 그 당시 숭쭈어다가 무슨 생각을 하는지 아는 사람은 없었다. 그러나 그의 눈빛에 새 신부는 안심했다. 마치 자신을 위해 마련해둔 아주 좋은 곳을 보았다는 듯이.

　이제 큰 마님도 그때처럼 모닥불을 피우고 싶었으나 소나무 가지도 없고 불을 지펴줄 사람도 없었다. 모닥불 저쪽에서 주름이 가득한 큰 마님의 두 볼을 쳐다보려고 하는 사람은 하나도 없었다. 참으로 사람의 일생이란 짧고, 세월은 정말 빨랐다. 나무와 바위는 여전히 같은 자리에 그대로 있고 깊은 구렁도 그대로이나 인간만이 몇 순간이 지나면 흙으로 변한다.

　큰 마님은 이제 어떻게 살아가야만 하나? 어떻게 계속 삶에 애착을 가지고 살아갈 수 있을까? 사실 큰 마님은 이 바위 위에 그대로 눕고 싶었다. 곁에 있는 누렁이와 함께. 그리고 영원히 깨어나고 싶지 않았다. 그녀에게는 여든까지 살든, 백 살까지 살든 아니면 지금처럼 단지 쉰 가까이만 살든 전혀 다를 게 없었다. 큰 마님은 영주를 위해 은붙이 금고를 지켜주는 사람일 따름이었다. 날이면 날마다 그녀의 방문을 지켜주는 이 늙은 누렁이와 다를 게 전혀 없었다.

　바람이 큰 마님의 얼굴을 스치자 한쪽 옆구리에 한기가 돌았다. 큰 마님이 누렁이게 말했다.

　"이쪽으로 와서 앉아라."

　착한 누렁이는 큰 마님의 왼쪽 옆구리가 시리지 않도록

옆으로 가서 앉았다. 그녀에게는 충성스러운 개 한 마리가 전부였다. 누렁이는 큰 마님의 친구이자 자식이었다.

큰 마님은 누렁이와 함께 편안하게 죽고 싶은 마음도 있었고, 한편으로는 죽고 싶지 않기도 했다. 그녀는 몇 년 만에 영주의 얼굴에 웃음꽃을 피우게 만든, 몇 년 만에 비로소 마음을 들뜨게 하고 발걸음을 가볍게 오가게 한, 그 아가씨의 얼굴을 한번 보고 싶었다. 그 아가씨를 본 뒤로 영주는 갑자기 집에서 태양이 막 솟아오른 듯이 굴었다. 큰 마님도 그 아가씨의 노랫소리를 듣고 싶었다. 무슨 노래를 불렀기에 이 영감에게서 여자에 대한 분노가 사라진 걸까?

해그늘이 하늘로부터 내려오고 계곡 구렁텅이 입구에서부터 올라왔다. 몇 순간 지나지 않아 그림자가 산 전체를 덮고 모든 길과 틈바구니를 가릴 것이었다. 큰 마님은 누렁이의 등을 토닥거렸다.

"집으로 돌아가자."

큰 마님이 일어나자 누렁이도 따라 일어섰다. 큰 마님이 앞서고 누렁이가 뒤따랐다. 그날 오후 큰 마님은 정말로 슬펐다. 그러나 늙었는지라 슬퍼도 눈물이 나지 않았다. 게다가 손발이 저리고 떨어져 나갈 것같이 아파서 한 걸음도 걷고 싶지 않았다.

그렇더라도 여전히 걸어가야만 했다. 내일은 비어 있는

방 세 칸 중 하나를 수리공에게 맡겨야 한다. 문틀과 문짝도 바꿔야 한다. 침상 서랍 자물쇠도 추가해야 한다. 겹으로 수놓은 의복 열 벌, 꽃신 열 켤레를 갖다 놓아야 한다. 은 세공장을 불러 목걸이, 팔걸이, 귀걸이를 만들도록 해야 한다. 그 많은 일을 큰 마님이 맡지 않으면 누가 할 것인가?

10. 나는 너를 버리지 못했건만
너는 쯔쯔새[6]가 새 집에서 울듯
나를 버렸으니…

날이 아직 밝지 않았다. 안개가 집 주위를 두텁게 에워싸 나무 대문 문짝만 겨우 보일 뿐이었다. 타오짜방은 밤새도록 잠을 이루지 못한 데다가 때때로 자신의 배를 짓누르는 동생의 무겁고 큰 다리를 들어서 내려놓아야 했다. 깊이 잠든 날에는 아무것도 몰랐다가 아침이 되어서야 옆구리가 아프면 동생의 발에 배가 눌렸음을 알곤 했다. 그러나 잠을 못 이루는 날이면 견디기가 힘들었다. 동생이 다리를 그의 배 위에 올리고, 팔로는 그의 목을 감아서 제대로 숨 쉴 수가 없었다. 뿌리쳐도 소용없었다. 잠시 뒤면 동생은 다시 다리로 타오짜방의 배를 내리눌렀다.

날이 뿌옇게 샜을 때쯤 일어난 타오짜방이 문을 열자 찬바람이 훅 들어왔다. 너무 추운 나머지 아직 닭도 잠에서 깨지 않았다. 타오짜방은 신발을 신고 옷을 더 걸친 다음 화롯가로

---

6   몬족 신화에 등장하는 상상의 새.

갔다. 화로는 어젯밤부터 탄이 지펴져 있어 바람을 불어넣으니 불이 발갛게 피어올랐다.

타오짜방은 탄을 조금 더 넣고 풀무를 당기기 시작했다. 풀무가 무거워 삐거덕 소리를 냈고 타오짜방도 숨을 헐떡거렸다. 하지만 풀무 소리도 사랑하는 사람을 곧 잃게 될지 모른다는 염려를 멈추게 하지 못했다.

숭쭈어다가 타오짜방이 사랑하는 여인 숭빠씬을 강제로 빼앗아 간다면 그녀를 위해 죽을 준비가 되어 있는 타오짜방은 어떻게 해야만 할까? 그녀가 수십 명이 밀어도 넘어지지 않을 두껍고 무겁고 아주 단단한 나무 대문 안으로 끌려간다면 타오짜방은 어떻게 해야만 할까? 늑대 같은 20~30마리의 흉악한 개에게서 연인을 구하려면 타오짜방은 어떻게 해야만 할까?

그가 생각할 수 있는 유일한 방법은 숭빠씬을 데리고 함께 도망가는 것이었다. 어젯밤 타오짜방이 그녀를 집에 데려다주었을 때, 그는 숭빠씬의 집 대문 옆에서 그런 자신의 생각을 말했다. 그러나 숭빠씬은 타오짜방이 대답할 길이 없는 한마디를 했다. 숭빠씬이 타오짜방에게 물었다.

"만약 도망가면 영주가 우리 부모님과 친척, 형제들을 가만히 놔둘까?"

그것까지는 타오짜방도 미처 생각지 못했다. 그는 영주가 숭빠씬을 잡아가 육중한 나무 대문 안으로 데려가기 전에 먼저 도망가야 한다는 것만 겨우 떠올렸던 것이다.

숭빠씬의 물음에 타오짜방은 다시 생각해야만 했다. 그까짓 사랑 때문에 수많은 사람이 치른, 저 돌기둥에 매달리는 고통을 식구들이 겪어야 한단 말인가? 그렇게 된다면 어찌해야 할까? 이 방법은 안 된다.

집으로 들어가기 전 숭빠씬이 말했다.

"난 죽을 거야! 영주 집에 가서 넷째 마누라 노릇을 할 바에는 차라리 죽는 게 낫지."

말을 마친 숭빠씬은 집 안으로 내달렸다. 그녀는 대문 밖에 남겨진 타오짜방을 망연자실하게 했다.

타오짜방은 아주 건장한 사내로 호랑이도 독사도 무섭지 않고 이무기에 물려가도 두려워하지 않을 사람이었다. 그런 사람이 사랑하는 사람이 영주의 손에 죽는 것을 보고만 있어야 할까?

타오짜방은 땀이 나도록 풀무를 당기는 바람에 옷을 모두 벗어젖혀야 했다. 그러나 풀무 소리로도 마음이 편해지지 않았고, 땀이 줄줄 흘러내려도 좋은 생각이 떠오르지 않았다. 죽는 거야 쉬운 일이다. 주먹 한번 불끈 쥐면 끝이다. 그러나 살아 있는 사람은 어쩐단 말인가? 남겨진 할아버지, 할머니, 부모, 형제자매들은 어찌한단 말인가? 분명 그렇게 죽을 수는 없었다.

풀무는 계속해서 바람을 뿜어냈고 이윽고 쇳물이 녹아 흐르기 시작했다. 타오짜방에게는 여전히 뚜렷한 방안이 떠오르지 않았다. 집에 있던 타오짜뽀가 눈을 비비며 밖으로 나왔다가 쇳물이 녹아 흐르는 것을 보고 소리쳤다.

"형, 저기, 저기, 다 흘러버렸어."

타오짜방은 깜짝 놀라 풀무에서 황급히 손을 놓았다. 쇳물이 주둥이 꼭지를 따라 금형 틀로 흘러 들어가 틀이 점점 차올랐다. 타오짜방은 타오짜뽀가 들고 온 모루 위에 칼을 놓았다. 타오짜뽀가 형이 망치로 그것을 내리치도록 칼날을 붙잡아주었다.

얼굴은 땀으로 뒤범벅되었고, 눈은 분노로 불타는 형에게 타오짜뽀는 감히 한마디도 건네지 못했다. 화염 또한 벌겋게 타올랐다. 망치 소리가 귀에 쟁쟁해 머리가 아파왔다. 칼날은 납작하게 만들어지고….

망치를 내려칠 때마다 타오짜방은 중얼중얼하다가 크게 소리를 질렀다.

"죽는다는 게 그리 쉬운가?"

"죽는다고 될 일인가?"

"왜 죽어야 하는 거지?"

"사는 것이 어렵다고 해도 아무 때나 죽을 수 있는 건 아니지…."

칼날이 얇게 퍼지자 타오짜뽀가 목소리를 높여 말했다.

"형, 그만해. 됐어 이제."

타오짜방은 동생이 몇 번 말하자 겨우 손을 놓았다. 그제야 그는 망치를 던지고, 기둥 발을 찾아 나무 의자를 풀썩 내려놓고 앉았다. 기둥에 등을 기대고 입을 크게 벌려 숨을 내쉬니 땀이 줄줄 흘러내렸다. 그는 칼이 아닌 무엇을 벼렸는가.

밖에는 날이 밝았으나 안개가 끼어 정원과 지붕까지 덮어버렸다. 이슬 틈바구니 사이에서는 연기 가닥이 몇 줄기 솟아올랐다. 짙게 깔린 안개는 타오짜방의 머릿속에 똬리를 튼 잡념과 같았다. 아무리 생각해도 끝이 없고 생각할수록 꽉 뭉쳐진 부싯깃처럼 점점 상념이 단단해졌다. 타오짜뽀는 고민하는 형을 지켜보다 발끝으로 살살 걸어와 기둥 저쪽에 앉았다. 그는 조용히 앉아 있다가 한참 만에 겨우 입을 열었다.

"형, 무슨 일 있어?"

타오짜방은 한숨을 쉴 뿐 대답하지 않았다. 타오짜뽀가 또 물었다.

"무슨 일인데 그래, 형?"

그는 동생의 물음에 답하지 않고 되레 다른 질문을 했다.

"타오짜뽀야, 너 부모님 사랑하지?"

동생은 고개를 끄덕였다.

"물론이지. 부모님은 참 힘들게 사셨지, 머리가 다 하얗게 세셨잖아."

타오짜방이 말했다.

"사랑하면 이다음에 네가 부모님을 잘, 잘 모셔야 한다."

타오짜뽀가 답했다.

"맞아, 맞아. 우리 형제가 부모님을 정말로 잘 모셔야 해."

"내가 너한테 하는 말이야."

"형도 같이 모셔야지."

타오짜방은 입을 다물었다. 타오짜뽀는 곰곰이 생각한 뒤 몸이 지칠 대로 지친 형을 기둥 너머로 바라보았다.

"안 그래…? 형도 같이 모시는 거지?"

타오짜방은 고개만 끄덕였다. 타오짜뽀는 알 수 없는 말만 늘어놓는 형의 옷자락을 잡아당기며 물었다.

"형이 장가가서 형수 집에 가서 살면 부모님을 바로 잊겠다는 말은 아니겠지?"

타오짜방은 침묵하고 긴 한숨을 내쉬었다. 타오짜뽀가 말을 잇는데 목이 약간 메는 듯했다.

"비록 처가살이를 한다 해도 형은 여전히 큰형이고 장남이잖아. 나는 형을 누구와도 안 바꿀 거야. 형이 부모님을 내게 맡기려 하는 건 말도 안 돼. 형….'

타오짜뽀가 말을 하고 있는데 타오짜방이 중간에 이야기

를 끊었다.

"누가 네게 내가 부모님을 두고 장가가서 처가살이한다고 하던?"

타오짜뽀가 눈을 흘기며 말했다.

"형이 부모님 잘 모시라고 했잖아…."

"말은 그렇게 했지만 내가 처가살이한다는 건 아니야. 네게 말한 건 아무것도 아니야."

타오짜뽀는 자리에서 일어나 걸터앉을 나무토막을 하나 찾아와 형 곁에 앉은 다음 이것저것 묻기 시작했다.

"형, 왜 그래? 애인과 다퉜어?"

타오짜방은 파리를 쫓듯 손을 내저을 뿐 아무 말도 하지 않았다.

"그렇지? 다퉜지? 형 얼굴이 목구멍에 뼈가 걸린 것처럼 보여. 싸우고 화났지? 사랑하는 건 피곤한 거야, 그렇지?"

타오짜방은 고개를 돌려 동생을 빤히 바라보았다. 마치 자신의 앞에 있는 얼굴이 동생이 아니라 숭빠씬의 얼굴인 것처럼.

"이제 곧 서로 다툴 수도 없을 거야."

그 말을 내뱉고 나니 타오짜방은 목이 콱 막혔다. 그는 동생에게 이 일에 대해 말하고 싶지 않았다. 설령 안다고 한들 아무 도움도 되지 못하기 때문이었다. 두 사람이 슬퍼한다고 한들 한 사람이 슬퍼하는 것보다 나을 게 없었다.

그러나 타오짜뽀는 형의 눈빛에 먹구름이 낀 것을 알아채고는 형에게 가까이 다가앉으며 물었다.

"왜 그래, 응?"

타오짜뽀는 형의 손을 다독거렸다. 결국 타오짜방은 얼굴을 돌리고는 정말로 길고 긴 이야기를 토해냈다.

"영주가 숭빠씬을 첩으로 삼으려 한단다."

정말이지 타오짜방은 숭빠씬이 영주 집에서 첩 노릇을 할 날이 있으리라고는 생각해본 적이 없었다. 그는 숭빠씬을 한 번만 잃는 것이 아니라 수백 번, 수천 번 잃을 것이다. 넷째 부인을 하든 아홉 번째 부인을 하든 열 번째 부인을 하든 첩은 첩일 뿐이고, 영주가 어떤 인간이라는 것쯤은 만인이 다 알았다. 영주와 같이 산다는 것은 죽는 것이나 진배없었다. 그러니 그는 숭빠씬을 한 번만 잃는 것이 아니요, 수백 번 잃는 것이나 다름없었다.

타오짜뽀는 형이 말하는 것을 듣고 벼락을 맞은 듯 뒤로 넘어질 뻔했다. 그의 혓바닥이 입안에서 뒤틀렸다.

"형… 형… 그 말이 사실이야?"

타오짜방은 고개를 끄덕였다.

"무…슨 대…책이 있어?"

그는 고개를 저었다가 어떤 생각이 떠올랐는지 이내 고개를 끄덕였다. 숭빠씬을 구하고 두 사람의 사랑을 지키기 위한 한 가지 방법은 숭빠씬이 어떻게 될지 생각하며 밖에 서 있는 것이 아니라 영주의 육중한 문짝 뒤에서… 영주를 죽이는 것이었다.

그렇다. 그 한 가지 방법뿐이다. 영주가 죽으면 드엉트엉 지역 전체가 영주의 악랄한 통치에서 벗어날 수 있었다. 누가 무엇을 심고 싶으면 심고, 키우고 싶으면 키우고, 팔고 싶으면 팔면 된다. 누가 누구를 사랑하고 싶으면 사랑하면 되고, 누가 누구와 결혼하고 싶으면 결혼하면 된다. 영주가 죽으면 더 이상 돌기둥에 매달릴 사람도 없을 것이고, 어떤 아가씨든 집을 나설 때 얼굴에 숯검정을 바를 필요가 없을 것이다. 제일 중요한 것은 타오짜방과 숭빠씬은 결혼할 수 있다는 사실이었다. 타오짜방은 처갓집에 살며 숭빠씬과 함께 부모를 봉양할 수 있다. 영주가 없는 세상에서 많은 사람이 자유롭게 여러 일을 할 수 있다면 그를 죽이는 것은 아주 가치가 있었다.

그러나 영주는 결코 천산갑(穿山甲)이 아니었다. 정글에 사는 천산갑은 마주쳤을 때 한 번 툭 치면 데굴데굴 굴러가다가 멈추었기에 이를 잡아다 요리해 먹으면 끝이었다. 그러나 영주는 달랐다. 그의 수십 마리 개 떼 가운데 한 마리와 싸워도 승리를 장담할 수 없었다. 하물며 그 개들은 영주는커녕 호위병의 다리털 하나도 건들지 못하게 할 것이다.

타오짜뽀는 여전히 형을 빤히 쳐다보며 형이 숭빠씬을 지킬 수 있는 방법을 말해주기 기다렸다. 그러나 타오짜방이 어떻게 동생에게 말할 수 있으랴? 타오짜뽀, 너는 부지런히 일하고 늙으신 부모님을 잘 보살펴드려야 한다. 너는 남편 말을 듣고 시부모를 친부모처럼 공경할 줄 아는 좋은 부인을 얻어야 한다. 너희 부부는 이다음에 아이를 다섯, 일곱은 낳아야 한다. 정말로 많이 낳아야 한다. 그게 네가 할 일이다. 일을 마치면 한평생도 끝이다. 다른 일들은 스스로 생각하고 스스로 알아서 잘하거라.

타오짜뽀는 너무 가슴이 아파 한마디 말도 할 수 없었다.

"형은 무슨 방법이 있다고 했지?"

타오짜방은 산을 올려다보았다. 안개가 잔뜩 낀 저쪽 너머에는 돌기둥이 있었다. 영주에게 붙잡혀 가서 죽은 사람들의 빚을 갚기 위해 타오짜방은 영주를 붙잡아 그 돌기둥에 매달고 싶었다. 영주의 살코기를 까마귀 밥으로 주고, 영주의 뼈다귀 또한 돌기둥 아래 흩뿌려주고 싶었다. 그러나 생각은 그렇게 하면서도 동생에게는 달리 말했다.

"우선 내가 고민 좀 해볼게."

"아이고."

타오짜뽀는 한숨을 내쉬며 실망한 기색을 감추지 않았다.

"오래 고민했을 텐데 아직 결정을 못 내렸다니. 도대체 언제 고민이 끝나려는지."

"내 일이니⋯ 나한테⋯ 맡겨둬."

타오짜방은 더듬더듬 말을 이어나갔고 타오짜뽀는 그 말을 잘랐다.

"맡겨만 둘 수 없어."

"안 맡기면 네가 어떻게 할 건데?"

"형이 무엇을 하든 나도 같이할 거야."

그럼에도 타오짜방은 침묵을 지켰다. 그가 무엇을 할지, 언제 할지를 타오짜뽀가 알 수 있을까?

돌기둥 쪽에서 까마귀 소리가 다시 들려왔다. 또한 사람 목소리도 들려왔다. 때론 두 사람이 말하는 목소리도 들리는 것으로 보아 영주가 사람을 돌기둥에 매달고 있는 듯했다.

까마귀 떼가 돌기둥 주위로 몰려 단단한 나무 끝에 앉자 나뭇가지가 온통 휘어 늘어졌다. 이제 돌기둥 옆 단단한 나무가 그들의 보금자리가 되어서 다른 곳으로는 가지도 않고 녀석들은 이제나저제나 계속 거기에만 앉아 있었다. 돌기둥에 매달리는 사람이 있으면 까마귀 전부가 그쪽으로 떼 지어 날아갔다. 까마귀가 나무 꼭대기에 펄썩 앉으며 나뭇가지 치는 소리를 듣고, 깃털이 날려 떨어지는 모습을 눈으로 보고, 피에 목마른 악귀들이 울부짖는 듯한 까마귀들의 먹이 찾는 소리와 고통과 추위와 굶주림으로 아직 죽지 못해 아우성치는 사람 목소리를 듣는다면 누구나 공포에 사로잡히고 말 것이다. 사람이 빨리 죽으면 죽을수록 까마귀들에게는 자신들이 먹을 썩은 고기가 빨리 생기는 셈이었다.

날이 갈수록 까마귀 떼는 난리 법석을 떨고 난폭해졌다. 녀석들은 산길에서 묶여 끌려가는 사람을 보자마자 몰려들었다. 까마귀 수백 마리가 급강하하여 사람 머리를 쪼아댔다. 쫓아도 겁내지 않았고, 화살과 총을 쏘고 칼을 휘둘러도 아랑곳하지 않았다. 까마귀들은 사람이 손을 들면 잡힐 정도로 낮게 날았다. 그 말은 까마귀 발을 잡을 수 있다는 뜻이다. 하지만 발을 잡는다고 별수 있을까? 까마귀가 주둥이로 내리 쪼면 손에서 피가 튀고, 그러면 할 수 없이 까마귀 발을 다시 놓아주어야 했다. 까마귀는 마치 영주처럼 악독했다. 까마귀가 악독해진 것은 영주 때문이었다. 악독한 영주가 없었더라면 까마귀 같은 미물이 어찌 사람을 귀뚜라미 정도로 여길 수 있으랴? 까마귀가 모든 사람을 압도했다. 오직 숭쭈어다만이 그렇게 할 수 있었는데 말이다.

타오짜방은 생각할수록 자신이 하려는 일이 아주 옳다고 느껴졌다. 그러므로 어떻게 해서든 방법을 떠올려야만 했다. 실행하지 않으면 사랑하는 사람이 응온나무의 잎을 먹고 자살하는 꼴을 지켜만 볼 수밖에 없고, 자신도 연인을 따라서 응온나무의 잎을 먹게 될 것이었다.

11. 서서히 죽고 나면 몸이 굳어질 것이니
   응온나무 마른 잎사귀 아래서
   바로 죽을 것이니…

큰 마님은 날이 어두워진 뒤에야 누렁이와 집으로 돌아왔다. 한 사람과 한 마리 개가 앞서고 뒤따라가며 커다란 대문을 통과하고 마당을 지났다. 부엌에서 나는 음식 냄새가 구석구석에 스며들고 있었다.

방문 앞에 서서 기다리던 어린 하녀 하나가 큰 마님이 돌아온 것을 보고 반갑게 맞으며 말했다.

"큰 마님 돌아오셨네요. 어디를 갔다 오셨어요? 영주님이 내내 찾으셨거든요."

큰 마님이 하녀를 스치고 방으로 들어가자 하녀도 쫓아 들어왔다. 큰 마님은 하녀를 본체만체하며 물어보았다.

"왜 나를 찾았지?"

"영주님이 오늘 저녁에는 마님과 같이 식사하시고 싶어 하세요."

"뭐라고?"

큰 마님은 마치 자기 귀를 의심하는 듯한 표정으로 고개를 홱 돌려 하녀의 얼굴을 보았다.

"너 지금 뭐라고 했니?"

"영주…님이… 영주님이 제게 마님과 저녁 같이 먹게 모셔 오라고 말씀하셨어요."

큰 마님은 침상에 털썩 앉았다. 하녀 아이는 애간장이 타는 듯 말했다.

"큰 마님, 가시겠어요?"

큰 마님이 그 아이에게 냅다 소리를 쳤다.

"내가 안 올라간다면 되겠냐?"

"그러하시면… 저는 주방에 가서 빨리 음식 준비하라고 명하겠습니다."

하녀가 막 나가려 하자 큰 마님은 방 한구석으로 갔다. 그러고는 옷장 안의 은 궤짝을 열어보았다. 그녀의 손발은 마치 서로 붙어 있는 듯, 빨리하려고 하면 할수록 점점 더 손발이 말을 듣지 않았다. 그녀는 치마를 갈아입어야 했고 각반을 차고 신발을 신어야 했다. 머리도 빗어야 하고 두건도 둘러야 해서 정신이 하나도 없었다.

영주는 늘 혼자 밥을 먹었다. 30년 내내 큰 마님 노릇을 해왔건만 영주와 식사를 함께한 것은 열 번이 채 안 되었다. 그것도 큰 마님이 아직 젊었을 때, 얼굴이 홍안이었고 옷 안의 젖가슴이 팽팽했을 때의 일이다. 큰 마님 다음으로는 시간이 오래오래 지난 뒤에 영주가 방쩨를 불러 같이 식사를 한 적이 있다. 영주는 아주 기분이 유쾌할 때라야 비로소 같이 식사할 사람을 불러올렸다. 또한 영주가 아주 귀하게 여기는 사람들만 같은 식탁에 앉게 했다. 저녁 식사를 마친 뒤에는 그 사람을 따라 방으로 함께 들어갔다.

큰 마님은 옷을 입으면서 부아가 치밀었다. 이런 일이 생기면 마땅히 하녀들을 불러야 했다. 그래야 하녀들이 그녀가 옷을 갈아입고 머리 빗는 것을 도울 수 있었다. 그러나 그녀는 그럴 때 하녀들이 있는 것이 부끄러웠다. 그녀는 자신이 부끄러워하는 모습을 하녀들에게 보이고 싶지 않았다.

큰 마님은 의복을 다 갈아입은 다음 머리를 정돈하기 위해 머릿수건을 풀었다. 머리를 빗을 때마다 머리카락이 한 줌씩 빠져나왔다. 흰 머리카락도 제법 많이 섞여 있었다. 손에 든 흰 머리카락을 보며 영주와 식탁에 마주 앉아 따끈한 술을 한 잔씩 할 때를 생각하자 그녀의 눈에서 갑자기 눈물이 흘렀다.

얼마나 세월이 흘렀는지 몸도 늙고, 얼굴도 늙고, 손발, 눈, 귀, 머리 모두가 늙어버려 큰 마님은 이제 남자에게 줄 것이 남아 있지 않았다. 평생 사랑했기에 당신은 이 몸을 피곤하게 했고 마음도 아프게 했지.

하녀가 다시 방문 앞에 와서 고했다,

"큰 마님, 진짓상을 차려놓았습니다."

너무 피곤해 손발이 모두 떨렸던 큰 마님은 하녀를 안으로 들어오라고 했다.

"방으로 들어오너라. 들어와서 청소하라고. 알아들었지?"

"마님은 어서 진지 잡수러 가세요. 제가 깨끗하게 청소해 놓겠습니다."

큰 마님은 홱 돌아서서 하녀가 웃고 있는지 보려고 그녀의 얼굴을 쳐다보았다. 큰 마님은 하녀가 자기를 보고 웃고 있다고 느꼈다. 곧 영주와 함께 저녁 식사를 하게 될 손과 발이 모두 떨리는 할머니를 보면 웃음이 터져 나옴직도 했다. 그러나 그렇지 않았다. 하녀는 전혀 웃지 않았다. 그래야만 했다. 만약 하녀가 웃었다면 내일은 밥 먹을 이가 남아 있지 않았을 것이다.

큰 마님은 몇 걸음 가다가 되돌아와서 하녀에게 한 가지를 당부했다.

"청소를 다 하고 나면 누렁이 밥을 가져다주거라."

그러고는 누렁이에게 말했다.

"여기 있으렴. 따라오지 말고."

누렁이가 벌떡 일어나 따라가려다가 큰 마님의 말에 턱을 문지방에 괴고 다시 엎드렸다. 누렁이가 늘 턱을 괴는 자리는 이제 반짝반짝 윤이 났다.

추위를 막으려고 정문은 닫아놓았기에 큰 마님은 마당을

지나 쪽문을 따라 본채로 올라갔다. 밥상은 진작 차려져 있었다. 수십 종류의 음식에서 아직 김이 모락모락 올라왔다. 사발 두 개, 젓가락 두 벌, 잔 두 개, 뜨거운 물그릇 안에 담긴 술이 옆에 놓여 있었다.

큰 마님을 본 영주는 아주 화통하게 웃으면서 말했다.

"부인, 이리 앉으시오."

큰 마님은 여전히 손발의 떨림이 가시지 않았다. 자신의 손발이 마치 다른 사람의 것을 빌려온 듯했고, 몸에서 금방이라도 떨어져 나갈 것만 같았다. 두 사람은 앉아 술잔을 통해 서로 바라보고, 술잔을 들었다가 내려놓고, 다시 들어 올렸다. 본채의 밤은 사람이 없는 듯 조용했다. 서로의 마음을 알고 분위기를 아는 사람들이라 발끝으로 조용히 걸어 다니고 말도 귀에 속삭인 덕분이었다. 큰 마님은 자신이 술을 몇 잔이나 마셨는지 기억하지 못했다. 술맛이 유난히 좋았거나 설령 그렇지 않더라도 기분이 흡족해 술이 맛있게 느껴졌을 수 있으나 굳이 이유를 알 필요는 없었다.

그의 얼굴 주름은 5년 전보다 더 깊어졌고 머리는 반백이 다 되었다. 나이가 지긋한 영주는 그날따라 말을 많이 했다. 30년 전, 20년 전, 10년 전 일을 다 끄집어내 이야기했다. 희한한 것은 영주가 기억하고 있는 일들을 정작 큰 마님은 기억을 못 한다는 점이었다. 영주는 웃기도 많이 웃었다. 술을 마실수록 목소리가 점점 커졌고 웃음소리도 커졌다. 영주는 기분이 좋았고 큰 마님은 그 사실을 잘 알았다. 설령 기분 좋은 일이 있다손 치더라도 큰 마님은 알고 싶지 않았다. 그냥 따라서 같이 즐거워할 뿐이었다. 정말 오랜만에 이 우중충한 큰 집에서 웃음소리가 울려 퍼졌다.

두 사람 모두 한 번도 젓가락을 들지 않았다. 기분이 너무 좋아 먹지 않아도 배가 불렀다. 얼마 뒤 영주가 술에 취해 식탁에 머리를 처박았다. 큰 마님은 영주가 식탁에 머리를 박고 자는 것을 조용히 바라보았다. 밖에서는 밝은 달빛이 큰 바위가 깔린 마당을 비추었다.

오래전부터 큰 마님은 달을 쳐다본 적이 없었다. 달이 밝으면 밝을수록 큰 마님은 문을 더욱 꼭꼭 닫았다. 달을 보면 줄참나무 토막처럼 끄덕도 하지 않는 이 남자의 크고 육중한 팔에 머리를 베고 누워 있던 자신의 젊은 시절 밤이 떠올랐기 때문이다. 그 당시 큰 마님은 자신을 아주 조용히 눕혀져 있는 어린 계집으로 여겼다. 그냥 그렇게 생각하고 싶었을 뿐이다. 하지만 그때 그녀는 발가벗겨져 할퀴어지고, 물어뜯기고, 꼼짝 못 하고, 몸이 바스러지고 바늘로 찌르는 것처럼 아프고… 큰 마님은 생각만 해도 끔찍했다.

웃고 떠들던 영주는 빈 술잔을 손에 꼭 쥔 채로 식탁에 머리를 박고 잠들었다. 이를 본 큰 마님이 하녀를 불러 지시했다.

"영주님을 침소로 모셔라."

하녀들은 미적거리며 되물었다.

"어디로… 모실까요?"

큰 마님이 미처 대답을 못 하자 리쯔지어가 한마디 했다.

"그것을 꼭 여쭤봐야 아느냐?"

그래서 영주는 부축을 받으며 큰 마님 방으로 모셔졌다.

마당 두 개를 지나는 사이 여러 눈빛들이 문틈으로 두 사람을 내다보았다. 한두 사람은 마치 죽음을 두려워하지 않는 듯 문짝으로 고개를 내밀기도 했다. 큰 마님은 모든 것을 다 보았다. 마음속으로는 그들을 상관치 않으려고 했지만 걸음이 아주 빨라졌다. 자신이 영주를 방으로 모시고 가는 것이지 영주가 스스로 가는 게 아니었다. 두 가지는 의미가 전혀 달랐다.

영주가 큰 마님의 침상에 뉘어졌다. 하녀들이 먼저 베개를 하나 더 챙겨놓았다. 전에는 큰 마님의 침상에 베개가 하나뿐이었다. 다른 하나는 없어진 지 꽤 오래되었고 그것을 사용했던 사람의 체취도 남아 있지 않았다.

하녀들이 모두 밖으로 나가자 문이 다시 닫히고, 늙은 개는 누워 망을 보았다. 큰 마님이 살며시 영주의 옷과 신발을 벗겨주었다. 그러곤 석탄 화로를 침상 가까이 끌어다 놓고 식은 불꽃이 잘 타도록 쑤석거린 뒤 자신도 신발과 각반을 벗고 침상에 올랐다. 큰 마님은 영주의 팔을 곧게 펴주고 베개를 조금 높여주었다. 이렇게 하고 누워보는 것은 지난 수십 년간 바라온 일이었다. 이 남자의 팔 근육은 축 늘어져 큰 마님을 금방 알아보지 못했다. 그럴더라도 그녀는 젊었을 때처럼 남자가 눕혀주었으면 했다. 큰 마님은 지금 가진 것 모두를 이 각별한 순간과 확 바꿔버릴 준비가 되어 있었다.

큰 마님은 벌떡 일어나 살며시 창문을 열었다. 달빛이 들어와 방을 비추었다. 달빛이 30년 만에 자신의 침상으로 돌아온 남자의 얼굴을 뚜렷이 보게 해주었다. 키 큰 사람이 똑바로 누우니 체구가 침상 크기와 비슷했다. 육중한 사람이라 잠들었을 때 침상 중앙으로 옮기려면 두세 명의 청년이 힘을 써야 겨우 가능했다. 영주는 깨어 있을 때는 잔악한 사람이나 잘 때는 고양이처럼 착했다. 곰이나 호랑이처럼 건장한 사람이나 침상에서는 여자에게 져주었다. 자신이 죽을 때까지 사랑을 줄 사람, 바로 영주였다.

영주가 육중한 몸을 뒤척이자 침상이 삐거덕거렸다. 큰 마님은 몸을 구부렸다. 영주가 팔을 뻗어 큰 마님의 몸을 당겨 꼭 끌어안았다. 영주의 가슴이 그녀의 얼굴을 덮었다. 갑자기 아주 익숙한, 정말로 익숙했던 체취가 풍겨왔다. 마치 오랫동안 집을 비웠다가 돌아와 부엌에서 나는 연기 냄새를 맡는 것 같았다. 큰 마님은 조용히 누워 있었다. 정말로 죽는다면 그녀는 지금처럼 남편의 품 안에서 죽고 싶었다.

큰 마님은 영주의 심장 소리, 깊은 계곡에서 불어오는 바람 소리 같은 숨소리를 똑똑히 들었다. 갑자기 눈물이 흘러나왔다. 저런, 큰 마님이 마치 누에고치 속에 번데기처럼 누워 있을 때 왜 하필 눈물이 흘러나왔을까? 그녀는 감히 손으로 눈물을 훔치지 못하고 흐르는 대로 놓아두었다. 쉰 살 가까운 여자의 눈물은 영주의 옷가슴 자락에 묻어 영원히 눈물 자국으로 남을 것이다. 비록 영주가 자신의 두 팔에 누울 사람을 다른 사람으로 바꿀지라도.

다른 특별한 이유도 없이 큰 마님은 내일 해야 할 일을 생각했다. 방을 수리하고 한 아가씨를 위한 옷을 바느질하고. 바로 그 아가씨가 큰 마님 자리에 누워 있게 될 것이다. 큰 마님은 영주의 뜻에 따르지 않으면 안 될까? 분명히 안 될 것이다. 그녀가 죽고 싶다면 몰라도. 그러면 한 가지 일만이라도 자기 뜻대로 하면 안 될까? 그렇지. 그녀는 자기 뜻에 따라 할 방법을 생각해내야 한다. 하고자 한다면 분명 방법도 있을 것이다.

큰 마님은 영주의 팔에서 살그머니 빠져나왔다. 그녀는 달빛 아래 앉아 이 남자의 얼굴을 자세히 보고 싶었다. 다른 아가씨가 자기처럼 영주의 얼굴을 보게 하고 싶지 않았다. 큰 마님이 무슨 생각을 했었는지 그 아가씨가 알 필요는 없지만, 그 아가씨가 영주를 좋아하도록 할 필요는 있었고, 그러면 그

아가씨는 큰 마님이 개인적으로 하고 싶었던 여러 가지를 다 누리게 될 것이다.

저쪽 달빛 아래에서는 어떤 아가씨가 노래를 불렀다. 그녀의 노랫소리는 어미를 잃은 새끼 고양이의 울음소리 같았다.

나처럼 어머니가 없는 사람은
겨울이 되면 겨를 밥 먹듯 하고, 옷은 누더기를 입는답니다.
아가씨처럼 어머니가 있는 사람은
밥을 먹으면 이밥을 먹고, 옷을 입으면 예쁜 옷을 입지요.

어떤 아가씨인지 고아로, 분명 이 관아에서 오래 살았을 것이다. 고아 신세라 돌아가고 싶은 집도 없었고 기억하고 싶은 사람도 없을 것이었다. 노랫가락이 그토록 구슬픈 것은 그래서였을까?

노래가 잦아들자 큰 마님은 영주와 약간 떨어져 앉아 벽에 등을 기댔다. 그녀의 등 뒤로 조금 열린 창문에서 달빛이 들이쳤다. 잠자는 남편을 보는데 절대로 30년이 지난 것 같지 않았다. 시간이 정말로 정지된 듯했다. 조용히 달그림자 속에 앉아 눈을 꼭 감고 자는 이 남자를 바라보니 시간이 흘러가지 않는 것처럼 느껴졌다. 그리고 영감이 일으킨 악독하고 포악한 수많은 짓거리를 깨끗이 잊게 될 것만 같았다.

큰 마님은 밤새도록 자지 않고 닭이 울 때까지 앉아 있다가 부엌으로 내려가 영주를 위해 죽을 한 냄비 끓이라고 했다. 하지만 방으로 돌아오자 영주는 가버리고 없었다. 그날은 국경을 넘어온 거래상에게 큰 아편 한 냥을 넘겨주는 날이었다.

큰 마님은 침상 옆에 가만히 서 있었다. 영주가 잤던 요 위에는 그가 누웠던 자국이 깊이 파인 채로 그대로 남아 있었다. 어두운 방 안에 영주의 체취가 풍겼다. 큰 마님은 피곤해서 몸이 녹아내리는 것 같았다. 어젯밤이 무슨 밤이었지? 그녀는 수년 동안 남편을 기다려왔고, 그를 생각하며 몇 번이나 숨 쉬는 것마저 멈추었는지 모른다. 그러나 결국 그는 이 정도였다. 영주는 부축을 받아 방에 들어와서 취하고 즐기며 꽃같이 예쁘고 밤꾀꼬리처럼 노래 잘하는 한 아가씨를 맞이하는 날을 꿈꾸며 잠들었을 것이다. 그렇지 않았을까? 큰 마님은 단지 영주의 그런 기쁨을 나눠 갖는 노릇만 할 뿐이었다. 큰 마님이 없으면 영주는 누구와 기쁨을 나눠야 할지를 모르는 사람이었다.

큰 마님은 어젯밤에 남편이 누웠던 자리에 다시 누워, 날밤을 새우느라 못 잔 잠을 보충하기 위해 눈을 감았다. 그녀는 깊은 잠을 자야 한다. 아직 방을 수리 못 한 것도, 의복 바느질하는 것도 팽개치고, 은 세공장이 대기실에서 기다리는 것도, 목수들이 나무를 지고 뒷마당에 쌓아놓는 것도 제쳐두고. 만약 그런 일을 모두 잊을 수 있다면 큰 마님은 더욱 깊은 잠에 빠져들 것이다. 푹 자고 나면 마치 산속에 내리는 한줄기 비가 숲을 깨끗하게 청소해주듯 머리가 상쾌해질 것이다. 머리가 상쾌해야 비로소 해야 할 일을 생각할 수 있다.

누렁이가 주둥이로 문짝을 당겨 닫고 집 안의 쪽 길7 바깥쪽에 누웠다. 부인의 방문은 닫혀 있었고 누구도 감히 문을 두드리러 가지 못했다.

---

7 건물을 둘러싸고 있는 복도 공간.

12. 나는 너를 좋아하지만 너와 결혼할 수 없고
       너는 나를 좋아하지만
       나와 결혼할 수 없으니…

숭빠씬네 집으로 중신아비가 왔다. 예물 보따리를 짊어지고 온 사람들의 긴 행렬이 끝없이 뒤따랐다. 돼지, 염소, 소, 말이 우는 소리가 났다. 노란 옥수수에서는 윤기가 흘렀다. 술 냄새가 마당과 후원 곳곳으로 퍼져 나갔다.

숭빠씬은 자포자기한 채 어머니와 방에 앉아 있었다. 밖에서는 중신아비가 중요한 이야기를 하는 중이었다.

"오늘 우리가 온 것은 영주님의 화전에 파종할 씨앗을 귀댁에서 조금 구해 가고자 함이네. 이 일은 어느 쪽이든 해야만 하는 일이고, 빠르면 빠를수록 좋은걸세."

숭쭝루 영감은 조용히 앉아서 물만 벌컥벌컥 마셨다. 동의할 것인가 거절할 것인가? 동의하면 빨리 가서 딸을 조상님께 인사시키고 보내면 된다. 거절한다면 부모와 딸 모두 한 번에 간다. 전송해줄 사람이 아무도 없게 될 것이다. 그는 오랜 친구 영감을 생각하고, 예전부터 한 일가처럼 살아온 두 집안의 두 자식을 생각하자 마음이 쓰려 말 한마디도 하고 싶지 않왔다.

침묵하던 영감이 조심스레 말을 꺼냈다.

"영주님이 원하시면 감히 사양할 사람은 없습니다. 우리 집도 역시나…."

중신아비의 눈이 밝아졌다. 아무렴, 마땅히 그래야 하고말고. 그러나 영감은 아직 말을 다 끝낸 것이 아니었다.

"그러나 씨앗이 조금뿐이 없습니다. 실수로 땅 한 뙈기에 씨앗을 뿌리기로 약속해놓았는데 물리기가 아주 어렵습니다."

중신아비가 화나서 영감을 노려보았다. 아이고, 저런. 그따위 말을 뇌까리다니.

"최근에 약속한 것이고 파종한 것은 아닙니다. 아직 집에서 벗어나지는 않았습니다. 곧 다 끝날 겁니다."

"곧 끝날 것이라면 중단해야만 할 걸세. 대문을 닫게. 영주님에게만 대문을 열어드리고."

"그렇게 하기는 어렵습니다."

"어려워도 해야만 하네."

중신아비는 말을 마치고 일어섰다. 같이 온 사람들도 따라 일어서면서 의자 몇 개가 우르르 넘어졌다. 중신아비는 마당으로 나가 가져온 예물 더미를 쌓아놓느라 부산을 떨었다.

"이 물건들은 가져가지 않을 걸세. 다음에는 사람을 맞이하시게."

그는 이 말을 마치고는 대문 밖으로 나갔다.

돼지가 계속 소리를 질렀고, 염소와 소와 말이 울었다. 노란 옥수수에서는 윤기가 흘렀다. 술 냄새는 여전히 마당과 후원 곳곳으로 날아들었다.

영감은 넘어진 의자 몇 개를 일으켜 세우며 방금 나간 사람들에게는 눈길도 주지 않았다. 이것은 강도 짓이지 부탁하는 게 아니다. 방 안에서 나온 숭빠씬의 눈은 흠뻑 젖어 있었다.

"아버지, 이제 어떻게 해야 해요?"

영감은 의자에 앉으며 등을 벽에 기댔다. 어쩌랴? 아버지 역시 딸에게 어떤 말을 해야 할지 몰랐다. 영주의 사람들이 바로 목전에서 딸을 빼앗아 갈 것이다. 그들이 그 짓거리를 하고 말 것이다.

숭빠씬은 땅바닥에 털썩 주저앉아 소리 내 엉엉 울었다. 만약 그게 사실이라면 숭빠씬은 죽는 게 나았다. 마당에서는 먹을 따는 듯한 가축 떼의 비명이 그칠 줄 몰랐다. 숭빠씬은 달려 나가 줄에 묶인 가축이 있으면 줄을 잘라주었고, 우리에 갇힌 가축에게는 문을 열어주었다. 마당에서 소, 염소, 말, 닭, 오리가 이리 뛰고 저리 뛰며 난리를 일으켰다. 이를 본 개가 시끄럽게 짖었다. 숭빠씬은 채소밭 울타리로 달려가 말뚝을 하나 뽑아 쏜살같이 되돌아와서는 가축을 마구잡이로 때렸다. 가축들은 공포와 고통으로 우리에서 튀어 올라 대문 밖으로 내달렸다. 겁에 질려 대가리를 자두나무 뿌리에 박은 놈도 있었다. 숭빠씬은 미친 듯이 날뛰며 울부짖었다.

"누가 네놈들을 이리로 보냈어? 응? 썩 꺼지지 못해!"

숭빠씬이 대문 끝까지 내몬 가축들은 제각각 다른 방향으로 내달리다가 몽땅 이웃집 채심밭으로 향했다. 가축 떼가 모두 달아나자 숭빠씬은 땅바닥에 주저앉아 얼굴을 무릎 사이에 박고 흐느꼈다.

가축 떼를 쫓아낸다고 청혼 문제가 해결되는 것은 아니었다. 어찌해야 영주의 예물을 되돌려줄 수 있을까? 안 받는다고 될 일도 아니었고 예물을 가져온 사람들은 이미 자신들 집으로 돌아간 뒤였다.

숭빠씬의 부모는 가축들 고삐와 가금류 우리 사이에 망연자실하게 서 있었고, 닭털과 오리털이 마당에 잔뜩 날렸다. 두 사람은 땅바닥에 주저앉아 울고 있는 딸아이를 바라보았다. 부모의 눈에서도 눈물이 줄줄 흘러내렸다.

전날 영주가 올라오라고 불렀을 때 숭쭝루 영감은 딸을 타오 씨네 집에 시집보내기로 했다고 말했다. 그러나 영주는 귀먹은 체했고 내내 하하 웃기만 했다. 그는 말하고 또 말하더니 마지막으로 이 말을 덧붙였다.

"그 일은 어제 일이로다. 지난 일이다. 오늘은 잊어야 하느니라."

사람의 인생이 걸린 일인데 영주는 잊어버리라고 했다. 그러고는 말을 이었다.

"드엉트엉 하늘에 나는 새는 모두 이 숭쭈어다의 것이니 영감이 어떻게 해보고 싶으면 해보시게!"

이제 어떻게 해야만 하나. 숭쭝루 영감은 부인을 보고, 부인은 영감을 쳐다보았다. 불쌍한 딸아이가 죽을 듯 힘들어한다. 부모로서 딸아이가 저토록 마음 아파하는 것을 보고만 있어야 하다니, 조상에 대한 죄가 크구나. 영감이 돌아서서 부인에게 말했다.

"임자가 아이를 들어오라고 해."

영감은 이 말을 마치고서 우산을 들었다.

"영감, 어디 가요?"

부인이 걱정과 두려움을 숨기지 않고 다급히 물었다.

"사돈집에 가보려고."

두 집안은 오랫동안 서로를 진짜 사돈으로 여기며 살아왔다. 언제든 결혼만 하면 되었기에 양쪽 부모는 두 자녀를 며느리와 사위로 여겼다.

"그분들에게 뭐라고 말하려고요?"

영감은 몇 걸음 가다가 우산을 어깨에 멘 채로 발을 멈췄다. 허… 참, 내가 뭐라고 말해야 한담? 딸을 시집 못 보내겠다고 하고, 영주에게 시집보내야겠다고 해야지, 안 그래? 그렇게 말하면 어떠려나?

어쨌든 가야 한다. 이 일을 오랜 친구에게 말해야만 한다. 그가 알든 모르든, 어떻게 받아들이든 할 수 없었다. 영감은 그렇게 생각했고, 그렇게 할 것이었다. 그는 서둘러 대문으로 향했고 부인은 무거운 발걸음으로 따라 나갔다. 주저앉은 딸아이 옆에 영감이 잠시 멈추더니 한마디 하고는 가던 길을 재촉했다.

"울고 싶으면 집에 들어가 울거라. 여기 앉아 있지 말고."

딸을 영주에게 시집보내는 것은 딸을 잃어버리는 것이고, 손자를 바라지 말아야 한다는 것은 누구나 다 아는 사실이었다. 재수가 좋으면 딸아이는 2~3년에 한 번씩은 집에 올 수 있을 것이다. 온다면 닭이 잠자리로 올라가는 저녁때 와서 닭이 막 울기 시작하는 다음 날 아침에 돌아갈 것이다. 집에 와서 어머니를 한번 안고, 채소 밥 한 사발 황급히 먹고, 갈 때까지 이야기 나누느라고 잠도 못 잘 것이다. 그러니 무슨 말이나 제대로 할 수 있겠는가? 부모의 걱정을 덜어주려고 욕먹은 일, 매 맞은 일, 벌받은 일은 반마디도 하지 않고 기쁜 일만 말하지 않겠는가? 그러나 기쁜 일이 거의 없었으니 이야기를 꾸며내야 한다. 돌아갈 때까지 이야기를 지어내야 한다. 이렇다 보니 영주의 첩들은 집을 나서서 세 발걸음만 가면 눈물이 어찌나 쏟아지는지 닦을 겨를이 없을 정도였다. 관아로 되돌아와 대문에 다다르면 눈이 퉁퉁 붓고 두 소맷자락은 흠뻑 젖기 일쑤였다.

그런 것은 첩살이 축에도 못 끼었다. 관아에 사는 모든 첩은 큰 마님을 제외하면 염소나 말보다 조금도 나을 게 없었다. 둘째 부인, 셋째 부인, 다섯째 부인, 여섯째 부인, 일곱째 부인…, 모두가 사람 키보다 두 배나 높은 돌담 안에서만 왔다 갔다 했다. 항상 큰 마님의 마음에 들게 열심히 일하고, 큰 마님이 착하다고 생각하면 그제야 겨우 집에 가볼 수 있었다. 그렇지 않으면 돈만 보내야 했다. 이는 정말 큰돈이었지만 그 돈을 쓰고 싶어 하는 부모는 아무도 없었다. 잘 생각해보면 그 돈은 모두 딸자식의 눈물과 피와 맞바꾼 것이었다. 부모로서 쓸 만한 돈이 아니었다. 돈을 쓴다면 죄악에 자신을 파는 것과 진배없었다.

가면서 이 생각 저 생각을 하다 보니 숭쭝루 영감은 어느 틈에 타오짜방 집 대문 앞에 이르렀다. 매번 발소리가 몇 번 나면 개 짖는 소리가 들리고 그러고 나서 사돈이나 사부인이 황급히 나와 문을 열어주곤 했는데 이날은 개가 어디로 갔는지 짖는 소리도 들리지 않았고 모두가 집을 비운 듯 조용했다. 두 대문짝까지 굳게 닫혀 있었다.

이쯤 되자 숭쭝루 영감은 갑자기 다시 돌아가고 싶어졌다. 많은 이야기를 친구와 나누고 싶었지만 입을 열면 한마디라도 할 수 있을지 자신이 없었다. 친구는 이 숭쭝루가 재물에 눈이 어두워 딸을 며느리로 보내겠다는 약속을 어기고, 부잣집에 시집보내기로 했다고 생각하지는 않을까? 만약 친구가 그리 여긴다면 어찌 말을 해야 할지 모르겠다.

일단 집으로 돌아가 깊이 생각하고 나서 다른 날 다시 와야 할 것 같았다. 그때 사돈 타오짜진 영감과 사부인이 나왔다. 사부인이 말했다.

"왜 집으로 안 들어오고 여기 서 계세요?"

타오짜진 영감은 애꿎은 개를 꾸짖었다.

"날마다 크게 짖더니 오늘은 밥 처먹느라 짖는 것도 잊었느냐?"

숭쭝루 영감은 계면쩍은 듯 웃었다.

"두 분… 지금… 어디 가시려고요?"

타오짜진 영감이 손을 저으며 말했다.

"가기는 어디를 가. 귀한 친구가 왔는데 집에 있어야지. 어서 들어오게!"

타오짜진 영감이 앞서가고 숭쭝루 영감이 뒤따르고 사부인은 대문을 닫고 나서 맨 뒤에 섰다. 개가 집의 쪽 길에 누워 큰 뼈다귀 한 토막을 물어뜯고 있었다. 숭쭝루 영감을 본 녀석은 으르렁거리면서도 뼈다귀를 놓지 않았다.

타오짜진 영감 집에는 아들만 둘이 있었는데 둘은 무슨

일이든지 철저히 제 몫을 잘 해냈다. 숭쭝루 영감 집은 지붕 기와 하나가 깨져도 며칠에 걸쳐서 겨우 갈아 끼웠는데, 그건 숭쭝루 영감 혼자만이 할 수 있기 때문이었다.

숭쭝루 영감이 의자에 앉았다. 오랜 친구 부부는 이리 뛰고 저리 뛰면서 물을 가져다주고 방금 쪄서 김이 모락모락 나는 따끈한 빵을 먹으라고 권했다. 숭쭝루 영감은 어떻게 말을 꺼내야 할지 고민 중이었다. 정말로 어렵고도 어려운 문제였다.

"두 아들은 어디 갔나?"

주변을 두리번거리면서 숭쭝루 영감이 물었다.

사부인이 바깥의 강을 가리키며 말했다.

"방금 새로 그물을 쳤어요. 둘째가 첫째를 데리고 가더라고요. 이런 추운 날씨엔 고기가 다 잠잔다는데도 뭐라도 잡히지 않으려나 하고 나간 거지요."

타오짜진 영감이 말했다.

"오늘은 술이나 한잔합세. 닭 몇 마리가 살이 제법 올랐거든. 실컷 마시고 내일 가게. 우리 둘이 술을 마신 지도 오래됐으니."

숭쭝루 영감은 고개를 저었다.

"아이고, 안 돼. 다른 날로 잡읍시다. 오늘은 여기 머무를 수가 없네."

숭쭝루 영감의 얼굴을 보고 타오짜진 영감과 사부인은 무슨 일이 있을 것이라고 짐작했다. 그는 집에 들어올 때부터 애써 웃으려 했으나 웃지 못했다. 손에 든 베레모를 찢을 듯 두 손을 꼬기도 했다.

평소와 다른 친구의 모습에 타오짜진 영감이 의아해하며 물었다.

"뭔 일이라도 있나?"

숭쭝루 영감은 고개를 끄덕끄덕하다가 절레절레 흔들다가 다시 끄덕였다.

타오짜진 영감이 부인에게 말했다.

"임자는 두 애가 곧 돌아올지 어디 한번 나가보구려."

그렇게 말한 것은 부인을 밖으로 내보내고 두 영감끼리 편하게 이야기를 나누려는 것이었다. 부인이 나가자 타오짜진 영감은 의자를 끌어당겨 친구에게 가까이 가서 앉으며 잔에 술을 따라주었다. 하지만 숭쭝루 영감은 술을 넘길 수 없었다.

"말하기 거북한 일이라도 있는가? 어서 말 좀 해보게, 내 들어볼 테니."

숭쭝루 영감은 침을 꿀꺽 삼켰다. 침만 삼키자니 목이 다 아팠다. 마치 옥수숫대가 속에서 꽉 막혀 넘어가지 않는 것 같았다.

"이보게, 친구."

숭쭝루 영감은 친구를 보며 말 꺼내기를 몹시 어려워했다.

"이번에 내가 친구에게 실례를 해야만 하겠네. 큰일을 망쳤어. 나 역시 애썼지만 뜻대로 되지 않네. 방법을 생각해봐도 달리 생각나지 않고. 아이고, 이를 어쩔까나…."

숭쭝루 영감은 한숨을 내쉬었다. 타오짜진 영감은 침묵하며 친구가 무슨 얘기를 하려는지 애써 기다려보았다.

"우리 두 자식의 일이네. 곧 집수리가 끝나면 두 애를 결혼시키고, 돈이 없으면 조촐하게 결혼식을 하면 되는데. 아이들이 서로 약속한 시간을 낭비하지 않도록 말이야. 그 아이들이 우리 두 집안에 손자를 둘, 셋, 넷 낳도록 하고."

거기까지 말하고 숭쭝루 영감은 다시 한숨을 내쉬었다. 엄청난 중압감이 그의 가슴을 짓눌러 한숨을 계속 쉬어야만 겨우 숨통이 트였다. 그러나 그때뿐이었고 다시 가슴이 옥죄여왔다.

"이 일은… 분명 내 자식이, 사위가 아직 말하지 않은 게 맞지? 사위는 진작 알고 있네. 사실 영주가…, 영주가 우리 숭빠씬을 보았어. 둘이 함께 밭에서 일할 때 보았다고 해. 아이고, 이 친구야, 그놈이 내 딸 얼굴이 마음에 든다고 했어. 그놈이 내 딸을 잡아다가 첩으로 삼고 싶어 한다고. 정말이야. 그놈이 그걸 바란다고…."

숭쭝루 영감이 급히 얘기한 마지막 몇 마디는 만약 서둘지 않으면 아이가 도망이라도 갈 듯 걱정하는 것 같았다. 그렇게 결국 모든 말을 전했다.

"이제 자네가 하자는 대로 하겠네. 다 책임지리다."

타오짜진 영감은 바위처럼 침묵하며 앉아 있었다.

두 아이가 사랑할 때부터 영감은 언제나 아이들을 달콤한 꿀 냄새를 피우는 꽃송이처럼 여겼고 기뻐하면서도 걱정스러웠다. 그러나 이런 문제까지는 생각하지 못했다. 두 집안은 모두 가난할 대로 가난했다. 물을 길어오는 수고를 조금이라도 덜려고 가능한 한 낮은 곳으로 내려가 살고 싶었지만 아직 집 지을 땅조차 사지 못한 처지였다. 높은 곳에 살면 오르내리기가 불편하고, 반나절을 가도 사람 목소리 하나 들을 수가 없고, 나쁘든 좋든 잘살든 못살든 자식에게 관심 갖는 사람을 만나기가 쉽지 않았다. 차라리 그렇게 생각하면 마음이 좀 놓였다. 시간을 더 두고 돈을 좀 벌어서 친구도 돕고, 숭빠씬을 며느리로 맞이하면 되었다. 결혼식을 마친 뒤 며칠 지나 신랑 신부를 모두 친구 집에서 살게 할 작정이었다. 자신에게는 아들이 둘이고, 친구 집에는 아들이 없으니 어려울 것도 없었다.

그러나 계산대로 안 되는 날이 오리라고 누가 상상이나 했겠는가? 이제 어찌해야 하지? 타오짜진 영감은 술잔을 탁자 위에 내려놓았다.

"요 며칠간 아들 타오짜방이 밥을 통 안 먹고 하루 종일 밖에서 대장간 일만 했어. 물어도 도무지 대답도 안 하고. 큰일 났군."

숭쭝루 영감은 친구를 바라보았다. 말하고 나면 가슴속 화가 좀 풀리겠지 했더니만 조금도 가시지 않았다.

"이보게, 친구. 나한테 화났는가?"

타오짜진 영감은 손사래를 쳤다.

"무슨 말을 그렇게 해? 화는 무슨 화가 나."

"그런데… 내 딸을 어찌해야 할지 모르겠어."

타오짜진 영감은 깜짝 놀라 말했다.

"아이고, 이 사람아! 그것은 자네 잘못이 아니잖는가. 어미 닭이 매가 낚아채 가도록 미처 병아리를 못 지킨 게 아니고. 작은 닭도 그럴진데 다 큰 딸 이야기를 뭐 하러 해."

숭쭝루 영감이 오히려 놀라서 물었다.

"정말로 책임을 묻지 않겠다는 건가?"

"암, 정말이지. 오랫동안 친구로 살아왔으면서 서로 이해 못 하고 책망하면 안 되지."

숭쭝루 영감은 여전히 베레모를 만지작거리며 말을 꺼냈다.

"그래도… 난 아직 내가 잘못한 것 같아."

타오짜진 영감은 손을 내저었다.

"이제 그런 말은 해봤자 아무 소용이 없네. 어떤 방법이 있는지나 궁리해보자고."

두 늙은이가 나무 탁자 양쪽에 앉아 골똘히 생각에 잠겼다. 탁자 표면에는 두 아들 녀석이 어렸을 때 칼 장난하다가 움푹 패놓은 자국이 나 있었다. 이 탁자는 바로 두 영감이 산에 올라 나무를 베어다가 침상, 문틀, 문짝과 함께 만든 것이었다. 그때는 타오짜진 영감 내외가 곧 따로 살림을 나려고 할 즈음이었고, 두 아들 녀석은 아직 부인 배 속에 있을 때였다.

타오짜진 영감은 손으로 머리를 긁으며 한동안 꾸물거리다가 입을 열었다.

"우리가 걔들을 도망치게 하면 어떨까?"

"도망치는 거야 크게 어렵지 않지. 하지만 도망가지 않는 사람은 어쩌려고?"

숭쭝루 영감이 말을 마쳤을 때 타오짜방이 집으로 돌아와 끼어들었다.

"두 아버님께서는 그만 생각하세요. 저도 나름 방법이 있어요."

두 영감은 놀란 눈으로 타오짜방을 쳐다보았다. 그는 마당에서 물에 흠뻑 젖은 그물을 턴 뒤 안으로 들어와 자기가 마실 물을 따르고는 말을 이었다.

"도망가는 건 안 됩니다. 우리 둘이 도망가면 집에 남겨진 부모님 네 분과 타오짜뽀를 과연 영주가 가만둘까요? 그놈이 식구들을 몽땅 돌기둥에 매달 거예요. 제가 생각해둔 게 있으니 두 아버님은 이 일에 대해 고민하지 마세요."

타오짜진 영감은 아들을 찬찬히 바라보고 있다가 아들이 물을 다 마시자 더 자세한 이야기를 물었다.

"말을 해보거라, 들어보게."

타오짜방은 물 잔을 내려놓고 말했다.

"말씀드릴 수 없어요. 이 일은 젊은 사람만 할 수 있다고요. 두 아버님께서는 염려 마시고 술이나 실컷 드시고 편히 주무시면 돼요."

말을 마친 타오짜방은 다시 마당으로 나갔다.

눈길로 아들을 좇던 타오짜진 영감은 가래 끓는 소리를 내며 숨을 내쉬었다. 아들의 말에 그는 조금 안심이 되었다. 어릴 적부터 아들은 스스로 알아서 여러 가지 일을 잘 해냈다. 겁 없이 하고자 하는 일은 우선 행동으로 옮기고, 해놓고 나서야 비로소 말하곤 했다. 아들 타오짜방이 있어서 비바람이 불어도 넘어질 걱정 없는 큰 기둥이 집에 하나 더 있는 듯했다.

타오짜진 영감은 친구를 건너다보았다. 송쭝루 영감은 걱정스러운 기색이 조금도 가시지 않은 얼굴이었다. 타오짜진 영감은 송쭝루 영감이 구겨서 탁자에 놓아두었던 모자를 집더니 말했다.

"여기서 술도 안 마시고 밥도 안 먹으려면 돌아가게. 곧 어두워질 테니."

숭쭝루 영감은 친구가 건네는 모자를 받아들고는 탁자를 붙잡고 일어서 갈 채비를 했다.

타오짜방이 그렇게 말했으니 그리 알고 있을 뿐이었다. 그가 뭘 하려는지, 모든 일이 바뀔 수 있을지 예단할 수는 없었다. 못 믿겠다는 것도 경우가 아니고, 믿겠다고 말하는 것도 역시 경우가 아니었다. 그러니 우선 집으로 돌아가야 했다.

사부인은 벌써 수탉 한 마리를 잡아서 휴대용 닭장에 넣고 마당에서 그를 기다리고 있었다.

"이거 들고 가세요."

숭쭝루 영감은 한사코 손사래를 쳤다.

"내 절대로 안 가져가겠소. 올 때마다 가져갈 걸 주니…."

사부인은 닭들을 가리키며 말했다.

"많아요. 수십 마리나 있잖아요. 정말로 우리 집에서는 다 못 먹어요. 가져가세요."

사부인은 수탉이 든 닭장을 숭쭝루 영감 손에 쥐여주었다.

영감은 돌아오는 내내 손에 든 닭장이 무겁게 느껴졌다. 여태껏 받았던 것들을 돌려주어야 할 텐데 그럴 만한 게 남아 있는지 알 수 없었다.

숭쭝루 영감이 돌아가자마자 타오짜진 영감은 아들을 불렀다.

"네가 무슨 방법을 생각하는지 말해보거라. 좀 들어보자."

하지만 타오짜방은 앉지 않고 손을 저었다.

"말씀드려도 아버지는 도와주실 수가 없어요. 제게 그냥 맡기시는 것과 별반 다르지 않을 겁니다."

영감은 여전히 불안감을 감추지 못했다.

"너 뭔 일을 저지르려고 하는 거냐?"

타오짜방은 입맛을 다시더니 말했다.

"아이고, 걱정하시지 말라고 말씀드렸잖아요. 일을 저지르든 말든 제대로 끝내면 되는 것을요…."

타오짜방은 칼을 뽑아 담벽 쪽으로 가서 틈 사이에 밀어 넣으며 말했다.

"저 잠깐 나갔다 올게요."

아들은 곧바로 나갔고 영감은 망연자실해 앉아 있었다. 그 녀석이 뭘 하려는지 알고 싶지만 말을 안 하니 참을 수밖에 없었다. 수년 동안 아이를 키워왔으나 녀석의 성격은 갈수록 자신과 달라졌고 좋아해야 할지 걱정해야 할지를 몰랐다. 그때 부인이 들어오다가 마침 타오짜방이 칼을 들고 문밖으로 나가는 모습으로 보고 물었다.

"애야, 너 칼을 들고 어디를 가는 게야?"

"뭐라고?"

영감은 생각에 잠겼다가 부인 이야기를 듣고는 깜짝 놀랐다. 부인이 영감에게 다시 말했다.

"걔가 칼을 가지고 어딘가를 가던데요…."

영감은 당황스러워 우물쭈물했다.

"걔가…, 걔가 칼을 가지고 갔다고? 아이고, 방금 분명 칼을 담벽에 밀어 넣었었는데. 여기 앉아 있었지만 걔가 그걸 가지고 갔는지도 몰랐네."

걱정에 빠진 영감이 벌떡 일어나며 물었다.

"걔가 뭘 하려고 한대?"

이 말을 마친 영감이 문밖으로 뛰어나가다가 아들 타오짜뽀와 부딪혔다.

"아버지, 어디를 뛰어가시는 거예요?"

영감은 대문을 손으로 가리켰다.

"네 형이 칼을 가지고 어디론가 나갔단다. 내가 따라가야겠다. 걔를 놓치면…."

타오짜뽀는 피식피식 웃으며 말했다.

"형은 저기 바깥에서 부러진 나뭇가지를 치우고 있어요. 어젯밤에 바람이 세게 불어 나무가 부러지는 바람에 길이 다 막혔거든요."

"그래?"

영감은 안도의 숨을 쉬며 밖을 내다보았다.

"정말 저기 오고 있구나."

영감은 속으로 자신이 지금 무슨 생각을 했는지 자문했다. 사실 영감은 아들이 칼을 메고 가서 마음먹은 일을 저지를까 걱정되었다. 영감은 아들이 자신이 상상하는 것과 같은 생각을 했을까 봐 뒤쫓아 나간 것이었다. 그는 아들이 신붓감을 뺏기지 않으려고 영주를 죽이려 한다고 짐작했다.

영감은 이마를 몇 번 긁적였다. 내 자식이라도 어떻게 한다는 것이 간단치가 않았다. 영주를 죽이려면 칼 차고 그 집으로 뛰어들어 목을 베면 되는 걸까. 그것은 혼자서 한 멍청한 생각일 뿐이다. 그는 그렇게 여기며 바로 집으로 들어왔다.

날이 어두워졌다. 잠시 후 타오짜방이 깨끗하게 다듬은 길쭉한 나무토막을 집으로 끌고 왔다. 그리고 마당에 나무토막을 던져놓은 다음 손발을 씻고 방으로 들어갔다. 하지만 나무토막은 아버지의 눈을 속이기 위한 것이었다. 타오짜방은 화살통을 신경 써서 준비한 뒤 새 염소 외양간 뒤편 저수지의 물속에 담가놓았다. 통에 든 화살들은 물에 적셨다가 바짝 말려서 독을 세 번 발라야 비로소 쓸 만한 물건이 되었다.

여태껏 타오짜방은 그 다섯 개의 화살을 사용한 적이 없다. 아니 쓸 필요가 없었다. 그러나 이제 쓰려고 한다.

13. 산은 오빠와 저를
   오랫동안 갈라놓을 수 없으나
   땅은 오빠와 저를 수년간
   갈라놓을 수 있다니…

숭쭝루 영감이 귀가하자 날이 어둑어둑해졌다. 영감은 가지고 온 수탉이 든 닭장을 문 앞에 있는 쪽 길에 내려놓았다.

"네 아버지가 돌아오셨나?"

딸과 함께 부엌에서 밥을 짓던 그의 부인은 뭔가 부딪치는 소리를 듣고 마당으로 나가보았다. 부인은 닭장 안에 든 닭을 보며 물었다.

"웬 닭을 가져왔어요?"

영감은 우산을 기둥에 걸고 피곤하다는 듯 말했다.

"사부인이 잡아줘서 가져온 거요. 안 가져오려고 했는데 그게 안 되더라고."

숭빠씬은 집에 돌아온 아버지를 보고 갑자기 소리쳤다.

"딸내미가 곧 잡혀갈 판국인데 사돈이 대체 어디 있담."

영감 내외는 서로를 쳐다보며 한숨을 내쉬었다. 딸을 야단치지는 않았다. 그들은 날마다 딸아이가 그런 말투로 넋두리하는 것을 잠들기 전까지 귀가 따갑도록 들었다. 이제는 딸내미가 무슨 말을 하든 무슨 짓을 하든 죄다 참아주었다. 더 이상 야단치고 싶지가 않았다. 며칠 뒤 딸아이가 붙잡혀 가고 나면 그때는 듣고 싶어도 못 들을 테니.

부인은 골치 아픈 것을 떨치려는 듯 큰 소리로 말했다.

"밥 먹어요. 다 식었어요."

그 말에 숭빠씬은 벌떡 일어나 방으로 들어가면서 말했다.

"난 안 먹을래요."

"안 먹으면 죽어. 어서 앉으렴."

숭빠씬은 여전히 투덜거렸다.

"죽기는 왜 죽어요."

부인이 참지 못하고 소리를 꽥 질렀다.

"너 그따위로 말하는데, 부모가 귀머거리인 줄 아니? 그런 소릴 들으면 귀머거리나 화도 안 내고 죽지 않지. 널 낳고 10여 년을 키웠는데 이제 와서 네가 죽고 싶다고 죽으면 다냐? 됐다! 죽으려면 죽어라! 딸내미 죽어서 울지 않게 내가 너보다 먼저 갈란다."

부인은 말을 마치고 두리번거리다가 벽에 걸린 소고삐를 들고 문밖으로 황급히 나갔다. 그녀의 걸음이 어찌나 빠른지 숭쭝루 영감은 멍하니 서서 입만 하 벌릴 뿐 말 한마디조차 하지 못했다. 어머니의 그런 모습에 숭빠씬은 울음을 터뜨리며 따라 나갔다.

두 모녀가 마당에서 승강이를 벌이며 내는 울음소리가 시끄러웠다. 집에 불이 난 것처럼 혼란스러운 상황에서 대문을 두드리는 소리가 났다. 횃불 빛이 두 대문짝 위에서 깜박거렸다. 두 모녀는 말다툼을 멈추고 땀과 눈물을 닦았다. 숭쭝루 영감이 뛰어나가며 으르렁거리는 개에게 소리를 질렀다.

큰 마님이었다. 바로 영주댁의 큰 마님이었다. 대체 무슨 일로 큰 마님이 이 늦은 시간에 찾아왔을까? 숭씨네 세 식구는 영문을 알 수 없었다. 숭쭝루 영감이 어쩔 줄을 몰라 하는데 큰 마님이 사뿐사뿐 걸어오면서 목소리를 높였다.

"손님 들어가시는데 뭣들 하는 거냐?"

"어서… 어서 오세요, 큰 마님."

숭빠씬은 큰 마님을 보고 인사도 안 하고 홱 돌아서서 방으로 들어가 문을 쾅 닫았다.

아침에는 중신아비가, 저녁에는 큰 마님이 왔다. 영주댁에서는 사람들에게 살아나갈 어떤 길도 주고 싶지 않았던 것이다. 이 큰 마님은 조용조용하고 평화롭게 자신의 역할을 감당하는 사람이었다. 대체 본부인이 남편을 위해 첩을 구하러 다니는 집이 어디 있을까? 질투심도 없단 말인가? 참고 견디기가 어렵지 않나? 아, 분명 영주가 억지로라도 가보라고 했을 것이다. 누구든 영주가 가라고 하면 가기 싫어도, 발이 부러지더라도 가야만 했다.

숭빠씬은 관아로 가서 첩이 되는 모습을 상상하기도 싫었다. 비록 돈이 아무리 많아져도, 좋은 옷을 입고 맛있는 음식을 먹고 아무 일도 안 하고 부모에게 보낼 돈이 생기더라도 결코 그렇게 되는 건 떠올리고 싶지 않았다. 아예 생각조차 하지 않는 것이 가장 좋았다. 그러나 정말로 생각을 해야 한다면 첫 번째는 응온나무 잎사귀 독을 영주의 국그릇에 넣는 것이었다. 비록 영주가 죽고 나면 자신도 붙잡혀 죽겠지만, 그것이 그 늙은이와 함께 살면서 날이면 날마다 고통을 당하고 깨물리는 것보다 나았다. 이런 것들은 모두 귀로 들은 것뿐이라서 맞는지 틀리는지는 알 수가 없었지만.

밖에서 큰 마님과 부모가 이야기 중이었으나 숭빠씬이 아무리 귀를 쫑긋해도 아무것도 들리지 않았다. 무슨 일일까? 은전을 좀 더 준다는 걸까? 아니면 소, 말, 염소를 더 주겠다는 걸까? 알고 싶으면 조용조용 대문으로 나가면 되잖아? 그러나 절대 안 나가리라.

숭빠씬은 애간장을 태우며 문짝을 살짝 열어 한쪽 귀를 갖다 대고 한쪽 눈으로 밖을 내다보았지만, 큰 마님의 등 말고는 아무것도 보이지 않았으며 아무 소리도 들을 수 없었다.

큰 마님이 말을 마치자 숭빠씬의 부모는 얼굴을 쭉 내밀고 멍하니 앉아 있었다. 마치 큰 마님이 방금 말한 것을 아직 이해 못 했다는 듯이. 큰 마님은 물 잔을 들어 한 모금 마시고는 일어섰다. 그녀는 같이 온 하인을 불러 돌아갈 터이니 횃불에 불을 붙이라고 명했다. 바로 영주의 말을 모는 아이였다. 그 하인은 마님을 지키느라 내내 문밖에 서 있었다.

큰 마님이 돌아가자 부인이 딸 숭빠씬을 불렀다.

"그 여자가 돌아갔다. 나와보거라."

어머니가 부르지 않았어도 숭빠씬은 바로 뛰어나왔을 것이었다.

"그 여자가 뭐라고 했어요, 엄마?"

부인은 부엌 옆에서 영감과 딸을 오라고 손짓했다. 영감이 뛰어나가 대문을 닫고 들어오자 부모와 딸, 셋은 부엌에 앉았다. 부부는 큰 마님이 돌아간 다음 아직 정신을 가다듬지 못하고 있었다. 숭빠씬이 부모를 보며 가슴을 졸이며 말했다.

"아버지, 어머니, 말해보세요. 큰 마님이 뭐라고 했어요?"

영감은 부인을 보고, 부인은 영감을 쳐다보더니 영감이 입을 열었다.

"큰 마님이… 너희 둘을 도망가도록 도와주겠다고…."

숭빠씬은 거칠게 숨을 쉬며 아버지의 말을 중간에 끊었다.

"절대 안 돼요. 저는 도망가지 않을 거예요. 도망가면 영주가 양쪽 집 부모님을 가만히 안 놔둘 거예요."

부인은 얼굴을 찡그리며 딸의 몸을 철썩 때렸다.

"우선 네 아버지 말씀부터 들어보거라."

영감이 말을 이었다.

"그 여자가 여기 돈을 주고 갔다."

말을 마치자 영감은 은전 가방을 열었다. 슝빠씬이 이를 낚아채려 했으나 영감이 재빨리 감추었다.

"그 여자가 너희를 도망치게 도와주겠다고 하더라. 도망가서 물에 빠져 죽은 척을 해야 한단다. 알아들었느냐? 영주가 정말로 너희가 죽었다고 믿게 하려면 이를 증명할 영주댁 사람이 있어야 하는데, 그 일은 큰 마님이 마무리해주실 게다."

슝빠씬은 얼이 빠졌다. 그녀의 아버지는 흥분한 목소리로 말했다.

"너희들이 죽었다는데 영주가 뭘 어쩌겠니. 너희들을 죽게 했다고 설마 우리에게 죄를 묻겠느냐?"

슝빠씬이 우물쭈물하며 답했다.

"그러기야 하겠어요?"

부부가 모두 고개를 끄덕였다.

"됐어! 되었어!"

그래도 슝빠씬은 여전히 마음이 개운치 않아 한동안 생각하더니 다시 물었다.

"그런데 큰 마님이 왜 우리를 도와주겠다는 걸까요?"

허허, 사실 이것은 대답하기 참 어려운 질문이었다. 슝쭝루 부부는 너무 기쁜 나머지 거기까지는 미처 생각을 못 했었다. 대체 큰 마님이 왜 우리를 도와주려는 것일까? 혹시 감히 우리가 거역한다면 큰 마님은 위험에 처할 텐데 그분은 돌기둥에 매달리는 것도 두려워하지 않는다는 것인가? 부부는 계속 침묵을 지켰다. 마님이 그렇게 하는 이유가 무엇일까? 부인이 긴 침묵을 깨고 말했다.

"영주가 잡아가고 싶다면 날 잡아가라고 합시다."

영감이 고개를 저었다.

"이런 늙은이를 잡아가기는 뭘. 집에 계집아이 수십이 있고 부인 일고여덟이 있는데 잡아가려 했으면 벌써 잡아갔지. 이제 와서 잡아간다는 건 말도 안 돼."

숭빠씬이 말참견을 했다.

"혹시 큰 마님이 우리를 속이려는 걸까요?"

"뭐라고?"

숭쫑루 부부는 깜짝 놀라 얼굴이 창백해졌다. 정말로 큰 마님이 자신들을 속이려는 것일까? 속여서 무엇을 얻으려고? 만약 자신들이 도망가면 영주에게 잡히고 죽임을 당한다. 그래서 큰 마님이 얻는 것은 도대체 무엇일까? 그 여자는 무엇을 얻고자 함일까?

영감은 큰 마님이 한 말을 곰곰이 곱씹어보았다. 큰 마님은 말을 끄는 아이에게 문밖에서 지키게 했다. 이 일은 아주 교묘히 숨겨야 하고, 마치 아무 일도 없었다는 듯 행해야 했다. 큰 마님이 그렇게 당부했다.

큰 마님은 또한 길잡이에게도 두 사람을 도망치게 할 거라고 했다. 킨족 사람들에게는 순조롭게 일이 풀리는 것이 상책이었다. 손에 은전 가방이 있으니 어디를 가든 문제는 없었다. 큰 마님은 어떻게 해야 영주가 두 사람의 죽음을 믿도록 죽은 체할 수 있는지를 다 생각해두었다.

부인은 입을 다시면서 말했다.

"역시 단 한 가지 방법밖에는 없어요. 도망가지 않으려면 영주댁에 가서 살아야 해요."

영감은 고개를 끄덕였다.

"곰곰이 생각해보아도 큰 마님은 우리 집을 해코지할 일이 없어. 그러니 하자는 대로 합시다."

숭빠씬만이 침묵을 지켰다. 그녀는 이 일을 전적으로 믿지 않았다. 왜인지는 모르겠지만 마음이 편치 않았다. 큰 마님은 그저 큰 마님이다. 영주의 눈을 속일 수 있는 하늘이 내린 사람이 결코 아니었다.

부모가 방으로 들어가자 숭빠씬은 돼지죽을 쑤려고 장작을 더 지폈다. 그녀는 절망했다. 이번 일을 도와줄 사람은 아무도 없었다. 그녀는 스스로 모든 것을 포기해야만 했다. 부모도, 타오짜방도 모두 말이다. 이 점이 누가 칼로 자르는 것처럼 숭빠씬의 마음을 아리게 했다.

숭빠씬은 부모를 누구보다 사랑했다. 그녀가 집을 떠나면 그들은 어떻게 살아갈 것인가? 한 걸음이라도 바깥에 나간다면 발걸음마다 남들 눈초리와 손가락질이 따라올 것이다. 집 안 사정을 이해하는 사람은 애틋하게 여길 것이고, 아무것도 모르거나 심술궂은 사람들은 자식을 둔 두 노인네가 돈에 눈이 어두워 딸을 영주에게 시집보냈다고 입방아를 찧을 것이다.

다른 사람들처럼 딸을 평범한 집에 시집보내면 언젠가 딸이 다시 돌아올 것이다. 딸이 선물을 가져오고 아이를 낳아 손자와 손녀들과 함께 올 것이다. 손자와 손녀들은 조잘거리며 팔짝팔짝 뛰놀고, 닭들을 귀찮게 하고 염소를 짜증 나게 할 것이다. 그래서 염소와 닭들이 귀를 시끄럽게 할 것이다. 하지만 영주에게 딸을 시집보내면 딸을 잃는 것이나 진배없었다. 손자나 손녀들을 볼 생각은 하지 말아야 한다. 낳을 수 있게나 해주어야 손자나 손녀들을 얻을 게 아닌가?

숭빠씬은 타오짜방을 생각했다. 몇 번이나 부모한테 결혼시켜달라고 하자는 이야기를 나눌 때마다 그녀는 천천히 하자고 말하곤 했다. 그런데 이제는 그랬던 게 후회스러웠다. 숭빠씬은 재미 삼아 즐겁게 농담하고 아침에 좀 늦게 일어나도 되는 미혼으로 좀 더 남고 싶었다. 설거지하기가 싫어서 꾸물거리면 언제나 어머니가 그릇을 씻어놓았다. 어디 아프기라도 하면 어머니가 닭을 잡아주었다. 그녀는 어머니로부터 한

두 해 더 보살핌을 받고 싶었다. 어차피 결혼은 할 테고 조금 늦는다고 별일이 생기는 것도 아니었다. 타오짜방 역시 숭빠씬이 하자는 대로 해주었다. 그는 언제나 그랬다. 날이 차가워 손과 얼굴이 모두 새파랗게 되었을 때도 숭빠씬이 강물에 뛰어들자 하면 몸을 던질 게 분명했다. 숭빠씬은 나중에 애를 두셋 낳아 얼굴과 몸이 늙어도 타오짜방은 자기를 지겨워하지 않을 것이라고 생각했다. 타오짜방이 말했다.

"지겹기는! 절대로 그런 일은 없을 거야."

그는 결코 마누라를 지겨워할 사람이 아니었다. 비록 마누라가 늙고 추해져 햇볕에 널어 말린 두부 콩 같아질지라도 싫증 내지 않을 사람이었다. 숭빠씬이 말을 마치면 타오짜방은 언제고 하얀 이를 드러내고 웃었다.

만약 숭빠씬이 영주를 따라가야만 한다면 영주가 잠잘 이불을 깔아주고 베개를 놓아주어야 하는데 타오짜방은 어쩐담? 숭빠씬은 자신의 몸은 뼈다귀요, 고깃덩어리라며 살고 죽는 것은 대수롭지 않게 생각했다. 그녀는 타오짜방이 너무 불쌍했다. 그를 사랑하면 할수록 더욱 가엾게 느껴졌다. 그는 슬픔에 겨워 얼마 지나지 않아 팍삭 늙어버려서 등이 굽고 머리는 백발이 될 것이다. 다리는 힘을 잃고 눈은 침침해질 것이다. 둘이 다투고 화를 낼 수 있는 것도 이제 단 이틀뿐이고, 다시 만나게 될 때면 숭빠씬은 타오짜방을 알아보지 못할 것이다. 그는 볼이 쑥 들어가고 수염은 텁수룩하고 눈은 퀭해질 것이다.

자, 숭빠씬은 간다. 그녀는 관아 어느 한 귀퉁이에서 죽어가며 관아 바깥에 있는 여러 사람을 그리워할 것이다. 숭빠씬은 영주가 자신의 몸을 파고들고 괴롭히고 옷을 찢어 누더기로 만드는 것을 막을 수 없을 것이다. 그녀의 몸은 저절로 솟아난 게 아니다. 부모가 낳아주고 키워준 것이고, 부모의 사랑으로 있게 된 것이다. 영주는 조물주가 아니니 숭빠씬이 살고 싶으면 살아야 한다.

그러나 숭빠씬은 죽을 것이다. 바로 관아에서 죽을 것이다. 돌기둥에 매달릴 필요도 없다. 영주가 시체를 보도록 해주면 그뿐이다. 영주가 시신을 끌어안고 피를 토하고 몸부림치며 괴로워하게 해주어야만 한다.

이제부터 그날까지 숭빠씬은 집을 깨끗하게 정리할 것이다. 그녀는 해야 할 일을 생각했다. 어머니가 좀 쉬고 아버지가 신경 쓰지 않도록 말이다. 부모가 큰 마님을 믿고 싶으면 그대로 믿도록 토를 달지 않았다. 숭빠씬은 부모를 즐겁게 해주고 언젠가 좋은 일이 올 것이라는 희망을 주고 싶었지, 딸을 잃는 근심과 걱정으로 마음을 아프게 하고 싶지 않았다.

숭빠씬은 부모가 방에서 아직도 귓속말을 주고받는 소리를 들었다. 은전 가방에서 나는 딸그락 소리도 들었다. 분명히 부모는 은전을 세며 그 하얀 은으로 딸과 사위가 몇 년을 살 수 있을지를 계산하고 있을 것이다. 숭빠씬은 한숨을 내쉬었다. 눈물이 하염없이 흘러내렸다. 이제 이 밤이 새어 내일이 되면 숭빠씬은 자유롭게 타오짜방과 있을 테니 자신은 금년을 지나 수년을 내내 울면서 살아도 괜찮을 것 같았다.

**14. 내 너에게 작별을 고하나
네가 모를까 걱정이나
네가 나에게 작별을 고하면 난 너를
나무둥치를 휘도는 시냇물처럼 보내주리라…**

아침이 되자 비가 오려는 듯 날이 끄무레했다. 영주는 중신아비로부터 청혼하러 갔다가 돌아온 이야기를 듣고 있었다. 청혼단이 도착하자 숭빠씬의 아버지가 딸을 진작 타오짜진 댁으로 출가시키기로 약조했다는 말을 하더라고 고하니 영주는 한바탕 너털웃음을 터트렸다.

"허허, 옥황상제에게 시집보내려 약조했었노라고 했다면 이 숭쭈어다도 물러서리라."

그 말을 들은 중신아비는 얼굴이 창백해졌다. 누구나 하늘을 경외하는 것이 보통이지만 영주는 예외였다. 그는 자기가 죽으면 하늘나라로 갈 필요가 없노라고 말하곤 했다. 땅에 묻히는 게 아니고 저승의 땅에서 살 거라고 했다. 하늘에 올라가면 구름에 온통 바람뿐이고 너무 춥단다. 숭쭈어다는 말을 마치고는 킥킥 웃어댔다.

중신아비는 영주의 분신이었다. 당연히 그래야 마땅했다. 영주의 분신이 아니라면 어찌 영주를 도와 감히 청혼하러 갈

수 있었을꼬? 중신아비는 의자에 앉아 몸을 뒤척이며 좌불안석이었다. 그 모습을 본 영주가 바로 물었다.

"뭐 말할 게 더 있느냐?"

중신아비가 머리를 끄덕이며 아뢰었다.

"영주님께서는… 타오짜진 집 일을 해결해야 한다고 생각하지 않으시는지요?"

영주는 이마를 찌푸리며 말했다.

"뭣 때문에 해결해야 한다고 여기느냐?"

입으로는 그렇게 물으면서도 속으로는 생각했다. '타오짜방의 아비로서 드엉트엉에 살고 있다면 겨우 귀뚜라미처럼 하찮은 신세이니 내가 겁낼 이유가 없지. 한마디 말했으니 감히 이의를 달겠는가? 이미 숭빠씬은 내 부인이 된 것이고, 신부가 된 것이다.'

중신아비가 말을 이었다.

"후환을 없앨 해결 방안을 말씀드렸을 따름입니다. 비록 후환이 개미집에 불과할지라도 반드시 제거해야 합니다."

영주는 중신아비를 뚫어지게 들여다보았다. 이 늙은이도 재미난 구석이 있구나. 매사를 꼼꼼하게 챙기는구나. 후환을 없애라. 어떤 때는 사실 그렇게 하는 것이 맞다. 내 또래의 노인이지만 타오짜진 씨 집의 자식이 어떤 아이를 좋아했고, 결혼하려고 했었는데 어느 날 갑자기 날치기를 당했다면 그는 화가 치밀어 오를 것이다. 화가 그만그만하다면야 곧 가라앉겠지만 도를 넘으면 사달이 벌어지고 말리라.

영주가 고개를 끄덕였다.

"네 말이 맞다. 해결해야 할 일이구나."

중신아비는 꾸물거리지는 않았지만 여전히 고민이 되어 물었다.

"영주님께서는 어떻게 해결할 요량이신지요?"

영주가 대답했다.

"이런 일은 간단하지. 한 방이면 끝나는 일이니라."

"돌기둥에 매달려고 하십니까?"

"매달아라. 그러나 그들이 시비를 걸 수 없도록 해야 한다. 타오짜방이 돌기둥에 매달리면 분명 끊임없이 시끄럽게 울부짖어 아마 귀청이 터져 나갈 듯할 테니까."

영주는 사람을 불러 은전 가방 하나를 대령하라 해서는 중신아비에 건네주며 말했다.

"자네가 수고 많았네. 이제 돌아가게. 이걸 가지고 집에 가면서 마누라한테 치마나 하나 사다 주게. 여자는 옷을 사다 주면 제일 좋아하지. 밤새도록 노래를 불러 잠을 못 자게 할 수도 있겠군."

영주는 말을 끝내고 킥킥거리며 웃었다. 은전이란 영주에게는 힘이자 포악함 그 자체였다. 그는 어려운 일이 생기면 은을 가져다 끝장을 보았다.

중신아비가 막 나가자 큰 마님이 들어왔다. 부인의 얼굴을 보자 영주는 화색이 돌았다.

"임자는 맡은 일을 다 끝냈소?"

큰 마님은 고개를 끄덕이며 대답했다.

"곧 끝낼게요. 잔칫날 상을 얼마나 준비할까요. 외양간에 가축이 충분치 않을까 걱정되니 부엌에 이야기해서 좀 더 사 오라고 해야 합니다."

영주는 손부채를 부치며 말했다.

"가서 사 오도록 사람을 보내시오. 많이 많이 사 오라고 하시오. 사나흘은 계속 먹어야 할 테니 언제든지 양이 충분해야 하오."

큰 마님은 고개를 끄덕였다. 그러고는 돌아가려다가 뭘 잊어버리기라도 한 듯 발걸음을 돌려 다시 물었다.

"어제 중신아비가 갔다 온 일은 잘되었습니까? 택일은 했는지요?"

영주는 거만하게 의자에 앉아 만족한 듯이 말했다.

"안 되는 것도 반드시 되도록 해야지. 하고 싶지 않다 하더라도 하고 싶도록 만들어야 하고. 택일은 임자에게 달렸소. 임자가 모든 일을 언제 끝마치느냐에 달려 있소."

큰 마님이 대답했다.

"곧 끝납니다. 곧 마무리될 겁니다."

영주는 얼굴 양쪽 볼때기가 흔들려 아래로 처지도록 웃어 젖히며 말했다.

"알지. 무슨 일이든지 임자에게 맡기면 그것으로 끝이지, 걱정하지 않소."

큰 마님은 타오짜방에 대해 중신아비가 뭐라고 말했는지 알아보려던 속셈이었으나 영주는 말해주려 하지 않았다. 그는 짐짓 모르는 체했다. 영주가 무엇을 하려는지 그 속마음을 알 수 있는 사람은 아무도 없었다.

큰 마님이 등을 돌려 밖으로 나가면서 한편으로 생각하니 영감의 일은 영감이 하고, 자신의 일은 자신이 하면 되는 것이었다. 누가 누구에게 물어봐서 할 일이 아니었다. 그녀는 이미 벌어진 일에 대해 영주의 등 뒤에서 불평하지 않았다. 마음이 편치 않았지만 두려워하지 않으려고 했다. 살 만큼 살았는데 10, 20년 더 살면 어떻고 곧바로 조상님께 간다고 한들 어떤가. 이것저것 생각할 것도 별로 없었다. 그러나 방쩌가 처형당하고 나서부터, 더 정확하게는 방쩌가 죽기 전 그녀와 이야기를 나누고 나서부터 큰 마님은 많은 것을 생각하게 되었다. 바로 그녀를 치욕적으로 더럽힌 것, 그녀가 말한 여러 가지가 모두 틀리지 않았다는 사실이었다.

큰 마님 역시 방쩌처럼 생각하던 때가 있었다. 다만 그녀처럼 입을 놀려 대놓고 말할 만큼 간덩이가 크지 않았다. 그녀는 큰 마님 앞에서 감히 이렇게 말한 적이 있다.

"살아 있어도 죽은 것이나 마찬가지인데 살아서 뭐 한담."

방쩌의 이야기는 생각하면 생각할수록 맞았다. 살았어도 죽은 거나 다름없는데 뭐 하러 살아. 살았어도 죽은 거나 다름없으니 뭐 하러 산담. 살았어도 죽은 거나 다름없으니 뭐 하러 살지…. 방쩌의 그 한마디가 큰 마님의 머릿속에서 계속 맴돌았다. 그녀, 방쩌가 하고자 했던 이야기는 죽은 것과 다름없이 살고 있는 것이 바로 큰 마님 자신이라는 말 아니었던가? 게다가 살았지만 죽은 것과 진배없다는 것이 맞는 말 아니던가?

삶이란 무엇인가? 즐거울 필요가 있는 것일까? 당연히 있다. 사랑받을 필요는 있을까? 당연히 있다. 증오할 필요가 있다면 증오해야 하나? 당연히 해야 한다. 생각이 있다면 그것을 말로 표현하고, 하고 싶은 일은 실천해야 하나? 그렇다. 그렇다면 큰 마님은 어떤 사람인가? 즐겁지도 아니하고 사랑받지도 못하고 증오하지도 못하고 자기가 하고 싶은 것을 뜻대로 할 수도 없다. 그녀 자신이 하는 모든 것, 말하는 것과 생각하는 것 모두가 영주 때문이고 영주를 위한 것이었다. 그녀는 영주에게 사랑한다는 말 한마디조차 감히 할 수 없었다.

그러나 방쩌는 비록 아주 짧은 생을 살았을지라도 자기가 원하는 대로 즐겼다. 그녀는 자기 방식의 즐거운 삶에 만족했으며 죽을 준비가 되어 있었다. 단지 방쩌에게 비참한 것이 있다면 자신을 그토록 즐겁게 해주었던 사내 녀석이 죽을 때는 등 돌리고 자신을 저주했다는 것이다. 아, 애석하다. 사내가 배신하다니. 그는 훔쳐서 배불리 먹다가 발각되자 맛있는 음식 맛을 탓했다. 그래서 아름다운 방쩌가 고통을 짊어져야만 했고 치욕스러운 죽음을 맞이했던 것이다.

　방쩌는 그렇게 살았다. 단 하루라도 자기 뜻에 따라 제 고집대로 살다간 여인이었다. 그녀를 따라 할 수 없는 큰 마님은 죽기에 앞서 눈썹이나 다듬고 앉아 있는 여인일 뿐이었다. 그러나 큰 마님도 자신이 원하는 일을 찾아서 하고 싶었다. 한번 시험이라도 해봐야만 비로소 할 수 있는지 없는지 알 수 있을 것 같았다. 큰 마님은 부엌 귀퉁이에 아주 오래 놓아둔 소금 항아리나 마찬가지였다. 이제 소금 항아리가 인간의 말을 하고 싶다는 걸 아무도 막을 수 없었다. 그렇게 생각하자 영주의 등 뒤에서 감히 어떻게 하지 못해 많이 불편했던 마음들이 완전히 사라졌다.

　큰 마님은 돌아가고 영주는 중신아비가 했던 말을 되새기며 앉아 있었다. 일리가 없는 것은 아니었다. 개미 새끼가 미쳐버리면 사람을 물어 죽일 수도 있었다. 영주는 리쯔지어를 들어오라고 불렀다. 영주 앞에 서면 리쯔지어는 큰 마님 곁의 누렁이와 다를 게 없었다. 언제고 문밖에 서서 기다리고 있었기에 한마디만 하면 즉시 대령했다. 그는 먹는 일이든 화장실에 가는 일이든 영주가 잠자고 있을 때만 자기 일을 보았다. 영주가 잠에서 깨면 리쯔지어는 언제든지 문밖에 서 있었다. 영주가 그를 부를 필요가 있을 때의 일이란 두말할 나위도 없이 사람의 목숨과 관련된 것이었다. 녀석은 그 일만을 잘하도록 태어난 사람이었다.

리쯔지어가 들어오자 영주는 그의 귓속에다 두세 마디를 속삭였고 그는 금방 알아듣고 마치 일을 벌써 끝낸 것처럼 고개를 몇 번 끄덕였다. 영주가 일을 지시하고는 다리를 꼬아 침상에 올려놓고 잠이 드니 꿈속에서 여기가 저기인가 했다.

리쯔지어는 사람을 부를 때 쓰는 고리를 당겨 친근한 몇몇을 호출했다. 안채에 있던 녀석들, 리쯔지어의 수족이 그를 따라 밖으로 나갔다. 어디를 가는지는 물어보지 않았다. 가보면 저절로 알게 될 테니까.

15. 만약 이 몸이 이슬방울이라면
   나는 낭자의 손바닥에서
   녹게 해달라고 하리다…

자신이 하는 일을 부모에게 알리고 싶지 않았던 타오짜방은 화살촉에 독약을 묻히기 위해 화살 다발을 가지고 숲속으로 깊숙이 들어갔다. 대인 살상용 화살의 촉은 흉악한 짐승용 화살처럼 쇠로 만들었다. 이날 숲에 가지고 간 것은 타오짜방이 매일 아침 일찍 대장간에서 벼린 쇳조각이었다. 그동안 열심히 칼을 벼린 이유는 동생 타오짜뽀의 눈을 가리기 위해서였다. 그가 가져온 화살촉은 예리하게 갈아졌고 양쪽에는 갈고리가 있었다. 힘이 센 짐승은 화살을 맞으면 바로 쓰러지지 않고 수풀 속으로 쏜살같이 달아나는데, 그러면 화살대가 떨어져 나갈 수도 있다. 하지만 이런 화살촉은 몸속에 깊이 박혀 그대로 남는다. 그리고 이 화살촉에 바로 독이 묻어 있다. 그러니 아무리 센 놈이라도 별수 없다. 화살을 맞은 짐승은 움직일 수 있는 한 멀리 달아나다가 결국 몸에 독이 퍼져 대가리를 처박고 쓰러지고 만다.

이 독약은 타오짜방이 일어나자마자 숲에서 채취한 나뭇

잎과 자신의 침을 섞어 만든 것이었다. 매일 아침 화살촉에 독약을 발라 바위에 널어 말리고 다음 날 또다시 독약을 덧발랐다. 그는 이미 시험까지 해보았다. 화살로 토끼 엉덩이를 맞추었는데 토끼가 눈 깜박할 사이에 숨을 거두었다.

타오짜방은 엎드려서 사냥감을 기다릴 만한 적당한 매복 장소를 진작 물색해놓았다. 이 사냥감은 반드시 명중시켜야만 한다. 실패하면 이 화살들이 바로 자신의 가슴을 파고들게 될 것이다.

그는 영주가 하인들과 종종 지나다니는 협곡의 바위 꼭대기 바로 뒤를 매복 장소로 삼고 아침나절 내내 앉아 있었다. 그곳에서 영주가 말을 타고 지나기만을 기다렸다. 화살을 갈기기 좋게 말이 잠시 멈추기만 하면 그때가 절호의 기회다. 독화살은 일단 영주를 맞추면 죽음에 이르게 할 것이다. 그가 고른 곳은 사냥감을 관찰하기에 정말 기막힌 장소였다.

타오짜방은 이 일을 반드시 성사시켜야만 했다. 그렇지 못하면 사랑하는 여인이 영주에게 붙잡혀 가는 것을 속수무책으로 쳐다보고만 있어야 했다. 자칫 잘못하면 혀를 깨물고 죽음으로 인생을 끝내야 했다. 그는 사랑하는 한 사람을 못 지킨다면 죽어도 싸다고 생각했다.

타오짜방은 화살촉에 독을 세 번이나 발랐다. 이날은 화살들을 바위 위에서 널어 말리지 않고 나뭇잎이 수북하게 쌓인 밤나무 가지 위에 걸어놓기로 했다. 조심하는 게 상책이고, 잘 숨겨서 누가 보더라도 대수롭지 않은 것으로 여기게끔 해야 했기 때문이다. 타오짜방은 무성한 잎가지를 끌어다 화살들을 잘 가리고는 밑에서 올려다보더라도 아무것도 보이지 않게 처리했다.

일을 마친 타오짜방은 손을 몇 번 비비고 나서 칼을 등에 메고 집으로 돌아왔다. 하지만 그때 그는 독약을 묻힌 화살이 결코 사용되지 않고 그 위에 영원히 놓여 있게 되리라곤 생각하지 못했다.

타오짜방은 집으로 돌아가면서 숭빠씬을 떠올렸다. 실제로 그의 머릿속에는 밥을 먹을 때나 잠을 잘 때나 일을 할 때나 언제나 연인에 대한 생각뿐이었다. 그들은 하루 이상을 만나지 못하면 안아주고 싶어서 서로 안달인 사이였다. 숭빠씬 생각이 나자 서두르기 시작했다. 타오짜방은 집으로 가지 않고 방향을 돌려 숭빠씬에게로 갔다.

숭빠씬은 바깥에서 괭이질을 하며 채소밭을 가꾸던 중이었다. 타오짜방은 곧장 숭빠씬이 있는 곳으로 달려갔다. 그녀는 연인을 보고도 개의치 않고 바쁜 척했다. 타오짜방은 아무 말도 하지 않고 괭이를 낚아챘다. 그의 힘은 물소처럼 세서 괭이질 몇 번에 땅이 깨끗이 다듬어졌다. 잡초와 남은 채소 뿌리는 몇 차례 거두어 담장 밑에 갖다 버렸다.

숭빠씬은 타오짜방이 일을 하도록 내버려둔 뒤 밭모퉁이로 나가 아버지가 소 외양간을 고치려고 놓아둔 큰 나무토막에 걸터앉았다. 그녀의 얼굴에는 땀이 송골송골 맺혀 있었다. 익어가는 복숭아처럼 얼굴에 홍조를 띤 그녀는 가슴 아파하며 타오짜방을 바라보았다. 그는 일에 능해서 무엇을 하든 빠르게 잘 해놓았다. 채소를 잘게 썰어 가축에게 먹일 죽도 잘 끓였고, 맨맨[8]도 맛있게 찌고, 바인자이[9]도 만들 줄 알았다. 딸이 없는 집이고 불쌍한 어머니가 자주 편찮았기에, 무슨 일이든지 타오짜방이 다 했다. 단지 길쌈하고 수 놓는 것만 능숙하지 못했다. 타오짜방 같은 신랑이라면 말이야 바른 말이지 열 명의 아가씨가 있다면 열 명 모두가 고개를 끄덕였을 것이다. 어리석은 사람들만 인정하지 않을 것이다. 이 고원 지방에서 제2의 타오짜방 같은 사람은 아마 찾지 못할 것이다.

타오짜방에 대해 생각하면 할수록, 그의 장점들을 떠올릴수록 숭빠씬은 타오짜방이 더욱 사랑스러웠고 그럴수록 자신이 더욱 가련하게 느껴졌다. 숭빠씬은 영주를 따르기 위해 곧 스스로를 포기해야만 한다. 영주가 도대체 타오짜방보다 나은

---

8 옥수숫가루를 쪄서 만든 몬족의 음식.
9 베트남 전통 떡.

게 뭐가 있단 말인가? 재산 더미 외에는 아무것도 나은 게 없었다.

숭빠씬은 이제 무엇을 해야 할까? 그녀는 달려가 타오짜방을 꼭 끌어안은 다음, 함께 재빨리 도망가고 싶었다. 아주 멀리, 엊저녁에 큰 마님이 와서 이야기해준 대로 말이다. 그리고 아는 사람이 아무도 없는 곳에서 자식을 하나둘 낳고, 아니, 셋이나 넷을 낳아 기르고 싶었다. 정말로 오랜 세월이 지나 모든 일이 우기에 불어난 물이 빠져나가듯 지나고 나면 영주도 한낱 늙은이로 변해 있거나 혹은 진작 죽은 뒤일 것이다. 그제야 그들 내외와 자식들은 고향을 찾아가느라 서로 밀치고 나서서 친조부모와 외조부모를 만나게 될 것이다. 그렇게 된다면 일이 아주 잘 풀린 것이다. 그렇게만 된다면 생각해볼 것도 없고 가슴 아파할 이유도 없다.

그러나 아무리 하고 싶다고 해도 되고 안 되고는 별개의 문제였다. 숭빠씬은 여전히 도와주겠다고 말한 큰 마님을 믿지 못했다. 갈수록 영주가 양가 부모를 살려줄 거라는 믿음이 흔들렸다. 그렇다면 바람이 자신들을 휘감아 어디로 데려가지 않는 한 조용히 있어야만 할 것이다. 눈물이 갑자기 숭빠씬의 볼을 타고 흘러내려 땀과 뒤범벅되었다.

타오짜방은 괭이질로 땅을 일구고, 땅을 깔끔하게 고른 다음 채심 씨앗을 뿌려놓았다. 이제 열흘 뒤면 새 채소를 먹을 수 있다. 옆에 숭빠씬이 없어도 그녀의 부모는 채소가 부족해 염려하지 않아도 된다.

타오짜방이 숭빠씬 곁에 앉았다. 아주 바싹 다가가서 앉았다. 그는 숭빠씬의 볼에서 아직 마르지 않은 눈물을 보고선 한숨을 쉬고 옷소매로 눈물을 닦아주었다. 하지만 닦으면 닦을수록 눈물이 더 많이 흘러내렸다. 숭빠씬은 곧 서로를 잃게 될 거라 생각했고, 반대로 타오짜방은 서로의 곁을 지키며 안심하며 살게 될 거라고 여겼다. 둘 다 마음속으로 아주 단단히 그렇게 생각했다.

타오짜방은 자기가 왜, 뭐 하러 숭빠씬네 집으로 달려왔는지를 잊어버렸다. 아까 그는 숭빠씬을 꼭 안아주고 싶었다. 그는 숭빠씬 옆에 바싹 앉자 비로소 자기가 숭빠씬을 안아주고 싶어서 왔다는 사실을 떠올렸다. 그는 손을 살며시 숭빠씬의 등 뒤로 뻗어 그녀를 단단히 감싸고 있는 옷의 허리 쪽으로 밀어 넣었다. 숭빠씬은 거절하지 않고 가만히 앉아 몸을 떨었다. 언제나 타오짜방이 숭빠씬을 파고들면 숭빠씬은 곧 깨져 나갈 듯 몸을 떨곤 했다.

한바탕 바람이 불더니 나무에 붙어 있던 노란 잎들이 우수수 아래로 떨어졌다. 바람 속에는 정글의 향기로운 꽃 내음이 섞여 있었고, 졸졸 흐르는 시냇물 소리와 따뜻한 햇볕과 강가에서 조잘거리는 새소리도 있었다. 그런 것들이 곧 닥쳐올 숭빠씬의 삶에 어떤 변화를 가져다줄까? 타오짜방은 오랫동안 비가 내리는 바람에 기왓장이 깨진 지붕에 올라가더니 마치 아무 일도 일어나지 않을 것처럼 한마디 했다.

"우선 깨진 기와부터 새것으로 바꾸고 나중에 지붕 전체를 새 기와로 완전히 갈면 보기 좋겠네."

타오짜방은 왜 그렇게 생각할까? 그는 영주가 장난으로 숭빠씬을 첩으로 삼겠다는 말을 했다고 여기는 것일까? 타오짜방은 숭빠씬이 무슨 생각을 하든지 여전히 아무 일도 벌어지지 않을 것처럼 말했다.

"내가 소 외양간도 다시 고쳐놔야겠다. 가리개가 없어서 날이 추워지면 소가 병들어 죽게 될 거야. 아, 그리고 돌을 더 가지고 와서 마당에 깔아야겠어. 아버님은 도와줄 사람이 없어서 일부만 깔아놓으신 게 분명해. 내가 싹 다시 깔아야지. 어디든 발이 닿는 곳마다 돌을 밟을 수 있도록 말이야. 햇볕이 들 때 옥수수를 거기다가 말려도 될 거야. 그런데 개가 뛰면 발바닥이 뜨겁기는 하겠지! 내가…."

타오짜방이 말을 이으려 했으나 숭빠씬이 손으로 타오짜방의 입을 틀어막았다. 그러고는 소리를 질렀다.

"그만 떠들라고!"

타오짜방이 말을 뚝 그쳤다. 그는 사랑하는 사람의 기분을 좋게 해주려 했을 뿐이고, 내일 일, 모레 일을 자꾸 생각하지 못하도록 해주고 싶었을 뿐이다. 그리고 그 일들이란 것은 벌어질 수도 있고, 벌어지지 않을 수도 있었다.

그러나 잠이 부족해 핼쑥해진 숭빠씬의 두 볼 위로 흐르는 눈물방울들이 그의 마음을 너무 아프게 해 한마디도 더 할 수가 없었다. 타오짜방은 그런 사람이었다. 눈물을 보면 한마디도 못 하는 여린 사람이었다. 그가 세상에서 가장 겁내는 것은 눈물인데, 첫째가 어머니의 눈물이고, 다음이 숭빠씬의 눈물이었다.

타오짜방은 두 팔로 숭빠씬을 꽉 껴안았다. 그녀는 몸부림치며 얼굴을 타오짜방의 어깨에 파묻고 꼭 깨물었다. 타오짜방은 깨물렸어도 아픈 줄 몰랐으나, 어깨 위로 흘러서 옷을 적시고 자신의 살갗을 적시는 숭빠씬의 눈물 때문에 마음이 아팠다. 단연코 타오짜방은 이 여자가 영주의 손에 들어가도록 내버려둘 수 없었다. 영주는 분명코 타오짜방의 손에서 숭빠씬을 빼앗아 갈 수 없을 것이다.

숭빠씬네 집 담장 밖에서는 어떤 아이가 소를 몰고 집으로 돌아가고 있었다. 달그락거리는 소의 워낭 소리가 경쾌하게 울렸다. 아이의 피리 소리도 들려왔다.

오빠는 나를 귀여워하나, 오빠는 나를 거둘 수는 없어요.
나는 오빠를 좋아하지만, 나는 오빠와 결혼할 수는 없어요.

오빠는 돌아와 나뭇잎을 따다가 우산을 만들어 가리고
오빠는 돌아와 처자식을 어루만지네….

아이고, 저 소를 몰고 가는 녀석이 그 슬픈 노랫가락을 어찌 그리 흥겹게 부르는지. 너는 사람들을 즐겁게 하고자 함이더냐 아니면 슬프게 하고자 함이더냐? 타오짜방은 달려 나가 그 피리를 분질러버리고 싶었다. 달그락거리는 소의 워낭 소리가 이내 멀어지고 피리 소리 또한 아득해졌다. 즐거울 때는 무슨 일이든지 참을 수 있지만 슬플 때는 무슨 일이든지 견디기 어려운 법이다.

그때 타오짜방의 집에서는 일이 벌어지고 있었다. 리쯔지어가 칠흑같이 시커먼 얼굴을 한 녀석 셋을 데리고 나타난 것이었다. 이때 타오짜진 영감 부부는 채소밭 울타리를 다시 고치는 중이었고 타오짜뽀는 그물을 어깨에 메고 강으로 나가 집에 없었다. 어느 날 그물이 새로 생기고부터 타오짜뽀는 늘 강에 나가 살다시피 했다. 열 번을 던지면 아홉 번은 허탕을 쳤으나 그물을 던지고 거두기를 계속하자 물고기가 그물 안으로 잡혀 들어와 팔딱거렸다.

리쯔지어는 아무 말 없이 불쑥 집으로 들이닥쳤다. 집을 지키던 개가 낯선 사람을 보고 뛰쳐나가 시끄럽게 짖었다. 녀석에게 개는 아무것도 아니었다. 그가 발로 걷어차자 개는 획 날아가 마당에서 데굴데굴 구르더니 엎드려 깽깽거렸다. 그 소리를 들은 영감과 부인이 황급히 집으로 내달려 왔다. 영감은 소리를 버럭 질렀다.

"이게 무슨 짓이냐! 무슨 짓이냐고?"

부인 역시 소리를 냅다 질렀으나 목소리가 몹시 떨렸다.

"남의 집 개를 왜 걷어차는 거냐? 집에 들어왔으면 무슨 용무로 왔는지 말이나 할 것이지."

그 말을 들은 리쯔지어가 몸을 돌려 두 노인네를 째려봤다. 아이코, 독사처럼 표독스러운 상판대기였다. 그가 아직 문 밖에 서 있는데 따라온 세 녀석은 집 안으로 훌쩍 들어갔다. 그놈들이 무슨 짓을 하는지는 알 수 없었으나 엎어지고 깨지고 떨어지는 소리로 시끄러웠다. 영감과 부인은 얼굴이 새파랗게 질리고 부아가 치밀어 오르면서도 한편으로는 더럭 겁이 났다. 영감은 삿대질하며 집으로 들어가 소리쳤다.

"뭣 때문에 남의 살림살이를 부수느냐? 집에 주인이 있으니 주인에게 물어봐야 하는 것 아니냐?"

이 말을 들은 리쯔지어가 총을 두 노인의 면전에 들이댔고 그들은 황급히 뒷걸음질 쳤다. 리쯔지어는 흉터투성이 얼굴을 일그러트리며 소리를 내질렀다.

"어떤 주인? 이 집, 채소밭, 이 화전 떼기…."

그는 총을 하늘로 들어 올려 휘두르더니 말을 이었다.

"이 땅의 것은 다 영주님의 소유란 말이다. 모든 사람까지도. 영주님이 어디든 찾고 싶은 곳이 있으면 찾는 거고, 어디든 부수고 싶으면 부수는 거지, 뭔 잔말이 그리 많아?"

두 노인네는 당황한 나머지 아무 말도 하지 못했다. 그때 집에 들어갔던 세 녀석이 손에 검은색 보따리를 치켜들고 뛰쳐나왔다. 그중 한 녀석이 큰 소리로 외쳤다.

"찾았다! 아주 꼭꼭 숨겨둔 것을."

리쯔지어가 두 노인네를 뚫어지게 보며 손을 내밀어 그 보따리를 받아 들었다. 그는 보따리를 풀면서 두 노인네를 잡아먹을 듯 노려보았다. 그러고는 보따리에 손을 넣어 시커먼 아편 덩어리 한 개를 끄집어내 타오짜진 영감 얼굴에 들이대며 물었다.

"이게 뭐냐?"

영감은 부인을 바라보고, 부인 역시 영감을 바라봤다. 영감이 대답했다.

"모…모…른다."

리쯔지어가 한바탕 냉소적으로 웃으며 시체 썩는 냄새 같은 악취가 진동하는 입을 다물 줄 몰랐다.

"모른다? 모르는 척하는 거겠지. 죽고 싶나?"

리쯔지어는 이빨을 갈며 턱을 벌리고 눈을 부라리더니 다시 한번 으름장을 놓았다.

"죽고 싶나?"

부인이 소리쳤다.

"저…저… 그게 뭐요? 우리는 정말로 모르오."

리쯔지어가 말했다.

"알아도 죽고 몰라도 죽는다. 자, 너희들은 이 늙은 영감을 묶어서 관아로 끌고 가거라."

그 말에 장정 둘이 뛰어와 등에 메고 온 줄을 꺼내더니 순식간에 영감의 두 팔을 등 뒤로 단단히 결박했다. 전광석화처럼 일어나는 일들에 부인은 불안에 떨며 혀가 꼬여 아무 말도 할 수 없었다. 그저 집이 떠나갈 듯 울부짖을 뿐이었다. 그러다 영감을 구하려 뛰어들었지만 리쯔지어가 손으로 살짝 뿌리치며 막았고 부인은 땅바닥에 나뒹굴었다.

방금까지 무슨 일이 벌어졌는지 제대로 깨닫지 못했던 영감은 화를 내며 얼굴을 일그러뜨렸다.

"네놈들…, 네놈들이 사람을 죽이려 하는구나? 어느 놈 짓이냐?"

리쯔지어가 보따리를 다시 영감 앞에 내밀어 보였다.

"아직도 죄를 인정 못 하시나? 감히 영주님의 아편을 훔치고도 이것이 무슨 죄인지 모른단 말인가? 돌기둥에 달리게 될 거다."

그 말을 들은 부인이 두 손과 두 발로 기어 일어나려고 기를 쓰며 대꾸했다.

"아편이라니? 아편이 어디 있느냐? 아편 수확 때마다 영주님 관아 사람들이 아편 쪼가리 하나 마당에 떨어트리지 않고 죄다 가져갔는데 어디서 그 큰 아편 덩어리를 훔쳤다고 하느냐? 그게 말이 되느냐? 네놈들이 우리를 무고하려 하는구나. 도대체 네놈들이 원하는 게 뭐냐?"

리쯔지어가 억울함을 호소하는 부인에게 몸을 돌려 비아냥거렸다.

"어이, 이 늙은 여편네가 주둥이는 걸군. 무고하려 한다니 뭐 때문에 무고를 해? 은전이나 소금과 바꾸려고 이 집에서 아편을 훔쳤다고 귀띔해준 사람이 있는데. 그래서 우리가 그 증거를 찾은 거지. 이래도 시비할 게 아직 남아 있나? 우리가 이 늙은이를 관아로 데려가겠다."

그가 말을 마치고 손짓하자 세 녀석이 영감을 대문 밖으로 질질 끌고 나갔다. 부인이 영감을 따라가려고 쫓아왔으나 두세 걸음 만에 무릎을 땅에 처박고 곤두박치고 말았다.

"이 짐승만도 못한 악독한 놈들, 네놈들이 원하는 게 무엇이냐?"

바로 그때, 타오쨔방이 집으로 돌아와 아버지가 줄에 묶여 대문 밖으로 끌려나가고 있고, 어머니는 마당에 쓰러진 모습을 목격했다. 분노에 찬 그는 눈을 부릅뜨고 나무 몽둥이를 찾아 들고는 이유를 불문하고 아버지를 줄로 묶고 어머니를 때린 녀석들 사이로 뛰어들어 한바탕했다.

그러나 타오짜방이 제아무리 크고 건장하더라도 물소나 말처럼 강한 무리를 대적하기에는 손도 발도 부족했다. 그들은 눈 깜박할 사이에 타오짜방에게 주먹질을 해댔고 곳곳에 타오짜방의 피가 낭자했다. 이를 본 타오짜진 영감은 무릎을 꿇고 때리지 말라고 싹싹 빌었다. 이 몸이 필요하면 예 있으니 제발 그러지 말라고 매달렸다.

타오짜방이 죽은 듯 꼼짝 않고 자빠져 있는 모습을 본 리쯔지어는 패거리에게 그만 때리라고 한 다음, 영감을 끌고 가라고 명했다. 그리고 두세 걸음 가다가 뒤돌아서서 경고했다.

"내일 타오짜방은 관아로 올라와 영주님을 뵙도록 하라. 만약 오지 않으면 네 아비의 시신을 메고 가서 장례를 치르게 될 거다."

마당에는 두 사람과 개 한 마리만 남았는데 셋 다 입도 뻥긋 못 하고 한 걸음도 움직이지 못한 채 그 자리에 있었다. 부인은 목이 쉬도록 울어 목소리가 마치 바람 부는 소리처럼 되었다. 그들의 집은 동네에서도 아주 높은 곳에 있어서 가까이에 도와달라고 부를 사람도 없었다. 타오짜방은 꼼짝도 못 하고 누워 있었다. 부인은 아들이 이미 죽었다고 생각했다. 아이고, 하느님 맙소사! 어쩌자고 당신은 이 할망구의 가슴을 후벼

파놓으셨습니까. 이제 이 몸은 어찌 살아가야 한단 말입니까?"

부인은 온 힘을 다해 아들이 누워 있는 곳으로 기어가며 겨우 아들을 불러보았다. 그러나 아들은 여전히 요지부동이었고 다친 어깨에서는 피가 흘러나오고 있었다. 마침 그때 타오짜뽀가 돌아왔다.

타오짜뽀는 바로 대문 가까이에 드러누운 형에 걸려 넘어질 뻔했고, 또 겨우겨우 기는 어머니를 보았다. 그가 비명을 지르며 어머니한테 달려가자 어머니는 큰아들이 있는 쪽을 간신히 가리켰다.

"애야… 네 형을 좀 보거라. 그… 걔… 걔가 아직 살아 있는지?"

이쪽은 어머니요, 저쪽은 형이니 타오짜뽀는 마음이 급해 누구에게 먼저 팔다리를 써야 할지를 몰랐다. 그는 형이 있는 쪽으로 달려가 손을 코에 대보았다. 다행히도 아직 숨이 붙어 있었다. 타오짜뽀는 어머니를 일으켜 세워 어깨에 메고 방으로 모셨다. 그는 어머니를 침상에 조심스럽게 누이고 나서 말했다.

"형은 괜찮아요. 아직 살아 있어요. 여기에 누워 계세요, 엄마!"

어머니를 방에 모신 타오짜뽀는 다시 달려가 형을 어깨에 들쳐 메고 방으로 들어왔다. 형은 눈을 뜨지 못했다. 어머니는 타오짜뽀에게 의원을 불러오라고 했다. 그 말에 타오짜뽀는 발이 꼬일 정도로 재빨리 대문 밖으로 나갔다. 그는 만약 운 좋게 다리가 새로 생겨 네 개가 된다면 더 빨리 갈 수 있을 거라고 생각하며 쏜살같이 달렸다. 머릿속으로는 왜, 무슨 일 때문에 어머니와 형이 둘이 다 맞았는지, 아버지는 어디에 있는지 무척 혼란스러웠지만 물어볼 시간이 없었다. 또한 살림살이가 왜 모두 뒤집히고 깨지고 부서졌는지 알아볼 틈도 없었다. 타오짜뽀는 부아가 잔뜩 났다. 왜 이런 일이 벌어졌을 때 자신은 집에 없었을까. 고기 그까짓 게 뭐라고, 그물을 품에 안고 강으로 나가 온종일 무엇을 했단 말인가. 그렇게 가슴을 끊임없이 치면서 내달리니 피곤해져서 입에서는 갈수록 단내가 났다.

날이 어둑어둑해져서야 타오짜뽀가 의원을 모시고 돌아왔다. 의원은 어머니를 살펴보더니 증세가 중하지는 않다고 했다. 연세가 있어서 그렇지 부딪쳐서 타박상을 입었을 뿐, 가벼운 부상이라 다음 날이면 괜찮아질 거라고 했다. 한편 타오짜방은 여러 군데를 다쳤다. 뼈가 부러진 것은 아니지만 출혈이 많아 어지럼증이 오래갈 거라고 했다. 코끼리같이 강건하니 몸에 난 몇 군데 상처는 연고를 바르고 약을 먹고 나면 아물어 대엿새가 지나 다시 걷게 될 것이라고 했다. 그 말을 들은 타오짜뽀는 안도의 한숨을 쉬었다. 불행 중 다행이었다. 조상님의 부름을 받지 않았으니 잘된 일이었다.

의원은 약을 지어주고 복용법을 일러주고는 다음 날 아침에 돌아갔다. 그제야 타오짜진 영감의 부인은 아들 앞에서 소리 내어 울었다. 집에서 오직 타오짜뽀만 무탈했다. 침상 곁으로 다가간 타오짜뽀는 어머니가 울음을 그치기를 기다렸다가 겨우 전날 일을 물었다.

"누가 이런 짓거리를 저질렀지요? 그리고 아버지는 왜 집에 안 계신 거예요?"

부인은 문을 가리키며 목이 콱 잠긴 목소리로 대답했다.

"잡혀가셨단다."

"왜 잡혀가셨죠? 누가 잡아갔어요?"

"관아에서. 그놈들이 어디선가 이만한 아편 주머니를 찾아 내놓고는 얼굴에 들이대며 우리 집이 영주의 아편을 훔쳤다고 말하더라. 그러고는 네 아버지를 묶어 가버렸어."

부인은 다시 흐느껴 울었다. 그녀는 이제 울 기력도 남아 있지 않았다. 겨우겨우 흐느끼는 정도였고 눈물은 다 말라가고 있었다. 타오짜뽀는 주먹을 불끈 쥐고 침상을 쿵 하고 내리치며 입을 열었다.

"그놈들이 뭘 원하는 거지?"

부인이 어눌하게 말했다.

"그놈들이 타오짜방에게 내일 영주를 만나러 오라고 하더

라. 그렇지 않으면 네 아버지 시신을 가져가게 될 거란다."

부인은 다시 울기 시작했다. 그 울음소리는 목구멍에서만 쌕쌕거리는 숨소리에 불과했다.

타오짜뽀가 넋두리를 늘어놓았다.

"형에게 숭빠씬 누나를 포기하게 하려고 영주가 벌인 짓이구나."

부인은 타오짜빵을 보기 위해 울어서 퉁퉁 부은 두 눈을 크게 떠보려 안간힘을 썼다. 타오짜뽀 말이 맞았다. 영주는 숭쭝루 씨의 딸 숭빠씬을 자신의 첩으로 데려가려고 수작을 부렸다. 그래서 이 집안을 괴롭혔다. 영주는 타오짜빵을 어떻게 하려는 것일까?

부인은 다 큰 자식을 쳐다보았다. 지금 아들은 침상에 나무토막처럼 누워 움직이지를 못한다. 온몸에 약을 발랐다. 악마 같은 네 녀석이 저리 매질을 퍼붓다니.

아들은 저기 저렇게 누워 있는데 아버지는 어찌 되었을까? 그 늙은 영감은 요 며칠 계속 기침을 했다. 오늘 밤 그놈들이 어디에 가두어놓았을까? 외양간 아니면 옥수수 창고에? 이불도 없을 테고 옷도 충분치 않아 추울 텐데 무사히 하룻밤을 넘길 수 있을까?

잠시 뒤 타오짜뽀는 부엌에서 죽을 끓였다. 하지만 죽이 타서 연기가 자욱했다. 그는 닭도 잡았다. 닭들이 마당으로 도망가 몇 번이나 놓치고서야 겨우 잡을 수 있었다. 부인은 쪽길에서 끙끙 신음하는 개 소리를 들었다. 사람이 얻어맞을 때 개도 역시 피할 수 없었던 것이다. 이 집안이 영주에게 대체 무엇을 잘못했기에 이런 경우를 당한단 말인가?

타오짜뽀가 죽 한 사발과 고기 한 접시를 가지고 어머니에게 갔다. 하지만 어찌 먹을 수 있으랴? 그래도 그는 계속해서 잡숴야만 한다고 권했다. 안 드시면 힘이 어디서 나서 저기 드러누운 아들을 보살필 수 있겠는가?

그러하니 부인이 먹는 죽과 닭고기에 눈물이 섞였다. 어머니의 눈물과 자식의 눈물이 사발로 쏟아져 죽보다도 눈물이 더 많아졌다. 타오짜뽀는 죽을 뜨고 고기를 찢어 어머니한테 드리며 생각했다. '어머니가 이 자리에서 다 잡수셔야 해. 이것이 아들이 처음이자 마지막으로 쑤어드린 죽이 될 테니까. 완전히 다 드셔야만 해.' 그 생각에 눈물이 점점 더 많이 흘러내렸다.

밤이 깊어지자 타오짜방이 조금 정신을 차렸다. 그는 괴로워 몸부림치며 신음했다. 너무 아파 돌아누울 수조차 없었다. 옆에 앉아 있던 타오짜뽀가 다치지 않은 손을 잡아주자 타오짜방은 마치 누군가가 젖은 옷을 비틀어 짜내는 듯한 고통을 느꼈다. 오래전부터 타오짜뽀는 형이 기분 좋으면 자신도 즐거웠고, 형이 슬퍼하면 같은 슬픔을 느꼈다. 무엇이든지 둘이 똑같이 나누었다. 하지만 지금은 형의 아픔을 함께 나누고 싶어도 어떻게 해야 할지 도무지 방법이 떠오르지 않았다. 눈물이 이따금 이불로 한 방울씩 떨어져 내렸다.

형을 돌보다가 타오짜뽀는 개밥을 주려고 밖으로 나갔다. 개는 약을 발라줄 필요까지는 없었다. 다음 날이면 좋아질 것이다. 말이 돌에 맞아 하늘로 솟구쳤다가 넘어져 네 발의 뼈가 다 부러졌다 해도 무슨 약이 필요하랴? 며칠이 지나면 저절로 회복되기 마련이다. 개는 마치 자신의 실수를 아는 것처럼 타오짜뽀를 바라보았다. 녀석은 주인을 보호하지 못했고, 대문을 제대로 지키지 못해 불한당들이 집으로 들어오게끔 만들었다. 그는 괜찮다는 듯 개의 머리를 쓰다듬으며 고기 조각을 입에 넣어주었다,

그런 다음 염소 외양간으로 가서 문이 꽉 닫혔는지를 살펴보았다. 오래전 어떤 집에 절룩거리는 호랑이 한 마리가 슬슬 기어 들어와 염소 한 마리를 낚아채 간 적이 있었다. 그 뒤로 모든 집이 염소 외양간을 졸참나무로 철저하게 만들고 자물쇠도 단단히 잠그고 울타리도 지붕까지 높게 쌓았다. 그는 또 옥수수 다발이 몇 개 놓인 너와 지붕 창고로 가서 거기서 잠든 수탉을 잡아다가 닭장 안으로 던져 넣었다. 이 수탉은 한 번도 스스로 제 우리로 들어가본 적이 없는 데다가 외박하기를 좋아했다. 이런 일들은 원래 타오짜뽀의 몫이 아니었다. 저

녁밥을 먹고 나면 타오짜뽀는 침상에서 뒹굴었고, 졸리면 잠을 잤다. 모든 일은 아버지가 다 했었다. 아버지가 안 하시면 형이 했다. 진작 다 큰 타오짜뽀였지만 아직도 어린아이처럼 온 집안이 오냐오냐해주었다.

 일을 다 마친 타오짜뽀는 방에 들어가 어머니에게 이불을 잘 덮어드리고 발끝으로 살살 걸어 형이 누워 있는 방으로 갔다. 그는 형 침상으로 들어가 옆에 바짝 누웠다. 오늘 밤에는 자신의 발을 형의 배나 목 위에 올려놓지 않으리라. 내일 밤도 그러리라. 모레 밤도 그렇게 하리라….

 타오짜뽀는 다치지 않은 형의 한쪽 팔을 끌어안았다. 그는 잠을 잘 수가 없었으며 자고 싶지도 않았다. 그는 여러 잡다한 생각에 사로잡혔다. 지금껏 영원히 장가들지 않은 채 집안의 막내로 남고 싶어 했던 그였다. 맛있는 게 있으면 온 식구가 남겨주고, 힘든 일이 있으면 형이 나서서 처리해주었다. 그러나 이제는 자신이 나설 차례였다.

 닭이 새벽을 알렸다. 타오짜뽀가 살금살금 일어난 뒤 형에게 이불을 다시 덮어주었다. 약 몇 봉지도 탁자 위에 깔끔하게 정돈해놓았다. 어머니 방으로 가서 문을 반쯤 열고 조그만 등잔 불빛으로 희미하게 비치는 어머니의 얼굴을 자세히 보려고 애썼다.

 그런 다음 타오짜뽀는 집을 벗어나 관아로 갔다. 이때부터 타오짜뽀는 타오짜진 집안의 장남 타오짜방이었다. 타오짜뽀는 이 세상에 더 이상 존재하지 않았다.

16. 나는 남고 오빠는 떠나니
　　벌레가 갈댓잎으로 집을 지을 때
　　오빠는 떠나요…

엊저녁 한 사람을 잡아다가 빈 창고에 가두어놓았음에도 불구하고 이른 아침나절의 관아는 여느 날처럼 평온했다. 날이면 날마다 사람이 잡혀 오고 유폐되는 것은 아니었으나, 석방되는 사람이 있는가 하면 절대로 석방되지 않는 사람도 있었다. 하인들은 이런 일에 이미 익숙해져 누가 무슨 일을 하든지 아무런 관심도 없었다.

아침 일찍 일어난 영주의 얼굴은 활기가 넘치고 기분이 좋아 보였다. 그는 자기와 곧 결혼해 넷째 부인이 될 아가씨를 꼼짝달싹 못 하게 해놓았던 녀석을 기다리는 중이었다. 영주는 얼마 전 옥수수밭에서 만난 그 녀석을 아직도 기억하고 있었다. 숭빠씬과 함께 노래를 부르고, 노래를 듣던 녀석이었다. 몬족의 아들로 키 크고 훤칠한, 한마디로 미남이었다. 눈이 반짝거렸고 입도 컸으며 이마도 넓었다. 젊었을 때는 분명 내가 그 녀석보다 미남이었으리라. 영주는 그렇게 생각했다. 그러던 것이 이제는 나도 늙었다. 늙었지만 열 겹이 지나가도 그

녀석이 가질 수 없는 것들을 갖고 있다.

그때 타오짜뽀가 도착했다. 리쯔지어가 그를 째려보더니 머리부터 발끝까지 눈으로 훑으며 물었다.

"네놈이 타오짜방이라고?"

타오짜뽀가 고개를 끄덕였다.

"정말로 타오짜방이라고?"

타오짜뽀가 계속 고개를 끄덕거렸다.

"어제 내가 네놈을 만났었지?"

타오짜뽀는 아무 말 없이 다시 고개를 끄덕였다.

"내가 너를 한 방 먹였었지."

또 고개만 끄덕였다.

"그런데 벌써 다 나아 아프지 않다고?"

타오짜뽀가 투덜거리며 대꾸했다.

"보면 알지 왜 자꾸 물어보시오?"

리쯔지어는 오늘 타오짜방이 부친의 목숨과 자신을 바꾸기 위해 영주를 만나러 올 때는 분명 네 발로 기어 올 거라고 생각했다. 죽도록 얻어맞았으니 말이다.

그러나 놀랍게도 어제 흠씬 두드려 맞은 그 녀석은 영주의 관아에 태연하게 나타났다. 매 맞은 흔적조차 없었다. 이 녀석이 대체 무슨 약을 먹었기에 이토록 빨리 회복된 것인가?

그러나 영주는 리쯔지어에게 생각할 시간을 더 주지 않았다. 안에서부터 큰 소리가 울려 나왔다.

"리쯔지어야, 그놈이 벌써 왔더란 말이냐?"

리쯔지어가 황급히 대답했다.

"예, 벌써 왔습니다."

"이리로 들라 하라."

영주의 목소리가 되울려 나왔다.

리쯔지어가 안으로 들어가라는 의미로 타오짜뽀의 등을 한 대 쳤는데 타오짜뽀가 높은 문지방에 걸려 얼굴을 부딪치며 넘어졌다.

영주는 타오짜방을 바로 알아보았다. 자신이 잘못 기억하고 있는 게 아니었다. 이 녀석은 정말 미남이었다. 아가씨들이 그를 좋아하지 않는다면 이상할 것이었다.

"너는 내가 왜 네 아비를 붙잡아 왔는지 아느냐?"

영주의 물음에 타오짜뽀가 꾸물거리며 대답했다.

"영주님께서 누구를 잡아가고 싶으면 잡아간다는 것쯤은 누구든지 알고 있습니다."

영주가 킥킥대며 말했다.

"맞다, 맞았어. 이 숭쭈어다라는 사람은 누구든지 잡아가고 싶으면 잡아가는 것을 좋아하고, 죽이고 싶으면 죽이는 것을 좋아하지."

영주는 밖에 있는 사람을 불렀다.

"리쯔지어는 어디 있느냐?"

리쯔지어가 쫓아 들어와서 아뢰었다.

"이 녀석 아비는 돌려보내겠습니다."

이 말을 마친 리쯔지어가 우물쭈물 타오짜뽀를 가리키며 물었다.

"이놈은 어찌할까요?"

"아직도 물어봐야 하다니. 죽을죄를 지었으면 죽여야지. 죄인을 죽이지 않으면 착한 사람이 된다고 하더라. 난 착한 사람이 되고 싶지 않다, 알겠느냐?"

리쯔지어가 밖에 서 있는 몇 녀석을 부르자 그들이 밧줄을 가지고 들어와서는 타오짜뽀의 두 손을 등 뒤로 묶어 끌고 갔다.

몇 걸음 내딛었을 때 영주가 다시 타오짜뽀를 불렀다.

"자, 내 말을 끝까지 잘 듣거라. 안심해도 좋다! 네놈이 사랑했던 사람, 그 숭빠씬이라는 아가씨를 내가 귀히 여기고 있으니 빨리 데려다가 이 집의 넷째 부인으로 삼을 테니. 하하하…."

타오짜뽀는 어젯밤 타오짜진 영감이 갇혔던 바로 그 자리에 감금되었다. 영감은 타오짜뽀가 오기 전에 관아 밖으로 내보내졌다. 그래서 두 부자는 만나지 못했다. 타오짜뽀도 내심 마주치고 싶지 않았다. 아버지도 어머니도 형도 만나지 않는 것이 가장 좋았다. 무슨 일이 일어나는지 아무도 모르고, 자신이 죽기 전에는 아무도 자기가 사라졌는지조차 모르는 게 나았다. 그래야 타오짜뽀가 타오짜방으로 바뀔 수 있었다.

타오짜뽀는 죽는 것이 두려울까? 아니라고 말은 했지만 거짓말이었다. 사람은 누구나 살고 싶어 하기 마련이다. 부모 형제와 함께 즐겁게 살기를 바라는 것이다. 70, 80세까지 장수하고, 아들 손자 많이 낳고, 먹을 것과 입을 것이 풍족하기를 바라는 것이다. 그렇게 되기를 바라지 않는 사람은 없다. 그런데 타오짜뽀는 죽기를 택해놓고도 기뻐했다. 이는 기쁜 일이나 슬픈 일이나 자신과 함께 나눈 사람, 형 타오짜방을 대신해 죽을 수 있기 때문이었다. 타오짜뽀가 죽고 나면 부모에게는 타오짜방이 남는다. 부모가 연로해지면 타오짜방은 타오짜뽀보다 부모를 더 잘 봉양할 것이다.

이런 생각을 하는데 누군가 뒷문을 열고 조심스레 들어왔다. 타오짜뽀는 깜짝 놀랐다. 주방의 뚱보 아가씨 사이였다. 타오짜방과 이야기를 나눈 날부터 이제까지, 타오짜뽀는 사이를 다시 만난 적이 없었다. 사이가 인편으로 소식을 몇 번 보냈으나 형과의 약속을 지키기 위해 만나지 않았었다.

그녀는 타오짜뽀를 만날 때마다 언제고 닭고기를 가져오곤 했는데 이날 역시 닭고기를 가지고 왔다. 고기 사발이 아직 뜨거운 것을 보니 방금 잡아 요리한 듯 커다란 두 닭 다리에서 김이 모락모락 나고 있었다.

당황한 타오짜뽀는 입을 벌리고 사이를 볼 뿐 한마디도 할 수 없었다. 사이의 눈에서 눈물이 흘러내려 고기 사발에 뚝뚝 떨어져 내렸다. 사이는 타오짜뽀 옆에 앉아 부끄러워하며 얼굴을 숙였고, 시시때때로 옷소매로 눈물을 훔치며 열심히 고기를 찢었다. 타오짜뽀는 손이 줄로 묶여 스스로는 먹을 수가 없었다.

타오짜뽀가 어색해하며 말했다.

"사이야! 당장 나가, 지금 이 꼴을 당하고 있는 걸 보여주고 싶지 않아."

사이는 고개를 저었다. 타오짜뽀는 마음 아파하면서 문을 힐끔 쳐다보았다.

"나가라고!"

사이가 그제야 입을 열었다.

"타오짜뽀가 이 고기 한 사발을 다 먹으면 나갈게."

사이가 고기 한 점을 타오짜뽀 입에 갖다 댔으나 타오짜뽀는 고개를 저었다.

"먹고 싶지 않아. 사이야… 어떻게 나를 알아봤어?"

사이는 타오짜뽀의 광대뼈 위에 난 점을 가리켰다.

"점이 있잖아."

깜짝 놀란 타오짜뽀의 등에서 땀이 흥건히 흘러내렸다.

"또 누가 아는 사람이 있어?"

사이는 고개를 저었다.

"나만 알고 있어."

타오짜뽀는 안도의 숨을 내쉬었다.

사이는 손에 닭고기 한 점을 들고 말했다.

"도대체 왜 이렇게 된 거야?"

타오짜뽀는 침묵했고 사이는 재차 물었다.

"어찌 된 일이지 말 좀 해봐."

"나는 형을 사랑해, 부모님도 아주 사랑하고. 내가 없어도 형이 부모님을 보살펴드릴 수 있거든. 나는 무슨 일이든지 서툴고…."

또다시 눈물이 줄줄 흘러 내려오자 사이는 울음소리를 죽이려고 이를 깨물고 고개를 숙였다. 타오짜뽀는 조금씩 사이에게 다가가 묶여 있는 손으로라도 사이의 손을 잡고 무슨 말이라도 한마디 하고 싶었다. 사이는 눈물을 글썽이는 타오짜뽀에게 물었다.

"넌 나를 사랑해?"

타오짜뽀는 바로 대답하지 않고 말머리를 돌렸다.

"앞으로 날 생각하지 마. 조금 뒤면 나는 죽게 될 거야…. 잘 살아야 해, 알았지!"

사이는 머리를 타오짜뽀의 몸에 대고, 두 손으로 타오짜뽀의 어깨를 감싼 다음 자신의 뺨을 타오짜뽀의 뺨에 비볐다. 사이의 뺨은 뜨거웠고 촉촉하게 젖어 있었다.

타오짜뽀는 사이가 자신을 안도록 가만히 두었다. 다시는 만날 일이 없을 테니까. 그는 눈을 감고 머리에 두른 사이의 수건에서 부엌 연기 냄새를 맡았다. 그는 사이를 몹시 사랑했지만 그 말을 입 밖으로 꺼내고 싶지 않았다. 사랑한다고 말하면 살아 있을 사이가 오랫동안 힘들 것이다.

타오짜뽀가 고기 사발에 한 입도 안 대자 사이는 자리를 뜨려고 했다. 그러다 다시 닭고기 한 점을 타오짜뽀의 입에 가져다 넣어주었다. 또다시 고개를 가로젓는 타오짜뽀 앞에서 사이가 울면서 부탁했다.

"먹어야 해. 안 먹으면 굶어 죽은 귀신이 된다고."

타오짜뽀는 사이가 하는 말을 듣고 너무 귀여워서 입을 아 하고 벌려주었다. 고기 조각이 너무 맛없어서 토할 것만 같았지만 눈을 딱 감고 꿀꺽 삼켜 사이를 기쁘게 해주었다. 그녀는 여전히 울고 있었다. 타오짜뽀는 마음을 숨길 수가 없었다. 이런 사이를 보자 절로 목이 잠겼다.

"사이야, 그렇게 우니까 내가 도무지 먹을 수가 없어. 내가 먹기를 바란다면 제발 그만 울어."

그 말을 들은 사이는 서둘러 옷소매를 들어 눈물을 훔쳤다. 타오짜뽀는 사이가 고기를 계속 먹이려는 생각을 덜하게 하려 애썼다.

"사이는 돌기둥 있는 곳에 가본 적 있어?"

사이는 고개를 끄덕였다.

타오짜뽀는 놀라서 눈을 크게 뜨며 물었다.

"거기 뭐 하러 갔었는데?"

사이는 우물쭈물하며 답했다.

"그냥 한번 가보고 싶어서."

"죽은 사람도 보았어? 죽은 사람을 뭐 볼 게 있다고 봐?"

"에이… 모르겠어. 처음 본 거라."

타오짜뽀가 한동안 멈칫했다. 그는 갑자기 두려움을 느꼈고 목소리가 떨렸다.

"어…떻게 보…였는데?"

사이가 고개를 저으며 말했다.

"아무렇지도 않았어. 사이가 갔을 때는 거기에 아무도 달려 있지 않았거든."

타오짜뽀가 숨을 내쉬었다. 그는 사이가 말하는 것에 호기심이 일면서도 한편으론 겁났다. 이야기를 다 듣고 나면 올라갈 용기가 충분치 않을까 두려웠다. 어찌 되었든 타오짜뽀도 한 인간일 뿐이었다.

사이는 여전히 고기를 찢는 데 열중하며 타오짜뽀가 삼키기 쉽게 아주 잘게 찢어놓았다. 그러다 갑자기 머리를 치켜들어 타오짜뽀를 정열적인 눈빛으로 바라보고는 말했다.

"오늘 타오짜뽀를 데리고 올라간들 아무 일도 안 일어날지 몰라."

"뭐라고?"

타오짜뽀가 잘 못 알아들어 다시 묻자 사이는 목소리에 희망을 숨기지 않았다.

"거기에 두 사람을 새로 매달아놓은 지 사흘이 되었어."

"두 사람을 한꺼번에 매달아?"

사이가 고개를 끄덕이며 말했다.

"두 사람이 은괴 금고의 문을 열다가 들켰대."

타오짜뽀는 침묵했다. 사이가 타오짜뽀를 뚫어져라 바라보더니 와락 끌어안으며 말했다.

"그건 사실이야. 자리가 없으면… 타오짜뽀를 다시 데리고 올 거라고."

타오짜뽀는 사이가 안도록 내버려두며 물었다.

"어디로 말야?"

"이곳으로 되돌아오는 거지. 그리고 자리가 나기를 기다렸다가 다시 데리고 올라갈 거야."

사이의 가슴은 기쁨에 차올랐고 타오짜뽀의 얼굴에는 걱정 빛이 역력했다.

"그게… 뭐 조금도 좋은 게 아니잖아."

사이는 타오짜뽀를 풀어주면서 놀라 말했다.

"도대체 왜 안 좋다는 거야. 너는 조금이라도 더 살고 싶지 않아?"

타오짜뽀는 고개를 저었다.

"내가 있는 이곳으로 되돌아오고 싶지 않다는 거야?"

타오짜뽀가 더 살고 싶지 않다거나 되돌아와서 사이를 한 번 더 보고 싶지 않다는 게 아니었다. 그가 두려워하는 것은 오늘 바로 죽지 않으면 타오짜뽀가 타오짜방 대신 관아에 갔다는 사실을 식구들이 알게 되고, 그러면 타오짜방이 달려올 것이라는 점이었다. 그러나 타오짜뽀는 사이에게 이를 얘기하고 싶지 않았다.

사이는 다시 눈물을 주르륵 흘리며 고기를 찢어 타오짜뽀의 입에 넣어주었다. 그가 아직 고기를 씹고 있는데 문 자물쇠를 따는 소리가 났다. 그는 불안에 떨면서 사이에게 재촉했.

"어서 나가, 빨리! 저놈들이 지금 온다고."

사이는 황급히 타오짜뽀를 끌어안고 볼을 비비고 나서 큰 나무통 뒤로 달려가 몸을 숨겼다.

타오짜뽀를 돌기둥으로 끌고 가기 위해 창고로 가면서도 리쯔지어는 여전히 안심되지 않았다. 그는 되돌아가 영주에게 말했다.

"제가 느끼기에는… 늙은이의 자식이 의심이 갑니다."

영주는 깜짝 놀라 물었다.

"네가 의심하는 게 무엇이더냐?"

"어제 오후 저희가 그 녀석을 한바탕 후려 패서 마당에 흙더미처럼 널브러트려 놓았습니다. 그런데 어찌 저토록 멀쩡한 것일까요?"

영주가 손을 저었다.

"너희들처럼 젊으니 빨리 회복됐겠지. 건강하지 않으면 나을 수가 없지 않느냐. 오늘 안 왔으면 내일 그놈의 아비는 결국 죽어 시신이 됐을 거다. 너라면 감히 명을 거부해 네 아비를 죽게 내버려둘 테냐?"

리쯔지어는 여전히 얼굴을 찡그리며 의심을 완전히 거두지 못했다.

"하오나…."

영주가 그의 말을 막았다.

"내가 그놈을 지난번 만나보았다."

비록 영주가 그렇게 말할지라도 리쯔지어는 안심되지 않았다. 어제 죽도록 맞았는데, 무슨 사람이 하루 만에 멀쩡히 깨어날 수 있단 말인가? 그러나 영주가 맞는다고 하면 맞는 것이다.

그때 타오짜진 영감이 석방되었다. 대문에 도착하자 영감은 뒤돌아보며 호송하던 사람들에게 물었다.

"왜 나를 돌려보내는 거요?"

"이 영감아, 돌려보내주면 빨리 가기나 하지 묻기는 왜 묻는 거요? 지금 다시 잡아갈까 보다."

그렇게 말하면서 그들은 영감의 등을 세게 밀고 문을 닫았다. 잠시 후 영감은 길에 넘어져 곤두박질쳤다. 뒤를 돌아보자 높고 단단한 대문짝 소리가 울렸다. 영감은 심장이 끓어오름을 느꼈다. 아들이 영주 앞에 출두해서 영주가 나를 보내준 게 아니던가? 그 녀석이 언제 왔기에 내가 못 보았지? 어제만 해도 그 녀석은 얻어맞아 바로 그 자리에 처박혀 있었는데 벌써 왔다니 대체 어찌 된 일인가?

영감은 황급히 관아 문을 두드리며 말했다.

"이보게들, 말 좀 물어보자고."

하지만 문짝은 여전히 굳게 닫혀 꼼짝도 안 했다. 영감이 주변을 둘러보고 돌멩이를 하나 주워 대문을 향해 힘차게 내던졌다. 개 짖는 소리가 요란하게 울리더니 그제야 대문이 열렸다. 사냥개처럼 화가 잔뜩 난 경비병 몇이 득달같이 나와 외쳤다.

"게 누구냐? 죽고 싶어, 엉?"

그때 타오짜진이 쫓아와서 말했다.

"말 좀 물어봅시다. 내 아들이 방금 올라온 게 맞는가?"

전에 얼굴을 찡그렸던 경비병이 영감을 보고 깜짝 놀라

물었다.

"아이고, 이 노인이. 아직 안 돌아갔군."

"저…저… 내 아들 타오짜방이 여기 방금 왔나?"

"타오짜방이라니? 어떤 타오짜방을 말하는 거요? 여기는 타오짜방이란 이름을 가진 놈이 없소이다. 어서 돌아가시오!"

그가 말을 끝내고는 대문을 쾅 하고 닫았다. 그렇다면 무언가 잘못된 것이 분명했다. 생각이 이에 미치자 영감은 발이 목덜미에 닿도록 집으로 내달렸다. 어젯밤에 감금되었었기에 배가 고프고 지치기도 했으련만 한걸음에 달려가 어떤 상황인지를 확인해야만 했다.

집에서는 부인이 자리에서 일어나 부엌에서 죽을 끓이고 있었다. 영감이 달려 들어오자 개가 반가워 컹컹 짖었다. 그 소리에 쫓아 나온 부인은 영감을 다시 보자 눈물을 흘렸다. 영감은 안으로 들어서며 물었다.

"아들은 어디 있소?"

부인은 영감이 들어오도록 한쪽으로 비켜섰다. 영감은 타오짜방이 침상에 몸을 쭉 뻗고 누운 것을 보고는 안도의 숨을 내쉬었다. 아들은 여전히 일어나지를 못했다. 아파서 죽을 지경이었으나 영주 앞에 출두하지 않았으니 좋았다.

긴장이 풀린 영감이 의자에 풀썩 내려앉았다. 이를 본 부인이 부엌으로 재빨리 들어가 뜨거운 죽을 한 사발 퍼서 앞에 갖다 놓았다. 그제야 부인이 입을 열었다. 너무 기뻐서 말도 제대로 나오지 않았다.

"어… 어떻게… 해서 영주가 보내주었어요?"

영감은 고개를 저었다.

"모르지. 갑자기 가라고 하더라고."

"매는 안 맞았어요?"

"응."

"어젯밤에 덮을 이불은 주던가요?"

"이불은 무슨 놈의 이불. 옥수수 통 안에 집어넣어 쥐새끼들하고 같이 잤지. 하! 죽 맛, 참 좋다!"

그는 대답을 마치자 부인의 말은 기다리지도 않고 죽을 호호 불어가며 넘겼다. 무슨 죽이 이렇게 맛있는지 연속으로 몇 입 먹고 나서야 고개를 들어 부인을 보며 말했다.

"타오짜방이 영주에게 목숨을 내놓고 출두하고서야 영주가 비로소 나를 풀어주었구나 생각했거든. 천만다행이야. 아들이 여전히 집에 있으니."

부인이 다시 눈물을 흘렸다.

"아들이 피를 너무 많이 흘렸어요. 의원이 그러는데 죽은 것 같아도 죽은 게 아니니 며칠은 누워 있어야 비로소 걸을 수 있다고 합디다. 이제 막 죽을 조금 먹게 했어요."

영감이 고개를 끄덕였다.

"영주에게 목숨을 바치러 가지 않은 것만으로도 다행이오. 그대로 내버려둬. 한창때니까 하루 이틀 누워 있으면 회복되겠지."

부인은 아직 흐느껴 울고 있었다. 말은 말대로 하면서 나무토막처럼 무표정하게 누워 있는 아들을 쳐다보노라니 복장이 터질 노릇이었다.

영감이 주변을 둘러보며 물었다.

"타오짜뽀는 어디 있지?"

부인은 고개를 저었다.

"눈을 뜨니 어디 갔는지 안 보이던데요? 분명 강에 나갔겠지. 도통 생각이 없는 애라서 집에 사람이 저렇게 누워 있는데도 모른 체한다니까."

영감이 입을 쩝쩝거리며 한마디 했다.

"됐어. 내버려둬. 걔가 집에 있으면 거슬리기만 하지 도대체 아무런 도움이 안 돼."

17. 부모는 삼일장을 치르고 나서
　　너를 가져다가 동산에 묻을 것이라니…

　　타오짜뽀가 돌기둥으로 끌려갔다. 그의 팔은 뒤로 꽁꽁 묶였고 발은 물소 고삐로 묶였으나 줄이 느슨해 걷는 데는 지장이 없었다. 갑자기 햇볕이 쨍쨍하게 비추더니 안개를 완전히 몰아냈다. 안개가 사라지자 초목이 새파랗게 보였다. 높은 곳에서 지저귀는 새소리가 듣기 좋았다. 길 양쪽에 눈처럼 하얀 카나리아 꽃이 잔뜩 피어 향기가 진동했다.
　　호송병들이 재촉하지 않는데도 타오짜뽀는 빨리 걸었다. 어차피 죽을 바에는 빠르면 빠를수록 좋았다. 그가 가장 생각하고 싶지 않은 것은 어머니였다. 어쨌거나 어머니는 아들이 죽으면 가슴 전체가 찢겨 나가도록 우실 것이다. 목이 잘려 강에 물고기 밥으로 던져지더라도 돌기둥에 매달리는 것보다 낫다고 여길 것이다. 타오짜뽀는 아무 생각 없이 걸어갔다. 하늘과 땅도 안 보고, 숲에 있는 초목에도 눈길을 주지 않고, 새소리도 안 듣고, 카나리아 꽃향기도 맡지 않았다.
　　막상 돌기둥을 가까이서 보니 무시무시했다. 치웠다고는

하나 사람 뼈다귀가 돌기둥 밑에 여전히 쌓여 있었다. 누더기가 된 옷 조각 몇 개가 마른 나뭇가지 위에서 날렸다.

한 녀석이 타오짜뽀에 물었다.

"물 마시고 싶지 않나?"

타오짜뽀가 고개를 저었다.

"돌기둥에 매달아라!"

그들은 타오짜뽀에게 나무 의자에 올라서도록 한 다음 그의 손을 두 돌 귀에 밀어 넣었다. 그러고는 줄로 단단히 묶고 나서 의자를 빼버렸다. 그는 눈을 감고 저승사자가 부르러 오기를 기다렸다. 죽으면 그만이지 아무것도 무섭지 않았다.

이때 갑자기 타오짜뽀의 귀에 울음소리가 들렸다. 찜통에서 갓 꺼낸 맨맨처럼 언제나 뜨거운 사람, 뚱보 아가씨 사이의 울음소리였다. 사이의 울음소리가 그의 귀에 맴돌았다. 타오짜뽀는 자신의 볼에 닿았던 뜨겁고 촉촉했던 그녀의 볼을 떠올렸다.

사이는 여섯 살 때부터 10년을 관아에서 살았다. 사이 어머니가 빚을 갚는 대신 영주에게 딸을 주었다. 관아에는 사이처럼 빚 대신 살고 있는 아이들이 셀 수 없이 많았다. 빚을 진 부모가 몸값을 치르고 다시 자식을 데리고 갈 만큼 돈이 충분한 경우는 결코 없었다. 1년을 더 머물러 있으면 또다시 빚이 늘어나기 때문이었다. 식비, 의복비, 침구비, 모든 것을 죽을 때까지 계속 물리니 자식을 데리고 나온다는 것은 감히 생각도 할 수 없었다.

그러니 사이는 관아에서 영원히 살게 될 테고, 그곳에서 노처녀가 되고 늙은 할머니가 될 것이다. 만약 타오짜뽀가 죽지 않는다면 사이의 몸값을 치르고 관아에서 데리고 나올 방안을 찾았을 것이다. 때가 되면 그는 분명 그렇게 했을 것이다. 그러나 생각만 했을 뿐, 이 지경까지 왔으니 더 이상은 할 수 없는 일이었다.

그런데 타오짜뽀는 어찌 사이의 울음소리만 듣고 웃음소리는 듣지 못했을까? 그녀의 웃음소리는 아주 특이해서 마치 조약돌이 대나무 통 안에서 달그락거리는 듯했다.

타오짜뽀가 사이의 웃음소리를 기억하려고 애쓰고 있을 때 갑자기 발목을 찌르는 듯한 통증을 느꼈다. 많이 아프지는 않으나 아주 빠르게 앞이 희미하게 보이기 시작했다. 숨쉬기가 힘들었고 가슴이 답답했다. 두 눈꺼풀이 터져 나오고 두 눈을 단단히 조이는 것 같았다. 입은 굳어졌고 돌기둥에 얼굴을 박고 매달려 있기에 토하고 싶어도 그럴 수가 없었다.

타오짜뽀는 햇살이 화사하고 꽃이 만개하고, 높은 하늘에서 새들이 지저귀는 따뜻한 아침나절에 조상님들한테로 갔다. 까마귀 떼는 어디로 갔는지, 몸이 아직 살아 있는 고기를 먹겠다고 울부짖으며 배회하는 녀석을 한 마리도 볼 수 없었다.

큰 마님은 방에 앉아 조용히 밖을 내다보고 있었다. 두 손이 뒤로 묶인 채로 사람들에게 끌려 마당을 지나가는 타오짜뽀의 맑은 눈을 보고 나서부터 큰 마님은 계속 한숨을 쉬어댔다.

그게 다 두 사람이 자신의 말을 따르지 않아 생긴 일이었다. 날랜 발걸음으로 멀리 도망갔어야 했는데 말을 듣지 않아서 일어난 결과였다. 만약 둘이 부모와 함께 우물쭈물하지 않고 도망갔더라면 분수를 지키며 편안하게 살지 않았을까? 이제 한 녀석은 죽었고, 한 계집은 살아 있다. 살아 있는 계집은 분명 잡혀 와 영주의 넷째 부인이 될 것이다.

톱질 소리, 끌 소리가 여전히 뒷마당에 울려 퍼지고 있었다. 목수들이 아직 넷째 부인이 쓸 가구 만드는 일을 마치지 못한 상태였다. 오늘까지 해야 겨우 완성시킬 수 있었다. 은세공장은 장신구를 다 제작했다. 어떤 것이든지 아름답고 반짝반짝 빛이 났다. 치마저고리 만드는 일도 거의 끝나갔다.

여러 가지에 신경을 쓴 탓에 큰 마님은 몹시 피곤했다. 모든 일을 마치고 오랜만에 숨을 돌린 그녀는 팔다리가 바스러지는 것 같았다. 그녀가 최선을 다한 덕분에 영주는 결국 무엇이든 자신이 하고 싶은 대로 다 이룰 수 있었다.

그때 르 녀석이 얼굴이 새파랗게 질린 채로 큰 마님에게 달려왔다.

"큰 마님… 영주님께서 큰 마님을 불러오라고 하십니다."

큰 마님은 르의 얼굴을 뚫어질 듯 보았다. 르는 서둘러 되돌아가며 마당을 힐끔 쳐다보고 나무 끝을 올려다보았다. 그녀는 뭔가 불길한 예감이 들었다.

"무슨 일인가? 왜 갑자기 영감이 또 부르지?"

"쉰네, 쉰네는 잘 모르겠습니다."

큰 마님이 상을 찌푸리며 말했다.

"네가 뭐라고 고했느냐?"

르 녀석은 혀가 목구멍으로 미끄러져 들어가는 것 같았고 입은 뻣뻣하게 굳어 들었다.

큰 마님이 다시 물었다. 묻기는 물으나 대답을 짐작하고 있는 물음이었다.

"네가 이미 뭔가를 고했음이 틀림없구나. 그렇지?"

갑자기 르의 얼굴에서 눈물이 흘러내렸다. 그러더니 큰 마님 앞에 무릎을 털썩 꿇고 말했다.

"쉰네가 큰 마님께 죽을죄를 지었습니다. 쉰네가 큰 마님께 죽을죄를 지었습니다."

그렇게 말하면서 르는 머리를 땅바닥에 찧었다. 아이고! 이제 겨우 열네 살밖에 먹지 않은 녀석이 두려워하는 것은 맞다, 영주다. 큰 마님은 그 녀석을 믿지 말았어야 했다. 어린아이를 믿었으니 어디에 원망도 하지 말고 결과를 받아들여야만 한다. 큰 마님이 유일하게 믿어온 것은 누렁이뿐이었다. 그녀는 무릎을 꿇고 있는 르 앞을 지나쳐 갔고 녀석은 큰 마님의 등 뒤에서 하염없이 흐느껴 울었다.

    큰 마님이 마당을 가로질러 가며 올려다보니 바람이 불고 햇볕이 쨍쨍 비추었다. 아마도 이 아침나절이 큰 마님 생애에서 마지막 아침이 될지도 모르고, 지난 30년간 영주의 관아에서 해온 큰 마님 노릇에 종지부를 찍는 날이 될지도 몰랐다. 그렇더라도 그녀는 슬프지도 않고 두렵지도 않았다. 슬픔과 기쁨, 두려움과 행복 모두 큰 마님의 심혼 속에는 존재하지 않았다. 그녀는 골밑에 있는 깊은 심연처럼 어둡고 조용했다. 지하의 심연은 아무도 볼 수 없고 아무도 접근할 수 없었다. 바람과 태양마저도.

    큰 마님이 본채로 곧장 들어서자 영주는 여느 때처럼 등판에 태양이 수놓아진 의자에 위풍당당하게 앉아 있었다. 그는 큰 마님을 보고 아무런 내색도 하지 않고 의자를 가리켰고 큰 마님은 거기 앉았다.

    "임자, 내 오늘 한 가지 물어볼 게 있소."

    큰 마님이 고개를 끄덕였다.

    영주가 숨을 내쉬더니 말했다.

"임자가 뭐 나에게 잘못한 게 있소?"

큰 마님이 또다시 고개를 끄덕였다.

"잘못을 많이 했소? 아니면 적소?"

"많지도 않고 적지도 않습지요."

큰 마님이 조심스럽게 대답했다.

영주가 의자 위에서 몸을 뒤틀며 말했다.

"임자, 내가 어떻게 해주면 되겠소?"

"하고 싶은 대로 하시구려."

"어라…."

영주가 의자에서 벌떡 일어나 육중한 몸을 기우뚱거리며 이리 갔다 저리 갔다 했다. 큰 마님은 조용히 처분을 기다렸다. 죽어도 할 수 없었다. 지난 30년간 금고지기 노릇에 종지부를 찍고, 밤이 되면 문틈으로 어떤 계집이 방으로 들어가는지, 밤잠을 잊고 앉아 동틀 때까지 지켜보아야 했던 일을 끝내게 되니 어찌 좋지 않으리.

영주가 큰 마님 앞에서 멈추어 서서 말했다.

"임자도 정말 늙었군. 나이가 들더니 일을 고작 그렇게 하다니."

큰 마님은 화를 전혀 내지 않는 영주의 목소리에 깜짝 놀랐다. 그토록 엄청난 일을 저질렀으니 다른 사람 같았으면 영주가 벌써 난도질했으리라.

영주는 침착하게 계속 말을 이었다.

"임자가 몇 년 동안을 부모님을 찾아뵙지 못했더라?"

"3년 되었어요."

큰 마님이 대답은 했으나 영주가 무엇을 하려고 물어보는지를 짐작하지 못했다.

"두 노인네가 아직 건강하신지 모르겠군."

큰 마님은 침묵했다. 영주는 큰 마님 부모의 건강이 어떤지를 모르고 있었다. 사실 큰 마님의 부모는 모두 돌아가셨다.

영주가 한동안 침묵을 지키다가 입을 열었다.

"이제 임자를 부모님 집으로 돌려보내겠소."

"왜요?"

큰 마님이 깜짝 놀라 묻자 영주는 고개를 끄덕이며 답했다.

"임자는 하얀 은전을 가지고 가고 싶은 만큼 얼마든지 가져가시게. 살림살이도 원하는 만큼 다 가져가도 좋아."

큰 마님은 고개를 저었다.

"소첩은 돌아가고 싶지 않습니다."

영주가 깜짝 놀라 말했다.

"내가 그렇게 하는 것이 임자의 죄를 물어 처형하고 싶지 않기 때문이라는 것을 아시오?"

"알고 있습니다."

"그러면 더 원하는 게 무엇이오?"

무엇을 원하느냐고? 큰 마님은 영주에게 자신이 무엇을 바라는지를 과연 말할 수 있을까? 30년간을 이 집에 살면서 부인의 유일한 소원은 바로 자신 앞에 서 있는 사람이었다. 그것뿐이었다. 재산도 아니고 하얀 은전도 아니었다. 영주는 이 사실을 몰랐을까 아니면 모르는 척했을까?

큰 마님은 자신의 몸이 꼭대기부터 뿌리까지 죽은, 그래서 어떻게 해도 살릴 방법 없이 서서히 쓰러지고 말 한 그루의 나무 같다고 느꼈다. 그녀는 참으로 깊고 깊은 한숨을 내쉬고 또다시 긴 한숨을, 정말로 깊은 한숨을 내쉬었다.

"내가 죽으면 영감은 기쁘겠습니까?"

영주는 갈수록 경악했다. 이 할망구가 벌써 정신이 오락가락한다는 말인가?

"임자는 어찌 말을 그리 해?"

큰 마님은 등받이를 밀치고 일어섰다. 대답은 하지 않았다. 영주가 큰 마님을 뚫어지게 쳐다보았다. 함께 살았지만, 바른대로 말하자면 한집에서 수십 년을 같이 살았다지만 영주는 자신의 큰 부인에 대해 아는 것이 없었다.

큰 마님은 방으로 돌아갔다. 르는 아직도 무릎을 꿇은 채 그 자리를 떠나지 않고 있었다. 그 녀석은 입조심을 못 하고 영주에게 모든 것을 토설한 것을 극도로 후회했다. 그는 매 맞을까 봐 걱정했고 죽는 것을 두려워했다.

큰 마님은 여전히 아무 말 없이 르 앞을 오가다 방으로 들어가버렸다. 그녀는 침상에 앉아 자신이 젊은 시절을 모두 보낸 방을 두리번거렸다. 만약 그녀가 잘못한 게 없었다면 여기서 죽을 때까지 살 수 있었다. 큰 마님에게 감히 어떻게 할 수 있는 사람은 아무도 없었기 때문이다. 그녀에게 부족한 것이라고는 아무것도 없었고 원하는 것은 다 있었는데, 다만 30년 내내 자신이 사랑했던 남자 하나가 부족했다. 큰 마님은 그 남자를 한 번도 자신의 손에 쥐어볼 수가 없었다.

큰 마님은 큰 가방 앞으로 가더니 그것을 열어 베개를 꺼냈다. 며칠 전 영주가 술에 취해 부축받아 이 방에 왔을 때 썼던 새 베개였다. 그녀는 영주가 누웠던 자리에 그 베개를 놓았다. 그러고는 신발도 안 벗고 다리를 구부린 채로 요가 아래로 푹 꺼져 내려갔던 바로 그 자리에 누웠다. 비록 이제는 푹 꺼진 요가 다시 부풀어 올랐지만 큰 마님은 아직도 영주의 흔적이 남아 있는 것처럼 느꼈다. 푹 꺼진 흔적은 아주 넓고 아주 길었다.

큰 마님은 다시 눈을 감았다. 눈을 감아야 밥을 먹을 때나 잠을 잘 때나 자신이 늘 생각하는 남자의 체취를 맡을 수 있었기 때문이다. 그 냄새는 누구의 것과도 달라 여전히 베개에 그대로 남아 있었다. 자신이 관아를 떠나갈 때 가져가고 싶은 유일한 물건은 바로 이 베개 하나였다. 그러나 그녀는 베개를 가지고 나가지 않을 것이다. 그리고 다른 어느 것도 가지고 나가지 않을 것이다. 영주에게 모두 돌려줄 것이다. 그에게 자신의 젊음을, 자신의 화려했던 아름다움을, 자신의 사랑을 선사할 것이다.

결국 큰 마님은 빈손으로 방을 나섰다. 그 뒤를 늙은 개가 따랐다. 둘은 작은 마당과 큰 마당을 지나고 늙어서 잘라버린 과일나무 밑을 지나 개들이 차례로 누워 있는 마당을 걸어 이미 열려 있는 대문을 거쳐 밖으로 나갔다.

관아는 죽은 듯이 조용했다. 어느 누구도 말 한마디 하지 않았고 아무것도 묻지 않았다. 큰 마님 방의 쪽 길에서 흐느끼는 르 녀석의 울음소리만 들릴 뿐이었다. 모든 출입구와 난간에서 수백 명의 두 눈이 큰 마님의 출입을 주시했다.

그 누구도 숭쭈어다 영주의 관아에서 가장 권세 있는 여자가 쫓겨나는 날이 있으리라고는 생각하지 못했다. 많은 사람이 큰 마님을 미워했지만 또한 적지 않은 사람이 그녀의 은덕을 입었고, 그녀를 불쌍하게 여기는 사람도 있었다.

한 사람과 개 한 마리가 산길을 천천히 걸어갔다. 햇볕은 정말 따사로웠고 바람은 매우 부드러웠고 꽃향기는 참으로 향기로웠다. 죽기에 정말로 좋은 날이었다. 아주 높은 하늘에서는 한 마리의 새가 큰 마님과 누렁이를 따라가다 선회했다.

활짝 펼친 새의 긴 날개가 자갈길 위에 그림자를 드리웠다. 큰 마님이 걸음을 멈추고 고개를 들어 하늘 위를 바라보았다. 숭깟이었다. 숭깟이 왝왝하며 슬피 울었다. 누렁이 역시 숭깟임을 알아보고는 걸음을 멈추고 올려다본 다음 묵묵히 가던 길을 계속 갔다. 숭깟은 큰 마님과 누렁이를 따라 강둑 끝까지 날아와 마치 작별이라도 고하는 듯 몇 바퀴 돌고 나서 이내 돌아가버렸다.

강은 한쪽이 치솟은 절벽, 한쪽이 부사토가 쌓인 좁은 충적토 지대 사이로 흘렀다. 이 주변은 채심을 심기 위해 유일하게 양귀비를 심지 않은 곳이었다. 잘 자란 채심들은 고랑(高浪)을 이루어 사람 머리 높이와 비슷하고, 잎은 크고 두꺼워 잎 하나로도 국 한 솥을 끓이기 충분했다. 샛노랗게 핀 채심꽃에는 꿀을 빨아 먹는 벌이 앉아 꽃대가 아래로 처져 있었다.

영주는 이곳에 양귀비 파종을 허락하지 않았는데 이는 큰 마님의 의사를 반영한 처사였다. 큰 마님은 제철에는 파랗고, 철이 끝날 무렵이면 샛노랗게 되는 실로 드넓은 채심밭이 있기를 바랐다. 한 가지 이유 때문이었다. 그녀가 영주를 처음으로 만난 장소가 바로 채심밭이었던 것이다. 하지만 영주는 그 이유를 알지 못했다.

큰 마님의 부모가 경작하는 채심밭은 산촌을 통과하는 자갈길 바로 옆에 있었다. 30여 년 전 그날 큰 마님이 채심밭에서 잡초를 뽑을 때 마침 영주가 지나갔다. 영주는 큰 마님을 보고 말을 멈추게 한 다음 채심을 사려고 말을 건넸다. 영주가 산다고 하면 팔 생각으로 그녀는 싱싱한 채심 잎을 한 아름 꺾었다. 그녀는 영주의 완전한 사각형 얼굴, 햇빛처럼 환한 미소, 푸른 채심 뒤로 보이는 살짝 눈을 찌푸린 얼굴을 결코 잊을 수 없었다. 영주는 사실 채소를 사려는 게 아니었다. 그는 내심 채심밭에서 일하는 사람의 얼굴을 보고 싶을 뿐이었다. 그래서 큰 마님으로 지낸 기간 내내, 그녀는 채심 씨를 파종하기 위해 이 땅을 남겨놓았다.

큰 마님이 아주 큰 채심 사이를 지나갔다. 이슬에 젖은 보드라운 노란 채심 꽃 향기가 큰 마님의 얼굴에 퍼졌다. 이제부터 채심은 그녀의 보살핌을 받을 수 없을 것이다.

채심밭을 지나 강둑으로 나가자 강물이 말라서 바닥이 훤히 드러나 있었고, 둑 가까이 고목의 뿌리 밑에 깊게 파인 웅덩이에만 물이 있을 뿐이었다. 그 나무에는 홍수 때마다 큰 야생 동물들이 떠내려와 감기곤 했다. 고목 밑에는 이무기가 살고 있다는 소문이 전해지는데 지금까지 본 사람은 아무도 없었다.

큰 마님이 물웅덩이 곁에 서자 시든 잡초들이 물 표면에서 갈기갈기 찢어졌다. 이때 큰 마님은 방쩌가 생각났다. 그녀가 삶을 마감한 지 벌써 몇 년이 흘러 지금은 그 혼이 어디에 있는지도 모른다. 방쩌와 비교해보면 자신이 그녀보다 행복했는지 아니면 더 고통스웠는지 모를 일이었다. 방쩌가 자신의 귀에 대고 한 말이 있었다.

"살아 있어도 죽은 것이나 마찬가지인데 살아서 뭐 한담. 살아 있어도 죽은 것이나 마찬가지인데 살아서 뭐 한담…."

큰 마님은 신발을 벗어 땅에 가지런히 놓았다. 그러고는 머리를 숙여 늙은 누렁이의 목을 톡톡 치며 말했다.

"누렁아, 넌 예 있거라. 난 가련다! 이번에는 나를 따라올 수가 없단다. 이번 길은 아주 멀고 돌아올 길이 없어. 앞으로 너 혼자 알아서 살아야 한단다. 알았지?"

말을 마치자 큰 마님은 웅덩이 속으로 투신했다. 얼음같이 차고 진한 검은 물이 그녀를 꿀꺽 삼켜버렸다.

늙은 누렁이가 이를 바라보고는 비통하게 울부짖었다. 눈물이 주인 잃은 개의 얼굴에서 줄줄 흘러내렸다. 한동안 눈물을 펑펑 흘리던 누렁이는 마치 아무것도 물속으로 빠지지 않았다는 듯 제정신을 찾았다. 녀석은 땅에 누워 큰 마님이 남겨놓고 간 신발에 턱을 괴었다. 누렁이는 여기에 있을 것이고, 그 누구도 어디로 데려가지 못할 것이며, 어떤 비바람이 불어도 피하지 않고 자리를 지킬 것이다. 누렁이는 죽을 때까지 큰 마님과 함께 그 자리에 있을 것이다.

18. 내일은 아침밥을 빨리 해 먹고
내 동생을 잔디 언덕에 갔다 파묻으려니…

　타오짜진 영감의 부인은 죽을 퍼서 아들에게 한 숟가락씩 먹이고 있었다. 그때 한 사람이 집으로 달려왔다. 두 대문짝을 요란하게 치며 밀고 들어오는 모습이 마치 쫓기는 개가 집으로 달려오는 것 같았다. 숭쭝루 영감이었다. 그가 달려오면서 소리쳤다.
　"타오짜방이 돌기둥에 매달렸다고…."
　그리고는 집 안으로 허겁지겁 달려와 침상에 누워 있는 타오짜방을 보고는 두 눈이 휘둥그레졌다. 부인도 숭쭝루 영감이 말하는 것을 듣고 역시 두 눈이 휘둥그레졌다. 염소 외양간에서 급히 달려 나온 타오짜진 영감 역시 어안이 벙벙했다. 영감은 부인을 보고, 부인은 다시 영감을 보고, 두 사람은 숭쭝루 영감을 바라보았다. 숭쭝루 영감의 말은 맞기도 하고, 틀리기도 했다. 타오짜진 영감의 아들이 돌기둥에 매달린 것은 사실이었으나 타오짜방은 아니었다. 세 사람은 동시에 소리를 쳤다.

"타오짜뽀다!"

부인이 앞장서 달리고 타오짜진 영감과 숭쭝루 영감이 뒤를 따랐다. 부인은 자신이 허리가 아프고 나이가 들었다는 사실도 잊은 채 나는 것처럼 달렸고, 미친 듯이 뛰었다. 부인은 방금 씨를 파종한 들판을 가로질러 아마밭과 옥수수밭을 지나 쉼없이 달렸다. 돌이 발을 찔러 자갈길을 붉게 물들였지만 그녀의 눈에는 보이는 것이 없었다. 단지 앞을 볼 수 있는 두 눈, 계속 달릴 수 있는 두 다리면 되었다. 두 영감은 도대체 부인을 따라잡을 수가 없었다.

부인은 돌기둥이 서 있는 쪽 언덕배기를 뛰어 올라갔다. 경비병도 부인을 잡지 않고 내버려두었다. 추운 겨울철 점심나절의 붉게 내리쬐는 햇볕 아래 부인의 아들, 바로 자신의 그 어리석고 약하고 멍청하고 겁 많은 아들이 거기에 매달려 있었다. 그녀는 있는 힘을 다해 고래고래 소리쳤다.

"아들아, 그만 내려오너라. 이놈들아, 내 아들을 당장 내려놓거라."

경비병들은 자신의 어머니뻘인 부인의 뜻대로 하지 않을 수가 없었다. 그들은 의자에 올라 타오짜뽀의 손을 풀고 그를 내려놓았다. 그는 숨을 쉬지 않았다. 그와 같이 건장한 청년은 마땅히 아직 숨을 쉬고 있어야 했다. 하루 만에 목숨을 거두다니, 낮과 밤으로 날씨가 추운 탓이었을까. 타오짜뽀를 죽음으로 내몬 것은 뱀독이었다. 발목을 뱀에 물려 뱀독에 중독된 탓에 그의 발은 검붉게 부어올랐고 바짓가랑이가 터져 나갈 것 같았다. 결국 뱀독이 머리까지 퍼진 그는 비참한 죽음을 맞았다. 기둥이 조금만 더 높았거나 그의 키가 조금만 작았다면 죽지 않았을 것이다. 비록 결국은 죽음을 맞았을 테지만 최소한 어머니가 하는 말 한마디라도 들을 시간 여유는 있었을 것이다. 부인은 지난 20년간 애지중지 키워왔던 아들의 손을 부여잡고 돌기둥 밑에서 기절하고 말았다.

～～

죽은 게 사실은 타오짜방이 아니고 타오짜뽀지만, 타오짜방은 이미 죽은 사람이 되어야 했다. 영주는 중신아비를 다시 숭빠씬 집으로 보내 혼례 날짜를 잡도록 했다. 숭쭝루 영감은 우선 생각을 해보기 위해 중신아비를 돌아가라고 내쫓았다. 중신아비는 킬킬대며 웃었다. 돌아가라면 가지 뭐. 어쨌든 피할 수 없는 일이었다. 중신아비는 며칠 후 다시 올 것이었다.

숭쭝루 영감은 타오짜뽀의 장례를 치르기 위해 사돈집으로 갔다. 그때까지 드엉트엉에 사는 모든 사람은 죽은 아들이 타오짜진 씨 댁의 장남 타오짜방이라고 알고 있었다. 숭빠씬은 열이 오르고 타오짜방을 따라 죽겠다고 떼를 썼다. 숭쭝루 영감은 아직 딸에게 사실을 알려주지 않았다. 비밀이 탄로 난다면 영주가 사돈집 식구들을 모두 잡아다가 죽일까 봐 두려웠다. 숭쭝루 영감의 부인은 침상 옆에 앉아 딸을 지키고 있었다. 부인은 딸의 손을 잡고 울면서, 네가 죽으면 이 어미도 따라 죽을 수밖에 없다고 했다.

타오짜뽀의 장례식에서 타오짜방은 자신이 동생인 체하고 죽은 형을 위해 울어야만 했다. 영주가 잘못 알고 있으니 계속 그렇게 알고 있도록 해야만 했다. 죽은 사람은 벌써 저세상으로 갔으니 산 사람은 반드시 살아야 했다. 죽은 사람의 원수를 갚기 위해 살아야 하고, 죽은 사람의 정의를 찾아주어야만 했다.

장례를 마치자 타오짜방이 타오짜진 영감과 송쭝루 영감을 방으로 불러들였다. 그의 얼굴은 여전히 부어올라 있었고, 갈비뼈도 아직 아파서 비스듬하게 걸어야 겨우 통증을 참을 수 있었다.

세 사람은 소곤거리면서 아주 오랫동안 이야기를 나누었다. 다행히 사람들 눈에 띄지는 않았다. 타오짜진 영감의 부인이 바깥에서 가슴을 졸이며 왔다 갔다 했다. 아들 하나를 잃었으나 남아 있는 아들 하나는 하늘이 데려가지 않았다. 어미로서 복수를 원하지 않은 것은 아니었으나, 복수한다면 남은 한 아들의 목숨마저 위태로워질 테고 두 사람이나 목숨을 잃는 것은 원하는 바가 전혀 아니었다. 그녀는 타오짜방의 눈에 선 핏줄을 보았고, 뼈가 튀어나올 만큼 불끈 쥔 주먹을 보았다.

그러나 이제 타오짜방은 처음의 원류로 되돌아가려는 폭포처럼 자신이 걸어갈 길에서 부딪치는 모든 것을 깔끔하게 처리할 준비가 되어 있었다. 마음속에서 미친 듯이 용솟음치는 그의 분노를 아무도 막을 수 없었다.

관아에서는 장례식에 쓰라고 염소 한 마리를 보내왔다. 타오짜방은 아무 말도 없이 염소를 강물에 던져버렸다. 이제 무엇을 겁내겠는가?

장례식을 다 마치고 집으로 돌아온 숭쭝루 영감은 딸을 알아보지 못할 뻔했다. 딸의 두 눈은 휑하니 깊이 파여 둥근 원이 생겼고, 안색은 숲의 나뭇잎처럼 파랬고, 몸은 형편없이 야위었다.

날씨가 맑아 햇볕이 일자 숭쭝루 영감의 부인은 딸을 부축해 집의 쪽 길에 앉아 볕을 쬐도록 했다. 숭빠씬은 한동안 조용히 앉아 눈을 꼭 감았다. 마치 광풍이 한차례 불어 하늘로 날아갈 것만 같았다.

그때 타오짜방이 왔다. 그는 숭빠씬의 모습을 보고 말로 표현할 수 없을 정도로 마음이 아팠다. 그는 숭빠씬 앞에 풀썩 주저앉아 그녀의 손을 잡았다. 숭빠씬이 깜짝 놀라 눈을 떴다.

그러고는 타오짜방의 손에서 급히 손을 빼며 소리쳤다.

"타오짜뽀야, 여기 왜 왔어?"

타오짜방은 웃음이 나오려고 했으나 웃을 수가 없었다. 눈물이 그의 얼굴 위로 흘러내렸다. 타오짜방이 다시 손을 잡자 슝빠씬은 손을 빼며 소리를 꽥 질렀다.

"뭔 짓이야? 나는 네 형수라고."

타오짜방은 고개를 끄덕이며 슝빠씬만 알아듣게 조그만 소리로 말했다.

"나, 타오짜뽀가 아니고 타오짜방이야."

"뭐라고?"

슝빠씬은 너무 놀라 입을 다물지 못하고 눈도 깜박거리질 못했다. 타오짜방이 다시 고개를 끄덕이며 말했다.

"맞아, 내가 바로 타오짜방이라고."

정말 타오짜방이었다. 슝빠씬은 두 눈으로 자신 앞에 선 사람이 정혼자임을 알아보았다. 두 눈은 아직 부어올라 있었고, 행색을 보니 평소와 달랐지만 분명 타오짜방이었다.

"그럼… 저기 있었던… 저기 있었던 사람은…."

슝빠씬은 말을 더듬으며 돌기둥이 서 있는 산꼭대기를 가리켰다.

그건 타오짜뽀였다. 타오짜방이 얻어맞아 집에서 정신을 잃고 있을 때, 타오짜뽀가 영주에게로 달려갔다. 영주는 타오짜뽀를 타오짜방으로 알았다. 그래서 타오짜뽀를 잡아 죽인 것이었다.

타오짜방은 숨을 죽였다. 진한 눈물이 다시 흘렀다. 숭빠씬은 타오짜방 쪽으로 쓰러졌다. 그는 숭빠씬을 재빨리 부축해 방으로 데리고 갔다. 이제는 벽에도 눈이 있으니 잘해야 했다.

타오짜방에게 안긴 숭빠씬은 마치 나뭇잎처럼, 깃털처럼 가벼웠다. 그는 마음이 너무 쓰렸다. 무엇 때문에 한 사람은 이미 죽었고, 한 사람은 이처럼 곧 죽을 것 같은 지경에 처한 것인가?

19. 곧게 솟은 좋은 길에는 신발을 신고 평평한 길은 줄 엮는 데 편리하니…

숭쭝루 영감은 중신아비가 오기를 기다릴 것도 없이 제 발로 영주의 관아로 올라갔다. 영주는 영감이 온 것을 보고 반가워하며 사람을 시켜 빨리 의자를 가져오도록 하고 물도 내오라고 시켰다. 영주가 물었다.

"영감은 좋은 날을 택일했소?"

영감은 고개를 끄덕였다.

영주가 다시 물었다.

"따님은… 숭빠씬 아가씨도 수락했고?"

영감이 느긋하게 대답했다.

"수락하지 않는다고 해도 별수 없지요. 사랑하는 사람은 죄를 지어 벌써 죽었으니 살 방법을 찾아야 할밖에요."

영주는 껄껄껄 웃으면서 말했다.

"암, 그렇고말고! 생각 한번 잘했군. 좋아. 아주 좋아…."

영감은 옷으로 가려진 두 손을 꽉 쥐며 침묵했다. 속이 탄 영주가 또다시 물었다.

"그래 언제로 날을 잡았소?"

영감이 대답했다.

"사흘 뒤입니다."

영주가 고개를 끄덕였다.

"좋소, 사흘 뒤라."

영감이 꾸물거리며 말했다.

"하오나…."

"하오나라니 무슨 말이오?"

"그 아이 어미가 중국 사람인지라 잔칫상을 중국 풍습대로 차리고 싶어 합니다. 몬족 사람들의 잔칫상은 맛이 없다고 해서…. 영주님이 이 일에 동의해주실지 몰라서요."

영주가 허허 웃었다.

"동의하리다. 아무렴 동의하고말고. 어떤 풍습대로 잔칫상을 준비하든 다 좋소. 필요한 것이 있으면 말만 하게. 소 몇 마리, 염소, 돼지, 닭 몇 마리, 쌀, 술… 얼마든지. 다 준비하도록 하지."

영주는 계속 웃었다. 그렇지, 사람일진대 목석이 어디 있겠는가? 죽음을 보면 누구나 두려워하기는 마찬가지고, 돈을 보면 좋아하는 것은 마찬가지인 것을.

숭쭝루 영감이 돌아간 뒤 영주는 사람을 불러 신혼 방 꾸미는 일과 결혼식 날 쓸 양식을 사는 문제에 대해 물었다. 이제는 모든 일을 거의 다 끝냈으니 넷째 부인이 올 날만 기다리면 되었다. 관아에 거주하는 사람들이 영주에게 그렇게 말했다.

"아주 좋아!"

영주는 비좁은 의자에 앉아 배꼽이 아프도록 웃었다.

결혼식 날이 왔다. 영주는 새 옷을 입었고 새 신발을 신었다. 안색은 상기되었고 입에서는 웃음이 떠나가질 않았다. 주인이 즐거워하자 하인들도 무슨 일을 하건 마음이 가벼웠다.

영주는 다리를 쭉 뻗고 누워 아편을 피웠다. 그 옆에서는 숭깟이 자기 차례를 기다렸다. 이따금 영주는 숭깟에게 연기를 내뿜어주었다. 연기를 반만 들이마시고 나머지 반은 숭깟이 들여마시도록 한 것이다. 하지만 더 욕심이 났던 숭깟은 연기가 아직 올라가고 있는 곰방대 주둥이에 살며시 부리를 넣고 아가리를 딱 벌린 다음 아편 연기를 몰래 들이마셨다. 두 번을 그렇게 한 매는 아편에 취해 영주의 가슴 위에 발을 뻗고 날개도 쭉 뻗고 눈은 거슴츠레해서 뒹구는 지경이 되었다.

숭깟이 정신을 못 차리자 영주는 르를 불러 명했다.

"숭깟을 저 기둥에 붙잡아 매거라."

르는 깜짝 놀랐다. 여태껏 영주가 숭깟의 발을 묶으라고 한 적이 없었기 때문이다. 영주는 여전히 눈을 꼭 감고 심기가 불편한 목소리로 말했다.

"단단히 묶어라. 그렇지 않으면 잠시 후 신부가 당도할 때 날아가 사람들을 귀찮게 할지 모르니."

아, 영주는 숭깟이 자신의 새 부인을 귀찮게 하지 못하도록 하려는 것이었구나. 숭깟도 영주를 닮아 예쁜 여자를 좋아했다. 숭깟은 예쁜 여자를 보면 아주 귀찮게 굴었다. 높은 곳에서 갑자기 하강하여 부리로 사람의 머리에 두른 수건 귀퉁이를 쪼아 낚아채곤 했다. 하지만 예외도 있었다. 넷째 부인이 루민샹과 함께 돌기둥에 매달렸을 때, 숭깟은 그녀에게 아무 짓도 하지 않았다.

르는 요를 하나 가져와서 땅바닥에 깔고는 아편에 취해 멍한 매를 아주 조심스럽게 그 위에 올려놓았다. 그런 다음 숭깟은 집 기둥에 발이 붙들려 매여졌다. 숭깟은 눈을 떠보려고 애썼으나 뜰 수가 없었다.

신부 측에서 인도하는 방문단이 부엌 살림살이를 가지고 당도했다. 리쯔지어가 보아하니 수십 명이 다들 큰 칼과 작은 칼이 든 큰 주머니와 작은 주머니를 차고 있었다. 그는 깜짝 놀라 모두를 정지시켰다.

"결혼식에 웬 놈의 칼을 그리 많이 가지고 온 거요?"

숭쭝루 영감이 그 녀석보다도 더 큰 목소리로 고함을 질렀다.

"들어가서 영주님께 여쭈어보시오. 이 사람들은 중국인 요리사들로 여러 집에 부탁해서 겨우 수를 채운 것이오. 수백 명의 잔칫상을 차리는 데 두세 사람이 칼 두세 개로 일할 수 있겠소?"

이 말을 들은 리쯔지어는 감히 대문을 막고 있을 수가 없어 모두 들어가도록 문을 활짝 열어주었다.

신부는 아직 당도하지 않았다. 그녀는 네다섯 종류의 치마를 바꿔 입어보았으나 어떤 것을 입어야 좋을지를 쉽게 정하지 못했다. 맘에 드는 치마를 고르자 두건이 어울리지 않고, 머리 모양이 거슬려 또다시 머리 가르마를 탔다. 머리 손질을 마쳤는데 신발이 어울리지 않아 사람을 시켜 신발을 사오도록 했다. 인생에서 결혼식은 한 번뿐이고, 더구나 영주의 넷째 부인으로 가는 길이니 매사가 신부의 마음에 쏙쏙 들어야 했다. 하녀들은 준비가 다 됐는지 묻고 싶어도 감히 물어볼 수가 없고, 서두르고 싶어도 서두를 수가 없었다. 그들은 시시때때로 마당으로 뛰어나가 해를 쳐다보았다. 해가 중천에 높이 올라가면 갈수록 그들은 점점 땀을 흘렸다.

요리를 거의 다 마친 관아 주방에서는 향기로운 음식 냄새가 퍼졌다. 중국 사람들이 요리사인지라 무슨 음식이든 냄새가 좋았다. 불은 계속해서 타올랐으며, 기름은 몹시 지글거리며 귀를 따갑게 했고, 뒤집개는 냄비 안에서 튀김을 뒤집느라 땡그랑 소리를 냈다. 너무 시장했던 하객들은 음식이 꿀맛에다 술맛 또한 좋으니 우선 먹고 나서 신부가 당도하면 그때 신부를 맞이하기로 했다. 서두를 필요가 없었다.

술이 이 잔에서 저 잔으로 가득가득 따라졌다. 음식이 쟁반마다 수북수북 담겼다. 영주는 술잔을 셀 수 없을 정도로 술을 많이 마셨다. 병사들과 하인들도 이날만큼은 마음껏 먹고 마셔도 좋았고, 아무 일도 하지 않아도 되었다. 날이 어두워졌을 때는 모두가 고주망태가 되도록 취했고, 고기와 술로 배가 빵빵했다. 아무도 신부를 맞이하러 나가보려고 하지 않았.

그때였다. 타오짜방의 구령 소리에 모든 요리사가 일시에 칼을 뽑고 화승총을 들고 일어났다. 호위병들이 무기고로 달려갔으나 총은 진작 모래가 잔뜩 뿌려져 못쓰게 된 채 통 안에 처박혀 있었고, 칼도 깨끗하게 숨겨져 있었다. 스무 마리가 넘는 개들은 독이 든 음식을 먹고 공중제비를 돌고는 마당 구석에 모두 널브러졌다.

피가 관아의 마당을 흥건히 적셨고, 눈 깜박할 사이에 불길이 높이 치솟아 하늘 한 모퉁이를 훤하게 비추었다. 비명, 고함, 울음소리가 뒤섞여 이 지역 전체가 대혼란에 빠졌다. 후원에 있던 아녀자들은 오리처럼 내달리느라 신발도 벗겨지고 두건도 흘러내릴 정도로 혼비백산했다.

숭쭈어다는 하객들이 음식상을 박차고 도망가서 하객 수

가 점점 줄어들 때까지, 불길이 문 앞까지 닥쳐들 때까지 경악하여 그 자리에 멍하니 서 있을 뿐, 무슨 일이 벌어지고 있는지조차 제대로 파악하지 못했다. 대체 어떤 놈들이? 감히 어떤 놈들이기에 관아까지 습격을 해왔다는 말인가? 네놈들이 살고 싶지가 않은 모양이구나?

영주는 사실 살아오는 동안 한 번도 누구를 두려워해본 적이 없었다. 돈 많고 악독한 데다가, 주변에 언제나 늑대같이 흉악스러운 사냥개 무리는 물론 호위병이 있어 그를 지켰다. 그래서 집을 불태우고 사람을 죽이는 일이 여기저기서 벌어진다 해도 영주는 관아를 포기하고 그대로 놓아두고 나가면 그만이었다.

그러나 막상 그런 일이 닥치자 숭쭈어다는 어쩔 줄을 몰랐다. 불길이 기둥과 문짝에 치솟는 것을 바라보고, 사람들이 도망가느라 서로 짓밟으며 미친 듯이 날뛰는 모습을 보고, 사람들 몸뚱이가 술상 옆에 처박히는 것을 본 영주는 눈을 두세 번 비비고 머리를 몇 번 흔든 다음 마치 꿈꾸고 있는 듯 생각에 잠겼다. 그때 키 크고 덩치가 큰 사람의 그림자가 영주의 눈앞에 나타났다. 리쯔지어였다. 영주가 소리쳤다.

"리쯔지어, 리쯔지어! 거기 서!"

그러나 그는 설 수가 없었다. 멈춰 선다는 것은 죽음을 의미했기 때문이다. 바로 뒤에서 어깨에 칼을 맨 두세 명의 장정이 쫓아왔다. 다만 그는 고개를 돌려 영주보다도 더 큰 소리로 외쳤다.

"영주님, 빨리 도망가세요, 빨리요!"

그는 말을 마치자마자 피 구덩이 위로 머리가 처박혔다. 그놈이었다. 영주에게 절대적으로 충성하는 녀석. 그는 영주의 면전에서 즉사하며 최후를 맞았다.

숭쭈어다는 아직도 무엇을 해야 할지 몰라 하며 좌를 보고 우를 보고, 앞을 보고 뒤를 보며 서 있었다. 칼도 없고 총도 없었다. 바로 그때 타오짜방이 유령처럼 출현했다. 그의 큰 덩치가 불붙어 있는 문짝 하나를 확실하게 가려주었다. 영주는 눈을 한껏 크게 뜨고 입을 다물지 못했다.

"아니? 너… 너는….'

타오짜방은 영주의 코앞까지 돌진해 와서 손으로 자신의 가슴을 가리키며 말했다.

"나, 예 있다. 타오짜진 씨 댁 아들 타오짜방이 예 있단 말이다. 네놈이 내 아버지에게 거짓으로 죄를 뒤집어씌웠고, 나를 죽이려고 했고, 마지막으로 내 부인을 빼앗아가려고도 했다. 네놈은 평생 수많은 악행을 저질렀으니 결국 어느 악행도 네놈을 구해줄 건더기가 없구나. 오늘 내가 너를 가져다 네놈 손에 죽은 사람들을 전송하게 해주리라."

타오짜방이 이 말을 하면서 칼을 들어 휘두르니 칼날이

번쩍거렸다. 두려워진 영주가 말을 더듬었다.

"가만 가만…. 죽어도 영문은 알고 죽어야 할 게 아닌가?"

타오짜방이 칼을 아래로 거두었다. 맞는 말이었다. 암, 죽어도 왜 죽는지는 알아야지. 지금 무슨 일이 일어나고 있는지는 당연히 알아야 하고말고.

영주가 돌기둥을 가리키며 물었다.

"어떻게 살아 나왔느냐? 네 부모가 너를 귀신으로 둔갑시켰느냐, 아니면 대체 어찌 된 일이냐?"

타오짜방이 손으로 가슴을 치며 말했다.

"네놈은 이 타오짜방을 절대로 죽일 수 없다. 돌기둥이 하나가 아니라 열 개라도 나를 절대로 돌기둥에 매달 수 없으니라. 알겠느냐?"

알았다 한들 어찌하랴? 타오짜방은 지하 세계로 떨어진 타오짜뽀의 죽음에 대한 복수로 영주를 없애야 한다. 타오짜방은 다시 칼을 휘둘렀다. 이번에는 칼날이 멈추지 않고 바람을 가르며 번개처럼 똑바로 영주를 내리쳤다. 영주는 고기가 아직 수북이 쌓인 접시들 사이의 큰 탁자 위에 나뒹굴었다. 배에서는 꾸불꾸불한 긴 창자가 터져 나왔다.

불길이 천천히 건물 한 채씩을 차례로 깨끗이 삼켰다. 단단한 나무도 마치 지진이 일어난 것처럼 쓰러졌다. 닭, 오리, 소, 살아 있는 짐승 모두가 미친 듯이 불더미 속으로 뛰어들더니 연기가 되어 사라졌다.

　맹렬한 불길에서 아직 살아남은 사람은 도망가기에 바쁜 나머지 꽥꽥 울부짖으며 발에 묶인 끈을 입에 물고 끊으려고 미친 듯 애쓰는 숭깟을 발견하지 못했다. 불길이 매 순간 가까이 다가왔다. 숭깟이 줄을 끊으려고 하면 할수록 그 줄은 더욱더 녀석을 조였다. 숭깟의 부리는 피로 물들었고 문에서 나온 불똥 몇 개가 꼬리 깃털 가까이 튀었다. 결국 숭깟은 스스로 줄을 풀고 탈출했다. 그러나 녀석은 밖으로 나가는 방법을 찾지 못하고 영주가 누워 있는 곳을 향해 똑바로 날아갔다.

　영주의 눈은 허공을 노려보았고, 얼굴은 창백했다. 한 손은 축 처진 창자를 속으로 밀어 넣으려는 듯 배 위에 놓였고, 한 손은 탁자 모서리에 올려져 있었다. 숭깟은 가슴을 찢을 듯 울부짖으며 영주를 깨우려고 있는 힘을 다해 부리로 쪼고 발톱으로 할퀴었다. 불길이 순간마다 가까이 다가왔다. 높은 곳의 대들보도 불길에 휩싸여 서서히 아래로 쓰러져 내렸다. 영주는 결국 마지막에도 혼자 죽지 않았다. 최소한 함께 죽을 충성스러운 한 녀석이 있었다. 바로 숭깟이었다. 숭깟은 광활하고 푸른 하늘을 버리고, 황야에서의 삶과 먹이를 사냥하는 즐거움을 버리고, 쑥대밭이 된 불구덩이 속에서 숭쭈어다와 함께 죽음을 택했다.

　타오짜방과 요리사 무리가 관아를 벗어나 철수했다. 모두가 서서 멀리 불타오르는 관아 쪽을 바라보았다.

　전부 세 구역으로 이뤄진 대궐이 불 속으로 사라져버렸다. 불길이 마치 하늘에 맞닿을 듯 한순간 높이 치솟아 올랐다.

옮긴이의 말

코로나19는 퇴직 후 오랜만에 뚜렷한 계획 없이 자유롭게 여행도 다니고, 평소 하지 못했던 게으름도 피우고, 유유자적하면서 시간의 사치를 구가하려던 소박한 꿈을 포기할 수밖에 없게 했다. 어쩔 수 없이 집에 갇혀 있었기에 한세예스24문화재단에서 번역을 의뢰한 소설《영주》를 매일 꼬박꼬박 번역하는 일이 일과가 되었다. 번역이 끝나면 코로나19도 저만치 멀리 가버렸을 것이라는 희망을 품고 작업에 임했다. 그러나 세기의 질병은 쉽사리 물러서지 않았다.

도빅투이의 소설《영주》는 하장성 옌민현 드엉트엉 지방에 전해져 내려오는 숭쭈어다 영주(領主)에 대한 전설을 소설로 그려낸 작품이다.《영주》의 배경이 된 베트남의 최북단 하장성은 세계 배낭족이 가보고 싶어 하는 세계 20대 여행지 가운데 4위에 오른 적이 있다. 하장성은 북쪽으로 중국의 장족자치주인 윈난성, 광시성과 274킬로미터의 국경을 접하고 있어, 베트남 국가 안보에 매우 중요한 위치를 차지함에도 교통

접근성이 좋지 않아 경제가 낙후되었다. 베트남의 63개 지방정부 가운데 인구 면에서 48위, 소득이 가장 낮은 여섯 개 성에 속한 가난한 산악 지방이다. 성도인 하장시는 수도인 하노이와 320킬로미터 떨어져 있고, 아열대 기후에 속하나 고산지대는 온대 기후의 특성을 보인다. 겨울철에는 영하 5도까지 기온이 내려가고 눈도 내려 동양의 알프스산맥이라 할 정도로 산악 지방의 위용과 설경을 자랑한다. 하지만 산세가 험해 끝없이 굽이도는 도로를 차를 타고 여행하는 데는 나름대로의 용기가 필요하다. 하장성에는 베트남 동북부의 최고봉인 서곤령(2,419미터)이 있고, 희귀한 동식물이 많이 서식해 생태 자원의 보고다. 특히 하장성은 1천여 종류의 약초 생산지로 유명하다. 20여 종족이 살고 있는 하장성은 인구가 약 93만 명으로 몬족(32.9퍼센트), 타이족(23.2퍼센트), 야오족(14.9퍼센트), 비엣족(12.8퍼센트), 눙족(9.7퍼센트) 순으로 분포되어 있다.

    2018년 2월 나는 하노이로 출장을 왔다가 우연히 하장성에 들러 베트남 최북단 룽꾸까지 갔다가 산악 지방의 웅장한 산세와 산등성이를 가득 메운 메밀꽃의 화려함에 탄성을 지른 적이 있었다. 하지만 이곳이 양귀비 재배로 유명하고, 숭쭈어다라고 하는 악독한 영주에 얽힌 전설과 관련된 줄은 미처 몰랐다. 몬족의 우두머리 숭쭈어다는 약 200년 전에 살았

던 포악한 영주였다. 그의 삶은 사형을 집행하는 돌기둥에 얽힌 사적과 깊은 관련이 있다,

전설을 바탕으로 집필된 이 소설에서 영주 슝쭈어다에게는 아주 어여쁜 첩, 방쩌가 있었다. 그는 남자답지 않게 질투심이 아주 심해서 부인을 절대로 집 밖에 나가지 못하게 했다. 아편 중독으로 찌들고 성불구자였지만 얼굴이 반반하다 싶으면 누구를 막론하고 집으로 데려왔다. 그래서 동네 처녀들은 외출할 때면 얼굴에 숯검정을 바르고 나가야만 했다. 그런데 슝빠씬은 이를 잊고 밖에 나갔다가 영주의 눈에 띄어 영주의 첩이 될 지경에 이르렀다. 청혼 거절은 죽음을 의미했다. 슝쭈어다는 사람 죽이기를 파리 잡듯 하는 포악한 인간이었다. 그는 사람을 처형할 때 돌기둥을 도구로 썼다. 영주는 본처인 큰 마님을 돌기둥에서 처형하는 대신 내쫓았다. 큰 마님이 떠날 때 가지고 나가고 싶어 했던 유일한 물건은 남편이 베던 베개였다. 한 번도 제대로 맡지 못한 남편의 체취에 대한 그리움이었고 사랑이었다. 영주가 양귀비 파종을 허락하지 않는 곳이 한 군데 있었는데, 그것은 큰 마님이 원했기 때문이다. 큰 마님은 제철에는 파랗고 철이 끝날 무렵이면 샛노랗게 물드는 넓은 채심밭이 있기를 바랐는데, 영주는 그 이유를 모르고 있었다. 큰 마님이 영주를 처음으로 만난 장소가 바로 채심밭이었다.

영주가 숭빠씬의 정혼자 타오짜방에게 복수를 당할 때 곁을 끝까지 지킨 것은 매 숭깟이었고, 큰 마님이 집을 나가 웅덩이에 몸을 던졌을 때 끝까지 주인을 지킨 것은 누렁이였다. 슬픈 몬족의 전설이 가슴에서 크게 메아리친다. 탐욕은 파멸이고, 여자는 남자의 소유물이 아니라는 것을 방쩌는 죽음으로 저항하여 보여주었다.

현재 하장성 박물관에는 돌기둥이 보관되어 있다. 전설에서 숭쭈어다가 부인에게 관심을 보인 남자를 죽을 때까지 매달았다는 바로 그 돌기둥으로 보인다.

《영주》는 나의 일곱 번째 번역서다. 코로나로 외부 활동이 위축되었을 때 책상에 앉아 시간을 보낼 수 있게 해준 소설이다. 도빅투이 작가의 박진감 넘치는 이야기 전개 과정과 여류 소설가다운 섬세한 표현에 매료되어 언젠가 만나면 찬사를 전하고 싶었다. 그러던 중 나는 하노이로 와서 국제학교인 한국글로벌학교(Korea Global School)의 경영을 맡게 되었다. 하노이에 도착하자마자 도빅투이 소설가와 연락해 진한 향의 베트남 커피를 마시며 환담을 나누었다. 소설 속의 인물 방쩌와 같은 대담함과 큰 마님과 같은 내면에서 뿜어져 나오는 기품이 만만치 않았다. 그녀는 주장한다. 여성들 역시 꿈을 가질 권리가 있다고. 그리고 여성들은 비록 순간을 살지언정 소위 행복이라고 하는 것을 쟁취하기 위해 죽을 준비가 되어 있는 존재들이라고.

　도빅투이의 소설《영주》를 우리나라에 소개할 기회를 제공해준 한세예스24문화재단에 큰 감사의 마음을 전한다. 개인적으로는 번역 작업을 하며 코로나로 답답했던 일상을 잊을 수 있었다. 독자들도《영주》를 읽으며 코로나19의 속박에서 잠시나마 벗어날 수 있기를 바란다.

도빅투이 연보

1975년	중국과 국경을 접하고 있는 베트남 최북단 지역인 하장성에서 태어나고 자랐다.
1994년	최초 단편소설 〈회색 구슬 목걸이〉가 《띠엔퐁신문》에 게재됨.
1995년	《띠엔퐁신문》의 신춘문예상 수상.
1997년	신문방송 아카데미 졸업.
1999년	단편소설 〈밀레니엄 섣달그믐을 향해〉로 국방부 정치총국 산하의 잡지 《군대문예》 단편소설 부문 1등상 수상. 단편소설 시리즈 〈물고기가 물에 뜨는 밤〉, 〈산속의 쓰고 떫은 쑥〉, 〈보름달 이후〉 출간.
2000년	소설 〈산 위의 소녀〉로 육군 문학예술 잡지의 1등상 수상.
2001년	《군대문예》 편집자로 근무 시작.
2003년	단편집 《돌 울타리 뒤쪽에서 울린 피리 소리》 출간.
2005년	단편집 《인생에 지난날의 오후》 출간.
2006년	단편소설 〈참나무 그늘〉 출간.
2009년	단편집 《산중의 여인》 출간. 《군대문예》 부편집장 발령.
2010년	산문집 《검은 고양이》, 《옥상 다락방에》 출간.
2012년	단편집 《아름다운 여인》 출간, 이 작품으로 베트남소수민족 예술문학회 1등상 수상. 산문집 《꽃이 노랗게 피어 있을 때》 출간.
2013년	단편소설 〈세탁소〉 출간.
2014년	단편소설 〈세탁소〉로 하노이문학예술연합회 1등상 수

	상. 단편소설 〈뽐내는 새의 날개〉 출간, 베트남 산악지대에서 일어난 프랑스군과의 전쟁을 소재로 한 이 작품으로 베트남 국방부 3등상 수상.
2015년	소설 《영주》 출간.
2017년	소설 《심연의 고요함》 출간.
2019년	산문집 《내가 높은 산에서 돌아왔다》 출간. 《군대문예》 창작위원회로 부서 이동.
2021년	총서 《돌아온다》 4권, 단편소설 〈자기야〉 출간.

옮긴이 **안경환**

베트남 한국글로벌학교(KGS) 이사장으로 조선대학교 교수와 한국베트남학회 회장을 역임했다. 한국외국어대학교 베트남어과를 졸업한 뒤 베트남 국립호찌민인문사회과학대학교 대학원에서 어문학 석박사 학위를 취득했다. 외국인 최초로 베트남문인회 문학상을 수상했고, 2018년 베트남 우호훈장을 수훈했다. 베트남 국부(國父) 호찌민의 《옥중일기》, 베트남 대문호 응우옌 주의 《쭈옌 끼에우》, 베트남 대표 현대시인 마이반펀의 《재처리 시대》 등을 번역했으며, 권정생의 《몽실 언니》, 《김동인 단편선》(공역) 등을 베트남에 소개했다.

영주

1판 1쇄 인쇄 2022년 1월 3일
1판 1쇄 발행 2022년 1월 10일

지은이 · 도빅투이
옮긴이 · 안경환

펴낸이 · 조영수
펴낸곳 · 한세예스24문화재단

편 집 · 눈씨
디자인 · STUDIO BEAR

출판등록 · 2018년 4월 3일 제2018-000044호
주소 · (07237) 서울시 영등포구 은행로 3 익스콘벤처타워 610호
대표전화 · 02-3779-0900 | 팩스 · 02-3779-5560
이메일 · foundation@hansae.com
홈페이지 · www.hansaeyes24foundation.com

• 책값과 ISBN은 뒤표지에 있습니다.
• 이 책 내용의 일부 또는 전부를 재사용하려면 반드시 한세예스24문화재단의 동의를 얻어야 합니다.
• 잘못 만들어진 책은 구입하신 서점에서 교환해드립니다.